陣借り平助

宮本昌孝

祥伝社文庫

目次

陣借り平助 5
隠居の虎 51
勝鬨《かちどき》姫の鎗《やり》 93
落日の軍師 145
恐妻の人 207
モニカの恋 261
西南の首飾り《ロザリオ》 314
解説 小棚治宣《おなぎはるのぶ》 373

陣借り平助

一

水面にきらきらと光の躍る川を、燃えるような緋色毛《ひいろげ》の裸馬が、四肢を沈めて渉《わた》ってい る。

小さな頭部から高峻《こうしゅん》の平頸《ひらくび》にかけた稜線を縁取《ふち》る額髪《ひたいがみ》と鬣《たてがみ》は、つやつやとして柔らかそうで、ゆったりした頬骨《きょうこつ》、浅い裂目《れつもく》と相俟《あいま》って、相貌《そうぼう》高貴なるべし、と形容してよい。

その印象をより強烈たらしめているのは、額の白斑《はくはん》であろう。いま陽射しをはじいて輝くそれは、白き流星を想わせる。

そのくせ、双眸《そうぼう》ばかりは眠たげで、見る者をぞくりとさせずにはおかぬ、名状しがたい妖艶さを湛《たた》えていた。

川の流れは緩《ゆる》やかだが、それでも横切るには総身に力を込めねばならぬはず。ところが、この緋色毛の馬は、気息も穏やかに、滑《すべ》るがごとく岸へ近づいていく。水掻《か》きでも、もっているかのようであった。

突如、馬は、双の前肢を高くあげた。水飛沫《しぶき》が銀粒となって散った。

棹《さお》立ちは、馬みずからの意思によったのではない。担ぎ上げられたのだ。

おどろいたことに、その腹の下から、馬を背負った恰好で、裸形の人が現われたのである。

人は、ぱかっと大きく口をあけて、空気を肺へ送り込んだ。

そのあたりの川幅は、三十間《けん》近くある。これを、馬の巨体を背へ載《の》せながら、潜《もぐ》りのまま泳ぎ渉ったのであろうか。とすれば、尋常の人ではない。

その人は、岸へあがると、背負っていた馬を川原へ下ろし、ほうっと大きく息を吐いてから、濡《ぬ》れてざんばらの髪を、首を振って後ろへはねた。

灼熱《しゃくねつ》の陽にさらされたのは、高い鼻梁《びりょう》と茶色がかった眸子《ぼうし》をもつ、彫りの深い若々しい顔貌であった。

毛深い五体の上背は、六尺をこえていようか。分厚い胸も、長い手足も、木の瘤《こぶ》のように隆起した筋肉の鎧《よろい》をまとって、馬を軽々と担ぐ膂力《りょりょく》を納得させる逞《たくま》しさであった。

この人馬、その姿態いずれも破格というべきではあるまいか。

「丹楓《たんぷう》、肥えたな」

若者は、太陽へ顔を仰向《あおむ》かせたまま、両肩を上下させ、首を回しながら言った。

「しばらくいくさをやってないからなあ」

どうやら、馬へ語りかけているらしい。

丹楓とよばれた馬は、鼻で若者の背を押してから、ぷいっと横面を向けた。肥えたと指摘されたのが気に入らぬのか、まるで人間の女がするような仕種《しぐさ》ではないか。

丹楓は、牝馬《ひんば》であった。

「あはは。おこるな、おこるな」

若者が、笑って、丹楓の平頸を撫でてやると、どこかで、水を吸引するような妙な音がした。途端に、若者は、情けない顔つきになって、自身の腹をさすり、その場にへたりこんでしまう。

「だめだ。やっぱり腹がへって、腹がへって……」

丹楓を背負って渡渉《としょう》する前に渡しておいたものであろう。川原には、長柄《ながえ》の傘を突き立て、その下に、馬具、衣類、甲冑《かっちゅう》、野太刀《のだち》作りの刀などが放り出してある。その傍《かたわ》らへ、若者はどさりと大の字なりに寝ころがった。

丹楓が、どこかへ走り去る。

現今《いま》の時間にして数分後であろう、戻ってきた丹楓は、口に草の束《たば》をくわえていた。それを、若者の毛の密生する胸へ落とす。

手にとった若者は、満面を綻《ほころ》ばせた。

草の枝に、透明感のある橙黄色の小さな果実が、たくさん付いていた。木苺《きいちご》である。

若者は、草まで食べるような勢いで、木苺にむしゃぶりつく。

丹楓の眼骨から頬骨のあたりの膚《はだ》が、緩んだように見えた。が、それは一瞬のことで、ふいにその膚を緊張させて、丹楓は、川のほうへ、さっと首を振り向けた。

一艘《そう》の小舟が下ってくる。

乗っているのは、男が四人。いずれも、まともな人相風体《ふうてい》ではなく、浮牢人《ふろうにん》、野盗のたぐいとみえた。

小舟のなかほどに敷《し》かれた蓆《むしろ》が、盛り上がっている。

「おい。このまま売っ払うのは惜《お》しい」

蓆を押さえこんでいる男が、食いつめ者の下劣さを露《あらわ》にした汗ばんだ顔を、仲間へ向けた。眼を血走らせている。

「生娘《きむすめ》は高う売れるぞ」

いちおうの反対の声が出たが、強いものではない。

どうやら、かどわかしのようであった。

日本中にいくさの絶えぬ殺伐の時代のことで、盗み、かどわかしなどの悪事は、日常茶飯といってよい。

「この女、上玉よ。未通女《おぼこ》であろうとなかろうと、安値はつけさせぬわ」

それで全員が、その気になった。こういう手合いは、獣性のみで生きている。

「ここでやるのか」

「おう。尻に帆かけ舟としゃれこもうではないか」

どっ、と下卑《げび》た笑いをあげる獣たちであった。

蓆を剝《は》ぐ。

猿ぐつわを嚙《か》まされ、後ろ手に縛られた若い女が、舟底に横たわっていた。

地味な装《なり》だが、色が白く、いささかの品もある。土豪、あるいは地侍《じざむらい》のむすめといったところであろう。

気死《きし》していたのが、中天からの陽射しをまともに浴びて、女は、眩《まぶ》しげに、瞼《まぶた》を瞬《しばたた》かせた。

裾《すそ》を割られたことに気づいて、女は、はっきり覚醒する。

両眼をひきつらせ、もごもごと悲鳴を洩《も》らしながら、女は両足を暴れさせたが、逆効果というほかない。それで、太股まで露になり、かえって、獣たちの劣情を煽《あお》るばかりであった。

艫《とも》に立って、流れへ棹《さお》さす者をのぞいて、三人で押さえつけている。女がこれをはねのけられるはずもなかった。

「一番鎗《やり》じゃい」

ひとりが、女の上に、被《おお》いかぶさったときである。舟の中へ、一尾の魚が飛びこんできて、その男の頬へぶつかった。

びっくりした男たちへ、間近から、のんびりと声がかけられる。

「よき日和《ひより》にて御座候《ござそうろう》」

川中から、舳先《へさき》へ両手をかけていた者が、五体をせりあげて、ことわりもなく、舟の人となった。

舟が大きく揺れた。落ちぬよう、あわててしゃがみこんだ男たちは、

「な、何者だ」

怒声をたたきつけるや、早くも殺気立って、刀をすっぱ抜いた。

「鮎《あゆ》」

素裸に長い野太刀を背負っただけの、くだんの若者は、そう言って、舟底ではねる魚を指さした。

「汝《うぬ》、われらを虚仮《こけ》にするつもりか」

若者は、背負い太刀の柄を右手に摑《つか》んだ。そのまま、右腕を天へ突き上げるように伸ばす。

手を離れた抜き身が、切っ先を下向かせたまま、高く宙へ舞い上がったかと見るまに、銀の光を撒《ま》き散らしながら、若者の頭上へ垂直に落ちてくる。

鼻先を掠《かす》め過ぎさせた切っ先が、舟底へ達する寸前で、若者は両手に柄を捉《と》え、くるりと刀身を回転させて胸前へ立てた。

刃渡り四尺の大太刀を背負い抜きするさいの、瞬息の抜刀術であった。

「志津三郎《しづさぶろう》」

名乗って、若者は、にやりと不敵な笑みを唇に刷《は》いた。

「しづさぶろう……」

聞いたことがあるような名だ、と悪人どもは思ったらしい。

「……とは、この大太刀の銘」

小馬鹿にしたように、若者は付け加えた。

美濃国《みののくに》志津の刀工兼氏《かねうじ》は、相州正宗《そうしゅうまさむね》の高弟といわれ、豪壮な作風で志津一派を打ち立て、数代つづいた同銘のうち、初代をとくに志津三郎とよぶ。

「わが名は、平助《へいすけ》。魔羅賀《まらが》平助である」

「こ、こやつ……」

悪人どもの怒りが頂点へ達する。

「おぬしらの名は問わぬ。死人《しびと》の名をおぼえたところで仕方ない」

大胆にも勝利を宣言した平助は、足許の苇を、ぱっと高く蹴《け》りあげた。

三人の眼前へひろがった苇が、平助の姿を一瞬、見失わせる。

苇は、女のからだの上へ落ちた。

舳《へさき》先に、平助はいない。

「上だ」

船頭をつとめている者が叫んだ。

振り仰いだ三人は、太陽を背にして落下してくる巨影に、戦慄《せんりつ》した。

肉を斬り、骨を断つ音が連続し、断末魔の悲鳴と血潮が虚空へ撒かれた。

一瞬の驟《しゆう》雨のごとく、苇へ夥《おびただ》しい血飛沫《しぶき》が降る。

小舟は、右に左に、大きく傾《かし》いだ。

悪相に白眼を剝かせた三人が、水音高く川へ転落したときには、いずれも、すでに絶息している。

残るひとりは、平助の強さに呆然としていたが、この期に及んで初めて、何か重大なことを思い出したように、あっと恐怖の叫びを放った。

「平助とは、まさか……陣借《じんが》り平助」

その男は、もっていた船棹をむちゃくちゃに振り回す。が、蟷螂《とうろう》の斧《おの》にすぎぬ。

揺れる小舟の中でも、腰をぴたりと決めている平助は、船棹の攻撃を易々《やすやす》と躱《かわ》して、蟷螂の胴を深く斬り割った。

四人を瞬《またた》く間に屠《ほふ》った平助の剣技は、鮮やかというほかないが、明るい風貌にも似合わぬ、無慈悲ともいえる斬人ではあった。

平助は、わなわな顫《ふる》えている蓆の下の女へ、語りかける。

「それがし、決して殺生《せっしょう》を好むものではない。なれど、あやつら、生かしておいては、弱き者に憂《う》き目をみさせるばかりの輩《やから》ゆえ、やむをえず斬った。さように解してもらいたい」

無慈悲の理由を明らかにしたものだが、しかし、人助けをしておきながら、困ったような顔つきで言い訳をするとは、おかしな若者というべきであろう。

それから平助は、大太刀を抱いたまま、いったん川へ飛び込み、再び小舟へ上がった。返り血を洗い流したのである。

蓆の顫《の》えが止まっている。

「蓆を退けるぞ」

平助は、ことわってから、血塗られた蓆をとって、川へ投げ捨てた。

女を抱き起こし、猿ぐつわと、後ろ手の縄を解《ほど》いてやる。

「忝《かたじけの》う存じまする」

裾の乱れをなおしてから、女は、礼をのべたが、突如、ひいっと悲鳴を発した。

人心地がついたところで、平助が素裸であることに、初めて気づいた女は、逞しい下肢の間に重たそうに下がるものを、まともに見てしまったのである。

「あっ……」

あわてた平助は、船縁《ふなべり》に蹴躓《けつまず》いて、川へざんぶと落ちた。

二

馬屋で、囲いの柵や板壁を蹴破らんばかりに、二頭の馬が暴れている。いずれも牡馬《ぼば》であった。

「ええい。おとなしゅうせいというのが、分からんか」

若党がなだめようとしても、なかなかおさまりそうにもない。

原因は、緋色毛の美しい牝馬が、囲いのひとつに入ってきたことにあった。

牡《おす》たちを興奮させずにはおかぬ色香を発散させながら、しかし丹楓は、すました表情で、秣《まぐさ》を食《は》んでいる。

その主人の平助も、母屋で、食事を振る舞われていた。

給仕をするのは、この三宅《みやけ》家の母娘で、平助が木曾《きそ》川で助けたのは、むすめの八重《やえ》であった。

母の多喜《たき》は、豪快な平助の食べっぷりを愉《たの》しんでいるのか、終始、笑顔を絶やさぬ。八重の姉と称しても信じられそうなほど、いまだ瑞々《みずみず》しい肌をもつ女である。

「小一郎《こいちろう》が生きておれば、こなたさまぐらいの年でありましょう。のう、八重」

「はい……」

三宅家は、この尾張《おわり》国中島《なかしま》郡の土豪の毛利《もうり》家を寄親《よりおや》とする地侍であり、多喜の良人《おっと》も、ただひとりの伜《せがれ》の小一郎も、いくさで死なせてしまった。そのことを、すでに平助は聞かされている。

「お見受け申しましたところ、魔羅賀さまは、どこぞのお大名へ仕《つか》えようと、お望みなのではございませぬか」

平助が腹を充《み》たして白湯を所望したところで、多喜が訊《たず》ねた。

「陣借りはいたすが、誰かに仕えたいと思うたことはござらぬ」

それが平助の本音であることは、茫洋《ぼうよう》たる口調から窺《うかが》い知ることができた。多喜は、眼を瞠《みは》った。

陣借りとは、文字通り、いくさのあるところへ、みずから参じ、許しを得て、陣を借りることをいう。いわば臨時傭《やと》いの兵となるのである。

ただ、よほど兵が寡少で困っていれば別だが、武将たちは、陣借り者をあまり歓迎しなかった。というのも、陣借り者といえば、その日の飯にありつければよいとか、戦場で金目のものを掠め奪《と》りたいとか、そんなあさましい目的しかもたぬ徒輩《とはい》が大半だったからである。

それだけに、陣借り者が真実、兵法に通じていたり、鎗働《やりばたら》きがめざましかったりすれば、乱世の武将にとっては掘り出し物というほかなく、正式に召し抱えられる例が少なくなかった。

八重の話によれば、平助は並々ならぬ遣《つか》い手というから、戦場でも殊勲を挙げるに相違ない。となれば、仕官は思いのままであろうに、そういう野心を微塵《みじん》ももたぬらしい。

多喜が瞠目《どうもく》したのは、そのことにおどろいたからであった。

多喜の亡夫も、早世した小一郎も含めて、武士の誰もが、鎗一筋で、あわよくば一国一城の主にならんと欲する世の中で、この若者の無欲は珍奇というほかなかろう。

「では、魔羅賀さまのお望みは何でござりましょう」

なかば問い詰めるように質《ただ》したのは、八重であった。

その眼になぜか必死の色が兆《きざ》したのを認めて、平助は訝《いぶか》ったが、べつだん隠すほどのことは何もない。

「分かり申さぬなあ」

嘘偽《うそいつわ》りのない気持ちであった。

「お分かりになりませぬとは……」

「自分でも何が望みか、とんと分からぬのでござる」

「そのようなご性根で、命のやりとりをなされまするのか」

「命を懸けねば、おのが望みは見えてまいらぬ。そんなふうにも思うしなあ……」

平助は、後ろで無造作《むぞうさ》に束ねた総髪の頭を、ぽりぽり掻きはじめる。糠《ぬか》に釘《くぎ》のような反応というほかない。

八重の朱唇が、ぽかんと開いたままになってしまった。あきれて二の句が継げぬといった風情《ふぜい》である。

「そうだ」

突然、平助は、満面を笑み崩す。

「心やさしき妻を娶《めと》り、たくさんの子をもうけ、皆で毎日笑うて暮らす。かような望みは、いかがでござろう」

まあ、と思わず声をあげたのは、多喜であった。

「妻のところを良人といたせば、それは女子《おなご》の望みにござりましょうぞ」

「それは、めでたい」

何がめでたいのか分からないが、平助は、声を立てて笑いだした。

多喜も、つられて、相好《そうごう》を崩す。まるで十五、六歳のむすめのように華やいだ気分になっている。

八重ひとり、俯《うつむ》いて、何かを思い詰めているようすであった。

その夜、平助は、多喜から是非にと乞《こ》われて、三宅家に一宿した。

この年、初夏の尾張は、例年になく、猛々しいほどの暑さに見舞われた。まだ五月初旬というのに、早くも真夏と変わらぬ寝苦しさに、人々は輾転《てんてん》としている。

涼しげな寝顔で夢の中に遊ぶのは、母屋の客間へ床をのべてもらった平助ばかり。この若者、天衣無縫《てんいむほう》というべきであろう。

しかし、いくさ人《びと》の鍛《きた》えられた五官は、睡《ねむ》りの中でも冴《さ》えている。微かな足音の接近を気取《けど》って、平助は覚醒した。

闇の中で、戸が開け閉《た》てされた。匂いで、平助は察する。

「八重どのか」

一瞬、息を呑む気配があった。八重は、悪びれず、素直に、はいと返辞をした。

「魔羅賀さまのお胤《たね》を頂戴《ちょうだい》いたしとう存じまする」

「…………」

平助は、床に半身を起こし、端座した八重を凝視する。夜目が利くのも、正真のいくさ人なればこそであった。

平助は、八重の佇《たたず》まいから、ためらいを感じた。

「母御《ははご》のお言いつけか」

「兄を亡くしたこの家には、跡継ぎがございませぬ」

それには平助は応じず、べつのことを訊《き》いた。

「八重どの。好いた男がいるのではないか」

暫《しば》しの沈黙の後、八重は、おもむろに告白した。

「毛利家のご三男、新介《しんすけ》さまを……」

八重が切々と語るところによれば、毛利新介とは言い交わした仲で、いずれ三宅家へ婿《むこ》に迎えることになっていたという。

この新介の武芸達者ぶりに、毛利の本家の河内守秀頼《かわちのかみひでより》が眼をとめ、織田《おだ》家に随身することを勧めた。秀頼自身、織田信長《のぶなが》の馬廻衆《うままわりしゅう》に名を列《つら》ねる精鋭であった。信長の意に適《かな》った新介が、同じ馬廻衆に加えられると、その将来の出世を見込んだ秀頼は、絆《きずな》を深めるべく、おのが養女を新介へ妻《めあ》わすことにしたのである。

本家の決めたことであり、また尾張国主の馬廻衆という名誉の任に就くことができたのも、秀頼のおかげとなれば、新介がこれを断わることはできかねた。

毛利家から三宅家へ使者がやってきたのは、先月のことであった。婿養子の件はなかったことにしてもらいたいというのである。

「こたびのいくさに冥加《みょうが》ありしときは、新介さまは河内守さまのご養女と……」

祝言という言葉を、さすがに口にすることができず、八重は、ついに怺《こら》えかねて、嗚咽《おえつ》を洩《も》らした。

こたびのいくさのことは、平助も知っている。

さきごろ織田信長は、三河《みかわ》との国境を守備する尾張愛智郡《おわりあいち》・鳴海《なるみ》城の山口左馬助《やまぐちさまのすけ》に裏切られ、合わせて、近隣の沓掛《くつかけ》城、大高《おおだか》城まで今川《いまがわ》方に乗っ取られてしまった。

今川氏は、駿河《するが》・遠江《とおとうみ》・三河三国を領する東海《とうかい》の覇王である。

自国内で大敵に戦略拠点を与えてしまった信長は、ただちに、これら三城の動きを封じるため、丹下《たんげ》・善照寺《ぜんしょうじ》・中嶋《なかじま》・丸根《まるね》・鷲津《わしづ》の五カ所に向かい城を構えた。

これに対して、今川義元《よしもと》は、鳴海以下の三城への補給路を確保し、また、それらを、後《のち》の尾張侵攻のための確固たる橋頭堡《きょうとうほ》とすべく、みずから大軍を率いて出陣することを決めたのである。数日後には、先鋒軍が駿府《すんぷ》を発するという。

総勢四万と号する今川に対して、せいぜいその十分の一しか集められぬ織田が、五つの向かい城を踏み潰《つぶ》されて、尾張の東部を奪われるのは、戦前より明らかというほかなかった。

平助が尾張を訪れたのも、このいくさに参加するためで、借りる陣は、織田方と決めている。寡兵の側について存分に働いてこそ、男子の本懐。そう平助は思う。

「無礼をお赦《ゆる》し下さりませ」

八重は、息も絶え絶えのようすで、その一言を発してから、よろめくように、部屋を出ていった。

残された平助が、困惑顔で、総髪の頭をぽりぽりと掻きながら、

「おいおい、平助。余計なことをするでないぞ……」

と何やら自分に言い聞かせていると、稍《やや》あって、再び、忍ぶような足音が近づいてきた。かと思うまに、その深夜の闖入者《ちんにゅうしゃ》は、部屋へ入って戸を閉てるなり、白い寝衣を自身の足許へすべり落とした。

平助は、その裸身の美しさを、はっきりと見てとった。若い男の肉体を疼《うず》かせるに充分な豊満さである。

「娘御《むすめご》にかわって、胤を享《う》けたいとのお申し出にござろうや」

「ほほほ。この齢《とし》で、さようなことは申しませぬ」

嫣然《えんぜん》たる微笑みが返された。

「そういうことなれば……」

平助は、猿臂《えんび》を伸ばして、多喜を抱き寄せた。脂粉が強く匂う。

馬の嘶《いなな》きが小さく聞こえた。

(妬《や》くな、丹楓)

三

丹楓を曳いてきた平助は、清洲《きよす》城下が見えてくると、道に立ち止まった。あたりの山野に、蟬時雨《せみしぐれ》が降っている。五月初頭から蟬が生き急ぐのは、この異常な暑さのせいであろう。

（あるいは……）

驚天動地《きようてんどうち》のいくさの起こる予兆か。平助のいくさ人の勘は、そう告げていた。

平助は、肩にひっ担いでいた赤備えの甲冑を道へ下ろし、それらを慣れた手順で身に着けた。

角栄螺《つのさざえ》の兜も、鳩胸の胴も、この永禄《えいろく》三年（一五六〇）の時点では、まだ見かけることの少ない南蛮《なんばん》具足を、改造したものである。

それから、志津三郎の大太刀を腰に佩《は》き、朱柄《あかえ》の傘を開く。轆轤《ろくろ》による開閉自由の傘は、豊臣秀吉《とよとみひでよし》時代に呂宋《ルソン》より輸入されたという説があるが、生活用具のことゆえ、それ以前に中国から伝来していたと考えるほうが自然であろう。

丹楓の背へおいた鞍《くら》も、朱塗《しゆぬり》である。後輪《しずわ》の山形の後ろに、柄立《えたて》が取り付けてあり、そこへ傘の柄の下端を差し入れた。

そうして支度《したく》を調《ととの》えると、平助は、手綱《たづな》をとって、鞍上《あんじょう》の人となる。陽炎《かげろう》の立つ夏日の下、燃え盛るような赤き巨大な人馬は、この世のものとも思われず、さながら火の神の使者であった。

「さあ、丹楓。陣借りに参ろう」

木曾川の河口付近に位置する清洲は、室町《むろまち》期、京畿《けいき》より観ずれば、東国への入口といってよく、尾張の守護所をおくに最も適した地であった。また、守護斯波《しば》氏が、三管領《さんかんれい》家だったこともあり、そうした条件にふさわしい城郭が築かれた。

木曾川支流の五条《ごじょう》川の流れを引き込んだ濠をめぐらし、高い土塁と塀《へい》で囲んで、いくつもの櫓《やぐら》を聳《そび》えさせた城郭の内は、寝殿《しんでん》造りの主殿を中心に、多数の家中屋敷が建て並べられていた。斯波氏時代には、金閣《きんかく》・銀閣《ぎんかく》を想わせる楼閣《ろうかく》建築の存在したことや、三百匹の犬を放って犬追物《いぬおうもの》を行なったことも記録にあるから、よほど堂々たる構えであったといわねばなるまい。

南の大手口の門兵たちは、橋の手前までゆっくり歩をすすめてきた赤一色の巨大な人馬に、なかば仰天した。

その佇《たたず》まいだけを眺めれば、織田家中随一の猛将柴田勝家《しばたかついえ》でも、これほどの威圧感は与えられまいと思える。

門兵たちは、鎗《やり》襖《ぶすま》を立てようか立てまいかと躊躇《ためら》いながら、おそるおそる近づいた。

「き、貴殿は、どなたさまか」

すると鞍上の人は、かれらを安心させるように、人懐《ひとなつ》っこい笑顔をみせた。

「魔羅賀平助。世には、陣借り平助と喧伝されておるようでござる」

安心するどころの騒ぎではない。門兵たちは、かえって、わあっと悲鳴を放ち、その場で腰を抜かす者すらあった。

「ご注進、ご注進」

ひとりが、叫びたてながら、ほとんど転がるようにして門内へ駆け入った。

平助は、兜の眉庇《まびさし》の下へ指を差し入れて、頭をぽりぽりと掻く。

魔羅賀平助は、五年前の安芸《あき》国厳島《いつくしま》合戦で、毛利元就《もとなり》の陣を借りて、無類の働きを示し、その武名を一挙に高めた。

厳島合戦は、元就が、陶晴賢《すえはるかた》軍二万を厳島へおびき寄せておいて、自身は、暴風雨の中、わずか二千の兵を率いてひそかに上陸、晴賢本陣の背後の博奕尾《ばくちお》より逆落としに、その寝込みを襲い、晴賢を自刃せしめたという、乾坤一擲《けんこんいってき》の奇襲戦であった。

このとき平助は、狭い戦場に犇《ひし》めき合う敵味方の中で、遁走《とんそう》にかかった晴賢の旗本をいち早く発見し、これをひとりで斬り崩したのである。

戦後、平助は、元就より、恩賞は思いのままと言われたが、これを固辞して去った。

「治部少輔《じぶしょうゆう》（元就）さまは、これより強き者として戦われることに相《あい》なりましょう。魔羅賀平助は、弱き者の陣を借りるのが性《しょう》に合うてござるゆえ」

これが世に伝わる、平助の別辞の挨拶だったという。

実際、以後の平助の陣借りは、戦前、弱者と予想される側ばかりであった。そのため、厳島を例外として、平助の合戦は、ほとんどが敗《ま》けいくさである。

だが、敗けいくさであるがゆえに、敗者側で華々しく活躍する平助の武名は、かえって、ますます高まっていった。

陣借り平助の極《きわ》めつけは、二年前のそれであろう。細川晴元《ほそかわはるもと》に擁された将軍足利義輝《あしかがよしてる》の麾下《きか》に加わって、京都白川口《しらかわぐち》の合戦で三好長慶《みよしながよし》軍と激戦し、敵の主将の松永久秀《まつながひさひで》へひと太刀浴びせたのである。

のちに六角義賢《ろっかくよしかた》の仲立ちで、義輝と長慶は和睦に至るが、平助の豪勇を恃《たの》みとした義輝は、その別れに際して宴をはり、平助へ太刀を下賜した。牢人に対して異例の厚遇というほかない。

義輝拝領のその太刀こそ、いま平助の腰に佩かれている志津三郎であった。

清洲城の大手口の橋上に下馬して待つことしばらく、やがて、若い武士が応対に出てきて、長谷川橋介《はせがわきょうすけ》と名乗った。信長の小姓であるという。

「無位無官なれども武名高き者ゆえ、拝謁差し許すとの御諚《ごじょう》である。ありがたく思われい」

随分と高飛車な言いざまだが、信長のことばそのままではあるまい、と平助は見抜いた。身分高き人間の側近には、こうした権威ぶった者が少なくないのである。

「畏《おそ》れ多いことにござる」

と平助が、素直に返して、鎧兜を解こうとすると、

「着けたまま参られよ」

長谷川橋介は、なかば咎《とが》めるように言い、馬を曳いて随《つ》いてくるよう申し渡して、さっさと先に歩きだす。

その背を、射抜くような眼差しで凝視したのは、丹楓であった。怒っている。

「ひと暴れできそうな予感がするぞ」

平助は、丹楓の平頸を撫でてやりながら、双眸《そうぼう》を輝かせた。

平助・丹楓主従が案内されたのは、総廻りに高さ四尺ほどの土手が築かれた、広々とした砂敷《すなじき》の馬場である。人の姿が見えぬ。

長谷川橋介は、南北に長い馬場の南詰《みなみづめ》まで平助を誘うと、

「これにて待たれよ」

そう言いおいて、北寄りの馬出し口から出ていってしまう。

入れ替わりに、五騎の甲冑武者が入場してきたかと見るまに、かれらは北詰へ、ずらりと横一列に並んだ。中央のひとりが鉄炮を筒を上にして携えている以外は、いずれも、

腕《かいな》の下に鎗を掻い込んでいる。

南北両詰間の距離は、およそ百間。

その遠目からでは、鞍上の五人の表情を見分けがたいが、鉄炮を持っているのが、

(織田信長だな……)

そう平助は、確信した。

(大将みずから、この魔羅賀平助の腕試《うでだめ》しをしようとは、面白い)

陣借りを所望して、こんな形で返答されるのは初めてのことだが、たぶん信長という男は、おのが耳目で確かめたものしか信用せぬのであろう。

それは、しかし、平助とて望むところであった。ひとり歩きをはじめた武名のみで歓待されるより、このほうがすっきりとしてよい。

丹楓も、すでに事態を察して、にわかに鼻息を荒くしている。

平助は、鐙《あぶみ》に足をかけ、鞍へ尻を据えた。それから、朱柄の傘を閉じて、右肩へひょいと担ぐ。

「そこな武者衆にお訊《たず》ねいたす」

と平助は、対手《あいて》を呼ばわった。百間の距離を一瞬に縮めてしまう、戦場鍛えの大音声《だいおんじょう》である。

「鎗は真鎗《しんそう》にござろうや」

すると、最右翼の武者が、ただちに応じて、

「いかにも真鎗である。魔羅賀平助ともある者が、臆《おく》したか」

嘲笑の一言を浴びせてきた。

「さよう、臆しており申す。いささかも臆する心なき者は、いくさ場にて退《ひ》くことを知らず、結句、敗れ去るものと心得るがよろしかろう」

「なるほど、あまたのいくさに魔羅賀平助が生き残りしは、危うきところより遁《に》げるを倣《なら》いといたすゆえか。陣借り平助の正体、いまぞ、しかと見た」

その雑言《ぞうごん》が合図だったかのように、信長をのぞく四騎が、馬を数歩、進めた。

「織田家馬廻衆、丹羽《にわ》五郎左《ごろうざ》衛門尉《えもんのじょう》長秀《ながひで》である」

平助とやりとりした武者が、初めて名を明かすと、余の三名も、つづけて名乗りをあげる。

「同じく、佐々《さっさ》内蔵助《くらのすけ》成政《なりまさ》」

「中川《なかがわ》八郎《はちろう》右衛門尉《えもんのじょう》重政《しげまさ》」

「毛利《もうり》新介《しんすけ》良勝《よしかつ》」

いちばん左の四人目の姓名を、平助が忘れるものではない。

（あれが八重どのの恋する男か……）

「懸《か》かれい」

丹羽五郎左の号令一下、信長の馬廻衆四騎が、乗馬《じょうめ》にむちを入れた。

「丹楓。われらも参ろうず」

平助の足に、軽く脇腹を圧迫されただけで、丹楓は敏感に反応する。

先に動いた対手の四頭が、地道《じみち》（常歩《なみあし》）、乗り（速歩《はやあし》）、かけ（駆歩《かけあし》）と、徐々に速度をあげてくるのに、丹楓は最初の数歩から猛然と砂を蹴立てて走り出た。

その速さたるや、かけを超えている。わずか二十間ばかり進んだあたりで、早くも、宙を飛んでいるとしか見えぬ走りになっていた。

現今《いま》の馬術でいうところの襲歩《しゅうほ》と形容してよく、当時の日本で、このような走りのできる馬は、万分の一頭もいなかったであろう。丹楓の素生《すじょう》の想像がつかぬ。

四騎が、一列縦隊を形成した。正面から、駆け違いに、次々と鎗を繰り出す戦術に相違ない。

平助は、何を思ったか、鞍上で朱柄の傘を開くや、そのまま前へ突き出した。すると、おどろいたことに、平助の伸ばした右手の先で、傘がぐるぐる回転しはじめた。

柄は、回っていない。紙を貼った骨の部分だけが、風をうけて旋転しているのである。

まるで風車ではないか。

平助と四騎の距離が縮まった。砂塵を舞い上げる馬蹄の轟《とどろ》きが急速調となり、騎馬武者たちの揺い込む鎗の穂が、明るい陽射しをはじいて、きらきら光る。

一番手は、丹羽五郎左であった。

「くっ……」

五郎左は、おのが馬が、臆して、微かに足なみを乱したのを感じ、両股に力を込め、奥歯を強く噛んだ。馬は、迫りくる緋色毛の巨大な牝馬を、あきらかに恐怖している。

当時の馬は、体高四尺を世の常とし、それより上を、一寸、二寸、三寸と寸刻みで呼び、まずは八寸が大馬の限度であった。宇治《うじ》川の先陣争いで有名な佐々木高綱《ささきたかつな》の名馬生食《いけずき》でさえ、八寸という。これを超えると、長《たけ》に剰《あま》ると称して、破格の巨馬とされた。

丹楓の体高は、五尺に剰る。五郎左の馬が怖れたのも無理はなかろう。

平助の右腕が動いて、唸《うな》りを生じていた風車傘がぱっとはね上げられた。そのまま傘は、柄の部分だけを平助の手のうちに残して、宙高く舞い上がった。さながら、竹とんぼであった。

一瞬、五郎左の視線も、上へ振られる。そのときには、平助と丹楓が、肉薄していた。眼前で鎗の穂先が光り、五郎左は、愕《ぎょ》っとした。平助の傘の朱柄は、鎗だったのである。

魔羅賀平助には、かさやり平助の異名もあった。

が、平助は、鎗を突き出さずに、横へ薙《な》いで、五郎左の胴を払った。五郎左は、鞍上にもんどりうって、落馬する。

二番手の佐々内蔵助、三番手の中川八郎右衛門へも、平助は五郎左と同じ憂き目を見させたが、四番手の毛利新介への打撃を加減した。そのため、新介のみ落馬しなかった。

「毛利新介、なかなかやるわ」

駆け違ったあと、平助は、信長に聞こえるよう、声を張った。

そうして平助は、馬首を転じさせず、そのまま信長めがけて、真一文字に突き進んだ。

だが、信長は、あわてぬ。

火縄をすでに点火済みだ。信長は、騎射の構えをとる。

平助は、にやりとした。

織田上総介《かずさのすけ》信長は、後ろから下知《げち》を発するのではなく、みずから戦場の真っ只中へ身を投じる男に相違ない。危険を目睫《もくしょう》にしながら、落ち着き払った無駄のない動きをみせたことで、それが窺《うかが》い知れた。そういう武将に、平助は魅《ひ》かれるのである。

馬廻衆の鎗が真鎗だったからには、信長の鉄炮が空炮ということはありえぬ。それでも、平助は信長へ急迫する。

信長も、外しようのない距離まで平助を引き寄せてから、引き金を絞るつもりであろう、照星《しょうせい》を目当てとする眸子は、冷徹に冴えている。

距離十余間、ふいに、信長の頭上が翳《かげ》った。

信長が引き金を絞ったのと、銃身の上へ傘が降ってきたのとが、同時のことであった。

地より熱気の立ち昇る馬場に、銃声が轟く。

平助は、手綱を控えた拳《こぶし》へ、腰を寄せて、馬上の信長のまわりを、二度、三度と輪乗りしたのち、下馬した。

「みごとな馬よの」

信長は、命懸けの腕試しを強《し》いたことについては何も言わず、丹楓の巨姿に瞠目している。

「一郡と引き替えぬか」

「上総介さまなら、いかがご返答あそばされる」

「一国でも否と申すわ」

戦国武将の中でも、馬を愛したことは、随一といってもよい信長だけに、これは本音であろう。

「こたびの今川との合戦、この魔羅賀平助に、御陣をお借りでき申そうや」

信長は、しかし、表情をかえずに、問い返してくる。

「厳島のほかは、敗けいくさばかりと聞いた。まことか」

平助は、苦笑した。

「それがしを、疫病神とお思いか」

「そちのような疫病神が百人おれば、たいていのいくさは勝てる」

信長の薄い唇が、かすかに緩んだ。

「わが尾張の兵は弱い」

「今川には勝てぬと、はなからあきらめておられるようには、お見受けできかねるが……」

「兵が弱ければ、将は過信をせぬ。今川との合戦では、兵法はそれのみである」

明快な男だ、と平助は感心した。

不測の事態がつきものの戦場では、過信は命取りになる。このことは、平助が丹羽五郎左へ向かって吐いた、臆する心をもたねばならぬ、という言葉の裏返しでもあろう。

「愛智郡比良《ひら》の佐々隼人正《はやとのしよう》の陣を借りるがよい」

愛智郡は、織田、今川双方の城が対峙するところで、最大の合戦場になることは、目に見えている。

先鋒軍に属せ。そういう意味と、平助は受け取った。

「御礼申し上げる」

そのやりとりの間に、平助に軽くあしらわれた馬廻衆の四人が、あるいは足をひきずり、あるいは腰を押さえながら、信長のもとへ戻ってきた。無事なのは、毛利新介ひとりである。

「新介。魔羅賀平助を、隼人正のもとへ案内《あない》いたせ」

四

今川軍が尾張めざして動いた。

五月十日に、先軍出発。その二日後、今川義元率いる本軍が、駿府を発した。

四万と号したが、実際には二万五千の軍勢である。しかし、織田を圧倒する兵力であることに変わりはない。

本軍が遠江の掛川《かけがわ》、引馬《ひくま》、三河の吉田《よしだ》、岡崎《おかざき》と経て、池鯉鮒《ちりゅう》へ達した十七日、先軍は尾張鳴海へ入っていた。

翌十八日夜、義元は、沓掛に本陣を移すと、松平元康《まつだいらもとやす》（徳川家康《とくがわいえやす》）を先駆けとして、大高城へ兵糧を入れさせた。

すでに、小競り合い程度の戦闘は開始されている。

いまだ清洲城にあって、義元の沓掛着陣の報をうけた信長は、軍議にも及ばず、

「深更である。帰って寝よ」

と重臣らに命じた。

戦前から籠城策がしきりに献言されたのにもかかわらず、信長がこれを却《しりぞ》けたというのが定説になっているが、当時の状況からして、かなり強引な説と思われる。

援軍を期待できない籠城など、愚策も甚《はなは》だしいし、それ以前に、信長が城に籠もっては、最前線の向かい城の将兵たちは、見捨てられたと思って、戦意を喪失させたはずだ。信長の事蹟を記した最も信頼すべき史料の『信長公記《しんちょうこうき》』にも、籠城云々の話は、一行たりとも書かれていない。

「運の末には知慧《ちえ》の鏡も曇るとは、よう言うたものよ」

帰れと命ぜられた重臣どもの口から、そんな嘲罵《ちょうば》が吐かれたが、自軍に十倍する大軍を前にして、これを打ち負かせる策戦があるのなら、信長自身が教えてもらいたいくらいであったろう。まして、尾張兵は弱い。

(策などあるかや)

信長の気持ちを代弁すれば、そういうことであったに相違ない。

いったん床に就いた信長が、夜半すぎ、にわかに起きだして、出陣の準備をさせ、

「人間五十年……」

の一節で有名な『敦盛《あつもり》』を謡《うた》い舞ったのも、死を覚悟したやけくその行動だったと説明されたほうが、納得がゆく。

このとき二十七歳の信長は、老練というにはほど遠く、若き血潮の滾《たぎ》りが勝っていたというべきではあるまいか。

五月十九日早暁、今川軍は、織田方の向かい城へ、一斉に攻撃を開始した。

織田方の当時の城は、主城の清洲のみを別格として、ほかはいずれも砦《とりで》とよぶのがふさわしく、陣屋に毛の生えた程度の脆弱《ぜいじゃく》なものである。守兵も二、三百か、多くても四、五百の人数であった。

まず丸根城が、松平元康率いる三河勢の猛攻を浴び、城将佐久間盛重《さくまもりしげ》以下、殲滅《せんめつ》せしめられた。ほぼ同時に、鷲津城も、朝比奈泰朝《あさひなやすとも》の駿河勢の攻撃にひとたまりもなく、陥落してしまう。

沓掛の義元は、その戦捷《せんしょう》報告に接すると、鉄漿《かね》染《ぞめ》の歯に天上眉《てんじょうまゆ》、薄化粧の顔を上機嫌に綻《ほころ》ばせ、大高へ本陣を移すべく、駿府出立以来、はじめて甲冑を着けた。

このとき、平助は、佐々隼人正勝通《まさみち》の牢人分の麾下《きか》として、中嶋の近くに布陣していた。

「お屋形《やかた》さまは、まだお見えあそばされぬか」

同じ牢人隊の中で、ひとり、じりじりと気を揉む男がいる。前田又左衛門《まえだまたざえもんのじょう》尉利家《としいえ》であった。

幼少より信長に近侍してきた前田又左は、昨年、同輩と刃傷《にんじょう》沙汰を起こして勘気を蒙《こうむ》り、蟄居《ちっきょ》中の身だったが、この織田家危急存亡の秋《とき》に居ても立ってもいられず、隼人正を恃《たの》んで陣借りさせてもらったのである。

平助は、牢人隊の隊長格を、前田又左に譲った。

「一隊を軍配して、手柄を立てれば、ご帰参が叶《かな》い申そう」

高名の陣借り平助にそう励まされて、前田又左は感激し、奮《ふる》い立った。

しかし、同じ手柄を立てるのなら、その華々しい現場を主君の眼で直《じか》に見てもらいたい。なればこそ、前田又左は、信長の戦場到着を、いまかいまかと待ち焦がれているのであった。

路傍の地蔵菩薩の頭に止まっていたとんぼが、何かを察知したように、ぱっと飛び立つ。

平助は、空を見上げた。今日の陽射しも容赦がない。が、暑熱の中に、風が感じられた。湿っている。

(ひと雨くる……)

沓掛を発って南下を開始した義元の本軍は、鎌倉《かまくら》往還、東海道を横切ると、大高道を西へ向かった。

義元が、午《ひる》の休憩をとったのは、この途次においてである。

一帯は、低い丘陵地で、奇襲をうけるような危険な場所ではなく、義元自身は、

「おけはざま山」

に人馬を息《やす》めたと『信長公記』は記す。

ただ、織田方の中嶋城が、おけはざま山の北西半里ほどのところに位置し、ほぼ直線の

浅い谷道で結ばれているため、義元は、そちらを警戒して、先鋒軍を備えた。

織田方は、この中嶋城と、善照寺城、丹下城とで、今川方の鳴海城を包囲する形をとっている。

ここに到って、ようやく信長が、善照寺城へ到着した。率いる兵は、およそ二千。

佐々隼人正の部隊に、そのことはただちに知れた。かれらの布陣する中嶋と、善照寺の間の距離は、わずか五町ほどでしかないのである。

隼人正は、信長の父の信秀《のぶひで》時代、今川軍の尾張侵攻を禦《ふせ》いだ三河小豆坂《あずきざか》の戦いで功名を馳《は》せて以来の猛将である。本軍到着に勇を得て、中嶋の東まで押し出してきた敵の先鋒軍へ、ただちに攻め寄せた。

「われらも後《おく》れをとるまいぞ」

牢人隊を指揮する前田又左も、その一声を放って、つづこうとするのを、

「待たれよ、前田どの」

と平助が制した。

佐々隊は、隼人正の同輩の千秋四郎季忠《せんしゅうしろうすえただ》の隊と合して、わずか三百ほどの小勢《こぜい》にすぎぬ。当然のことながら、後詰の備えの必要を、平助は説いたのである。

「魔羅賀どの。いくさに抜け駆け功名はつきものにござろう」

逸《はや》りに逸っていた前田又左である。もはや止めようがなかった。

（織田の衆は存外、気短者《きみじか》が多い……）

ひとり留まるわけにもいかぬ。平助は、丹楓の鞍にまたがり、朱柄の傘鎗を開いた。

この小戦闘は、激突するやいなや、織田方が佐々隼人正・千秋四郎の両将を討たれて、あっけなく了《お》わってしまった。平助の危惧が的中したのである。

平助は、あまたの敵兵に包囲されてなお獅子《しし》奮迅《ふんじん》の働きをみせていた前田又左を、

「犬死の屍《しかばね》となって帰参いたすか」

そう叱咤《しった》し、無理やりひっ抱えるようにして、戦場から脱し、中嶋城まで後退した。

今川勢にも、陣借り平助を追撃するほどの剛の者はいなかった。

定説では、この戦闘は、信長が迂回して義元本陣を衝《つ》くための陽動策だったようにいわれるが、おけはざま山と善照寺城の中間地点で戦うのが、果たして、おとり策戦といえようか。

だいいち、迂回しようにも、善照寺到着以後、信長の動きが今川方に丸見えだったことは、『信長公記』に明記されている。佐々・千秋隊の潰乱を望見した信長が、これを救援すべく、善照寺城から中嶋城へ移ると言いだしたさい、

「無勢の様躰敵方よりさだかに相見え候」

と家老衆が、信長の馬の轡《くつわ》を押さえて、必死に制止するさまが、活き活きと描かれているのが、それである。

すでに、このころには、あたりは今川軍の兵で充ち満ちていたと考えてよい。

結局、信長が、むろん奇襲のための迂回などせず、また家老衆の制止も振り切って、中嶋城へ強引に移陣したのは、たとえ軍令違反の抜け駆けとはいえ、自軍の兵を見殺しにできなかったからであろう。

これで信長は、半里ばかりの谷道ひと筋を隔てて、義元と正面から対《むか》い合う恰好となった。

そのころ、おけはざま山の義元は、謡《うたい》などうたわせて酒宴の最中である。相次ぐ勝利に笑いがとまらなかったこともあろうが、地元の村々の長や僧侶らが、戦捷祝いに続々と届けてくる山海の幸を、夏のことで、腐らせぬよう早く腹におさめてしまわねばならぬという、義元にとっては、いささかありがた迷惑な事情もあった。

前田又左とともに中嶋城へ入った平助は、信長によばれ、今し方の戦闘の状況をつぶさに報告させられた。

「将領はともかく、まことに尾張の兵は懦弱《だじやく》にござる」

平助が、最後にそう付け加えると、信長は吐息をついたが、稍《やや》あって、切れ長の眦《まなじり》をもつ双眸から、輝きを放った。

「平助。よきことを申した」

信長は、わずかな守兵を残し、ほぼ全軍を率いて、中嶋城を出た。

この城は、川の合流点の、やや拓《ひら》けた低地にある。城外に将兵を整列させた信長は、凛々《りんりん》たる声を放った。

「今川の先鋒は、弱兵なり」

なぜなら、かれらは、昨夜、大高城へ兵糧を入れたその足で、丸根・鷲津両城を攻め落とし、休む暇もなく、この地へ行軍してきた。疲労困憊《こんぱい》は明らかである。実際に、たったいま鎗合わせしたばかりの魔羅賀平助が、敵は数を恃むばかりで、ひとりひとりは腰がふらついていた、怖るるに足らず、と申しておる。佐々隊の敗走兵をまったく追撃しなかったのが、何よりの証拠であろう。

そこまで聞いて、平助は、わが耳を疑った。

(どういうつもりだ、信長は……)

今川兵について、信長が言ったような報告をしたおぼえはない。

また、このことは平助も後に知るが、中嶋の東方まで出てきた今川の先鋒軍に、大高城へ兵糧を入れ丸根城を落とした松平勢、鷲津城を蹂躙《じゅうりん》した朝比奈勢いずれも参加していなかった。このとき両勢とも、大高城で休息中だったのである。

したがって、実際には今川の先鋒軍は、疲れ切った弱兵どころか、いまだ力を温存している新手《あらて》であった。が、平助と同様、この時点の織田軍将兵のほとんどは、そのことに気づいていない。

「こなたは新手なり」

と、信長はつづけた。たしかに、信長の率いてきた二千も、新手には違いなかった。

「小軍ニシテ大敵ヲ怖ルルコト莫《な》カレ、運ハ天ニ在リ」

信長は、高笑いをみせた。そして、敵が攻撃してきたら退き、後退したら追い討てと、これ以上はない単純明快な指示を与えた。

弱い尾張兵にとって、これほどありがたい下知はない。織田軍は燃えた。

自軍の弱兵を奮い立たせるのに、敵はお前たちよりもっと弱いぞなどと、馬鹿のように笑いながら叫ぶ、そんなふざけた大将が、どこの国にいるであろうか。

(たいした男よ)

平助は、織田信長という武人の奇天烈《きてれつ》さに、心より感服した。

この折、一天にわかにかき曇り、

「急雨《むらさめ》石氷を投打つ様に」

吹き荒れたというから、信長は幸運児というほかない。

風雨は、木々を薙《な》ぎ倒さんばかりの勢いで、西から東へ吹きつけたので、今川の先鋒軍は、織田軍と自然の脅威と、両者からの正面攻撃を同時にうけることになった。

まこと戦場においては、不測の事態がつきものである。この瞬間、世にいう桶狭間《おけはざま》合戦の勝利は、織田信長に転がり込んだ。

五

凄まじい驟雨《しゆうう》は束の間のことで、すぐに空にはまた強烈な夏日が戻ったが、すでに士気において織田勢がはるかにまさっている。

また、戦場が谷間のひと筋道だったことも、大軍の今川勢には災いした。

あれよあれよという間に、今川勢は大混乱に陥り、義元の塗輿《ぬりごし》を担いでおけはざま山を下った旗本衆は、浮き足立つあまり、麓《ふもと》の深田で輿をひっくり返してしまう。

転げ出た東海の太守の白塗りの顔が、泥まみれになった。

「旗本は是なり。是へ懸かれ」

みずから鎗を揮《ふる》って奮戦中の信長が、義元の姿をいち早く発見して、下知する。

初めは三百騎いた旗本衆も、退却戦の不利と、織田勢の獰猛ともいえる果敢な攻めに、次第に数を減らし、ついには五十騎ばかりとなった。切所《せつしよ》限りなしという地理の不案内も、かれらを絶望させたであろう。

しかし、義元の残った旗本衆は、死兵となって戦った。一点の未練もなく死を覚悟した兵は、異常なまでの強さを発揮する。

織田勢の名だたる武士が、かえって次々と討たれはじめた。

その最後の決戦場へ、戛々《かつかつ》と馬を乗り入れてきた者がある。

「織田の衆、退《の》かれよ」

深田にもかかわらず、四肢を力強く飛ばしてくるその緋色毛の馬と武者に、義元の旗本衆は眼を剝いた。

かれらは円陣を組んで、その中に、主君義元を擁している。

「はあっ」

その円陣を、丹楓に苦もなく躍り越えさせて、平助は、旗本衆の陣形を崩した。

その機に、織田勢が、わっと攻めかかり、乱軍となる。

下馬した平助は、丹楓の尻を叩いて、白刃きらめく戦場から遠ざけると、乱軍の中へ駆け入った。

白兵戦においては、闇雲《やみくも》に多数を斬人せずとも、敵にいちど、強烈な恐怖をうえつけることができれば、それで勝敗は決する。

経験から、そうと知っている平助は、

「ご覧《ろう》じあれ、これが魔羅賀平助のいくさなり」

おらんで、皆の注意をひきつけてから、志津三郎をすっぱ抜き、正面の敵を、真っ向から兜ごと、あごの下まで斬り下げてみせた。

よほどに合戦馴《な》れした者でも、これほど凄絶の剣技を眼《ま》の当たりにするのは、初めてのことであろう。瞬間、平助の周囲の時は止まった。

義元の旗本衆の多くが、へなへなと崩れ落ちる。

「手向かわぬ者を斬るな」

平助が織田勢に向けた一言である。

義元のまわりから、護衛者が失せた。

「服部小平太春安《はっとりこへいたはるやす》。今川治部大輔《だゆう》どのが御首級《みしるし》、頂戴仕る《つかまつ》」

信長の馬廻衆のひとりが、名乗りをあげて、義元へ鎗を突き出した。

「推参なり、下郎」

万事に公家風を好んだ義元だが、さすがに武門の棟梁《とうりょう》足利将軍家の一族である。腰に佩いた筑州左文字《ちくしゅうさもんじ》の銘刀を、思いのほか素早く抜いて、小平太の膝を斬り割った。

が、小平太の鎗も、義元の腹へ届いている。

「毛利新介良勝。御首級頂戴」

次いで躍りかかった若武者の名乗りに、平助は振り返る。

新介は、義元がよろめいたところへ、組みついた。泥濘《でいねい》の中へ、両者は倒れ込む。

新介が、義元のあごへ左手をかける。その指に、義元は嚙みついた。

「うあっ」

悲鳴を放って、新介は身を離す。義元の黒い歯の間に、新介の人差し指が残された。

「御免」

と間髪を入れず、義元を押さえこんだのは、平助である。

平助は、間近に転がり、呻いている新介へ、小声で早口に呼びかけた。

「毛利新介。おぬしに貸しがある」

「か、貸しとは……」

額に脂汗《あぶらあせ》をにじませながら、新介は訝《いぶか》る。

「清洲城での腕試しの折、手心を加えた」

それは、自身でも感じた新介だが、理由が分からずにいた。

「三宅の八重どのを娶《めと》れ」

「八重……」

「そうだ。いやだと申せば、次は加減せぬ」

たったいま平助の言語を絶する剣技を実見したばかりだけに、新介は顫《ふる》えあがった。

「しょ、承知仕った」

「聞き分けがいいな。褒美に、義元の首をくれてやる」

一瞬、義元の頸《くび》を絞めあげてから、平助は、突き退けられたふうを装《よそお》って、あっとおのが五体を転がした。

ただちに新介が、義元のからだの上へ、被《おお》いかぶさる。なかば気絶しかけている者の首級を、鎧通《よろいどおし》で掻き切ることは、わけもない。

「今川治部大輔義元どのが御首級、毛利新介良勝が討ち取ったりい」

応じて、周囲から、おおっと歓声が噴きあがった。

六

その日、清洲への凱旋《がいせん》軍の中に、平助の姿はなかった。誰にも告げずに、何処かへ去ってしまったらしい。

今川義元を討った信長は、今後、強者への道を歩む。そう平助は感じたのだろう、と信長自身が思った。

となれば、弱きを助ける平助のこと、信長が強大になれば、その敵方にまわることは充分にありうる。

「殺しておけばよかったわ……」

苦く笑いながら、信長は、独りごちた。

その平助に八重を娶れと強要された毛利新介は、翌早朝には、中島郡の三宅家へ馬をとばしている。よほど平助のことが怖《おそろ》しかったのであろう。

新介は、応対に出た八重に、義元の首級を挙げたこと、それが一番鎗をつけた服部小平太に次ぐ手柄と決まったことを告げてから、肝心の件を切り出した。

「お屋形さまに、われから恩賞のことを申し出た。三宅の八重どのを嫁にもらいうけたいと」

「えっ……」

それなり八重は絶句してしまった。

「不承知では困る」

新介は、平助の朱柄の傘鎗や四尺の大太刀を思い浮かべて、面《おもて》をひきつらせる。

ふいに、八重が新介の胸へ顔を埋めて、歔《すすりな》きをはじめた。

その幸せそうな泣き声を、平助は、母屋の奥の一室で聞いていた。

同衾《どうきん》の多喜が、くすくす笑う。

「平助さまの仰せられたとおりにござりましたなあ」

すると、平助は、はにかんだような笑みを浮かべた。無垢《むく》の少年みたいである。

「では、これにてお暇仕《いとま》る」

平助が、身を起こす。

「わたくしも泣いてもようござりまするか」

「多喜どのには似合わぬな」

「憎らしいことを」

新介が帰ったあと、平助は表へ出て、丹楓を馬屋から曳きだしてきた。

多喜と八重が見送りに出た。

「いつかまた尾張へおいで下さりませ」

と多喜が、なおも色っぽい眼を向けてくると、丹楓が、怒ったように、二度三度と頸を振り立てた。

「風の向くままにござるゆえ」

平助は、母娘へ微笑み返す。

「なれど、平助さま。尾張で陣借りなされますときは、次もこの多喜の陣でなければ赦《ゆる》しませぬぞ」

「過分のお言葉」

多喜を悦ばせるその一言を別辞として、平助は、三宅家をあとにした。

陽射しは相変わらずきついが、今日はめずらしく、からりとした風が吹き渡っている。

ちょっと高いところで、この風を味わいたい気分になった。

「丹楓。乗ってもよいか」

武将のもとを訪れて陣借りを所望するさいと、合戦のとき以外は、平助が丹楓にまたがることはない。戦国の武士として、それほど馬を大事にしているのである。

主人の気持ちを察したのか、丹楓は平助の顔をぺろりと舐《な》めた。

平助は、満面を笑み崩して、鞍上の人となった。乾いた風が、心持ち強くあたり、膚に心地よい。

丹楓は、みずから、歩みを速めた。

空の広い濃尾《のうび》平野を、破格の人馬が、地を這うように飛翔していく。

めざすは、いずこの地か。それとも、天か。

隠居の虎

一

琵琶湖《びわこ》に、ぽつりと浮かぶ竹生島《ちくぶ》が、浅井久政《あざいひさまさ》の眼の中で、しだいに大きくなってきた。

艪《ろ》を操《あやつ》る船頭を除いて、供は五人。

宝厳寺《ほうごん》か都久夫須麻《ちくぶしま》神社へ詣《もう》でるほかに、竹生島をめざす理由はなさそうだが、いずれも二年前の火災で焼亡して以来、打ち捨てられたままである。

それなのに久政には、一体、何用があるというのか。

のちに『浅井三代記《あざいさんだいき》』は、久政を評して、

「心鈍き」

というが、たしかにそう思わせるような、どことなく間の抜けた風貌の持ち主であった。

主家京極《きょうごく》氏を凌駕《りょうが》し、浅井氏を北近江《おうみ》の戦国大名にのし上がらせた父亮政《すけまさ》のあとを襲《つ》いだ久政は、心鈍きが災いしたのか、江南《こうなん》の六角《ろっかく》氏の圧迫を支えきれず、そのたびに和を請《こ》うている。

六角氏の軍事力を怖れる久政の弱腰は、永禄《えいろく》二年にきわまった。

「倅《せがれ》の新九郎《しんくろう》めに、姫君を賜《たまわ》りたい」

と六角承禎《じょうてい》へ願い出たのである。

あるいは、承禎のほうから、もちかけたのかもしれぬが、いずれにせよ、事は運ばれた。

承禎は、重臣平井定武《ひらいさだたけ》の女《むすめ》を、新九郎の室に選んだ。京極氏ならば同格ゆえ、おのが女を嫁入りさせるが、もとはその臣下だった浅井の倅に、そこまでしてやる謂《い》われは、承禎にはなかった。

承禎が、家臣の女と一緒に、新九郎へ、自身の俗名義賢《よしかた》から「賢」の偏諱《へんき》を与え、賢政と名乗らせたのも、家格差を自覚せよという意味であったろう。

それでも久政はありがたがった。が、当人は腹に据えかねた。

「親父さまは、六角の機嫌ばかり窺《うかご》うておるわ。乱世の家格なんぞ、いくさの勝敗で決するものよ。平井ごときの聟《むこ》になれるか」

新九郎は、輿《こし》入れしてきた嫁を直《ただ》ちに実家へ送り返したばかりか、承禎の偏諱を弊履《へいり》のごとく棄てて、

「長政《ながまさ》」

と改名してしまう。

六角氏に対する宣戦布告であった。

このとき十五歳にすぎなかった新九郎のやり方に、異を唱える者が少なかったのは、すでにして、祖父亮政譲りの大器ぶりを、家臣に認められていたからであろう。

激怒した承禎は、その年、浅井方の百々《どど》氏の拠《よ》る佐和山《さわやま》城を攻めた。が、そのころの六角氏は、内外に出兵を繰り返していたせいで、国力が低下しており、士気もあがらず、ついに佐和山城を落とすことができなかった。

その間に新九郎は、かつて京極氏の被官として浅井と肩を並べていた今井定清《いまいさだきよ》を服属させたり、六角氏の属将の誘降に手を尽くしている。

明けて永禄三年四月。

新九郎は、浅井方へ寝返らせた高野瀬秀澄《たかのせひですみ》を、肥田《ひだ》城に籠もらせ、六角氏を動揺せしめた。

愛知《えち》川を境にして、北を江北《ごうほく》、南を江南というが、肥田城は、その愛知川中流右岸に位置し、対六角の最前線の城である。

これに対して、承禎は、肥田城の周囲に築堤し、愛知川と宇曾《うそ》川の水を堰《せ》きとめて流し込むという、水攻め作戦をとったが、五月末に至って、折からの大雨に堤防が決壊してしまったため、むなしく撤退せざるをえなかった。

その後、この七月まで、互いの出方を窺《うかが》い合っているが、時の勢いは、明らかに浅井へと傾きつつあった。

にもかかわらず、久政はいまだ、六角氏の力を必要以上に怖れている。

船中の久政は、竹生島を間近に仰ぎ見て、おぞけをふるった。

遠目には、夕暮れの沈影の幽玄美に溜め息が洩《も》れるが、近づいてみると、実像は決して穏やかなものではない。周囲十八町余りのこの孤島は、樹木と絶壁ばかりで形作られ、人を寄せつけぬ厳しさをもっている。

実際、南東側の岩角のほかに、船を寄せて上陸できる場所とてない。

(六角もこの島のようなものじゃ……)

人々を招き寄せる寺社を火災で喪《うしな》いはしたが、島そのものは、依然、峨々《がが》として、びくともせぬ。衰えつつあるとはいえ、鎌倉以来、江南に長く武威をふるってきた名門六角氏のこと、その基盤が、成り上がりの浅井氏のように脆弱《ぜいじゃく》であろうはずはない。

梟雄《きょうゆう》と怖れられた亮政でさえ、六角氏に幾度となく挑んでは敗れ、ついに江南へ進出するという野心を達成できぬまま没したではないか。

なのに、家臣の大半は、佐和山、肥田と、相次いで承禎に苦汁を飲ませたことで、彼我《ひが》の力の差はなくなったと慢心し、いまこそ江南を侵す好機と逸《はや》っている。

久政の考えは、逆であった。浅井がわずかに優勢とみられるいまこそ、六角と和議を結んで、以後の同格の座を確保すべきではないのか。

だが、そういう久政を、

「煮え切らぬ」

と家臣らは歯がゆがって、ちかごろ、隠居を望んでいる。

海赤雨の三士と称される重臣筆頭の海北善右衛門尉《かいほうぜんえもんのじょう》、赤尾美作守《あかおみまさかのかみ》、雨森弥兵衛尉《あめもりやひょうえのじょう》らまで、

「御家督を新九郎さまに」

と急《せ》き立てるようになった。

久政は、正直、面白くなかった。

家臣たちから、わが子の将才を期待されるのは、親としてはうれしい。が、常に父と比較され、凡庸の烙印を押されてきたのに、いままた、わが子よりも劣ると謗《そし》られたのでは、当主として、立つ瀬がないではないか。いずれは隠居するにしても、その前に、いちどぐらいは、浅井久政の威を内外に示しておきたいのである。

竹生島への微行《びこう》は、その端緒というべきものであった。

新九郎や家臣らへは、焼失した社寺を再建したいので、その下見に出掛けると偽《いつわ》って、久政は湖北《こほく》から屋形船を出している。

（宗智《そうち》は約定をまもったようだの……）

竹生島の南東側の岩角まで達すると、そこにはすでに一艘、係留されていた。他に、船は見当たらぬ。秘密の会見に、船は一艘、供は五人までというのが、快幹軒《かいかんけん》宗智との取決めであった。

宗智は、六角氏の重臣で、俗名を蒲生定秀《がもうさだひで》といい、かつて浅井亮政との箕浦《みのうら》合戦に、首級二十九を挙げた猛将として名高く、承禎すら一目置くといわれる。それほどの人物から、久政は、密書をもって和睦会見を申し込まれたのである。

密書には、次のようなことが記されていた。

承禎の本音は和睦なのだが、それを先に言いだすのは、常に浅井を圧倒してきた名門の誇りが許さぬ。久政のほうからもちかけてくるのを望んでいる。それで承禎の面目は立つから、久政は実をとればよい。その実については、談合次第。この儀、すでに承禎の内諾を得た。

つまり、浅井氏が臣従する和議ではなく、同盟の契りになる、と宗智はほのめかす。

願ってもない申し出といえたが、久政とて乱世の武将の心得を忘れぬ。真偽のほどをたしかめるべく、忍びを放って、六角氏の実情を探らせている。結果、その苦境を垣間《かいま》見ることができた。

六角氏は、先代定頼《さだより》以来、その女婿《むすめむこ》である幕府管領細川晴元《かんれいほそかわはるもと》の後ろ楯《だて》として、たびたび京畿へ派兵したが、晴元に敵対する三好長慶《みよしながよし》の力に抗しがたく、徒労におわることがしばしばであった。その晴元が、ようやく、三好との戦いに疲れ、再起を諦《あきら》めたので、いささかの安堵を得た矢先、こんどは浅井が離反した。そのため承禎は、内政をみる余裕もてずにいる。

さらに承禎は、嫡子義弼《よしひさ》の器量不足に悩んでいるらしい。三年前、十三歳という弱年の義弼に家督を嗣《つ》がせたのも、おのが眼の黒いうちに、凡庸のわが子への服従を家臣団へ誓わせるためであった。いまも実権は承禎の手にある事実を思えば、それと肯《うなず》けよう。

宿敵浅井の世子新九郎が、大器と噂されるだけに、承禎のその悩みは、六角氏の死活問題といってよい。義弼と新九郎の代になれば、双方の立場は間違いなく逆転する。

(なるほど、承禎どのは、いまはわれらと事を構えたくはなかろう……)

義弼をひとかどの武将に育てあげるまでは、できれば大きな合戦を避けたい、と承禎が考えていることは疑いない。

これが新九郎ならば、六角と雌雄《しゆう》を決するときがきたと奮い立つであろうが、久政の対六角の精神構造はそういうふうにできていなかった。

父亮政に従って、六角と戦うたびに敗れてきたこの男は、その底力を骨身に沁《し》みて思い知らされている。承禎が下手に出てきたいまこそ、戦わずして浅井に利を得る絶好機ではないか。

（こたびこそ、承禎どのが姫君を、新九郎の妻に……）

この条件だけは、絶対に宗智にのませるつもりの久政であった。

実現すれば、六角と浅井は、同格となる。また、嫁は人質とみなすこともできるから、ある意味では久政の外交戦の勝利といえよう。

浅井氏自立の道を拓いた亡父と、将来を嘱望されて早くも江北の若虎とよばれる伜。その間に挟まれて、影の薄い二代目は、

（皆に、この久政を見直させてくれる）

隠居するには早い三十六歳の血気にまかせて、秘密の会見に臨むのであった。

久政は、竹生島へ上陸すると、狭隘《きようあい》な坂道を上って、宝厳寺本堂の焼け跡へ向かう。

そこが宗智より指定の会見場である。

樹木の生命力は強い。二年前の火災の直後には、あらかた禿《は》げ山と化してしまったのに、いまや緑が再生して、ところによっては鬱蒼《うつそう》と繁っている。

ほどなく、本堂下の朽《く》ちかけた石段へ達し、これを上りきった。

すると、骨柄《こつがら》逞《たくま》しい武士が、床几《しようぎ》から腰をあげ、満面の笑みをもって、久政を出迎えた。五人の供がいる。

「これは下野守《しもつけのかみ》どの。ご足労、痛み入り申す」

「そのほう、何者か」

と下野守久政は、眉根をしかめる。肝心の宗智の姿が見えぬではないか。

「千種三郎左衛門《ちぐささぶろうざえもんのじょう》 尉と申す」

その名を、久政も知らぬではない。北伊勢《いせ》の豪族ながら、蒲生家に縁あって、六角氏に与力し、豪勇をうたわれる男であった。

「名代とは聞いておらぬぞ。宗智入道はいずれにある」

やや語気を強めながら、久政があたりを見回すと、三郎左衛門尉は、くっくっと笑いはじめた。

「何がおかしい」

「さてもめでたき御仁《ごじん》かな」

「なに」

「出合えい」

三郎左衛門尉は、戦場鍛えの大音《だいおん》を、廃墟と化した宝厳寺の杜《もり》に響き渡らせた。

兵が、わらわらと現われる。木立《こだち》の中から走り出てくる者、石段を駈け上がってくる者、総勢三十名はいよう。

「たばかったな」

久政は、愕然《がくぜん》とする。

「われらこそ、正直、おどろいており申すわ」

なかばあきれたような、三郎左衛門尉の口調ではないか。

「これほど見え透《す》いた詐略《さりやく》に、下野どのはまさか引っ掛かりはすまいが、念のため待ち伏せてみよ、と入道どのより命ぜられたのでござる」

昨日、竹生島へ伏勢《ふせぜい》を渡した船は、その日のうちに江南の浜へ戻っている。

「卑怯な」

「笑止や、下野どの。入道どのは申すに及ばず、六角のお屋形も、浅井と和睦いたすなど、思いもよらぬ。三歳の童子でも分別できることではござらぬか」

そう言って三郎左衛門尉が大笑すると、久政主従六名を取り囲んだ兵たちも、どっと哄笑《こうしょう》した。

自身の心鈍きが招いた災難とはいえ、あまりの憤怒《ふんぬ》と口惜《くちお》しさに、久政は目眩《めまい》すらおぼえた。

「人質になっていただく」

宣告しざま、三郎左衛門尉は、抜刀し、大きく踏み込んで、久政の供侍をひとり、真っ向から斬り仆《たお》した。

「ぎゃあ」

悲鳴と血潮が噴きあがる。

残る四人の供侍も、三十筋の鎗《やり》に串刺しにされた。あっという間の出来事である。

久政は、迂闊《うかつ》なところはあっても、臆病ではない。脇差を逆しまに、おのが腹へ突き立てようとした。

だが、三郎左衛門尉に、手もなくもぎとられてしまう。

あとは舌を嚙むほかないが、討死か切腹でなければ、武人の最期とはいえぬ。久政は、がくりと地に膝をついた。

「感心せぬなあ」

ふいに、頭上から声が降ってきた。

三郎左衛門尉以下、一同、ぎょっとして振り仰ぐ。

年古《としふ》りた樹木の高い枝から、低い枝へと、さながら猿《ましら》のような軽捷《けいしょう》さで、伝い降りてくる者がいた。

二

総髪を後ろで無造作に束《たば》ね、高い鼻梁《びりょう》と茶色がかった眸子《ぼうし》をもつ、体軀壮大なる若者であった。大太刀を背負っている。

三郎左衛門尉の前までやってきた若者は、なぜか照れたような笑みを唇許《くちもと》に刻《きざ》んで、頭をぽりぽり掻《か》く。

よせばいいのに、みずからすすんで窮地へ這入《は》りこんだあげく、やっぱり、よせばよかったと後悔し、自嘲している。そんなようすであった。

「浅井の者か」

詰問した三郎左衛門尉の右腕が、ぴくりと動いた。衅《ちぬ》られた刀の切っ先から、真っ赤な雫《しずく》がどろりと滴《した》り落ちる。

「寄る辺《べ》なき牢人《ろうにん》にござる」

と若者はこたえた。

「ならば、いま見たことは忘れよ。おぬしが身のためだ」

「性分にござってなあ……」

若者は、妙にのんびりしていた。

「何が言いたい」

三郎左衛門尉の総身から、微かながら殺気が放たれる。

それに気づいたのか気づかぬのか、若者は、視線を、三郎左衛門尉から、久政へと移した。

「それがしの迎えの船がまいる。同船なされるか」

そのことばの意味を、咄嗟《とっさ》には解しかねたのか、久政は、ぽかんと口をあけて、若者を見上げている。

「朝妻船《あさづま》はおきらいか」

重ねて、若者に訊《たず》ねられ、久政はほとんど反射的にかぶりを振った。

「では、まいりましょうぞ」

若者は、手を差しのべ、久政を起《た》たせる。

「なんの真似だ」

当然ながら、三郎左衛門尉が立ちはだかった。

「お聞きのとおり、この御仁と船に乗る」

若者は自若《じじゃく》としたものだ。

「うぬは狂人か」

「対手《あいて》次第では狂人にもなる」

にいっ、と若者は笑う。

「おのれ。この千種三郎左を愚弄いたすとは、身のほど知らずめが」

「短気は損気と申す」

「ほざくな」

三郎左衛門尉は、血刀を振り上げた。

その刹那《せつな》、若者は、三郎左衛門尉の懐《ふところ》へつつっと滑り入り、振り上げた両腕の肘《ひじ》を摑《つか》んでいる。

「うっ……」

万歳をしたような恰好のまま、三郎左衛門尉は動けなくなった。四角い顔が、痛みに歪《ゆが》む。

「すまぬな、千種どの。多勢を対手のときは、将を仆すに限る」

若者は、何を思ったか、ひゅうっと、高く口笛を鳴らすや、対手の肘を決めたまま、後ろへ退《さ》がった。尋常でない速さだ。

背後に、石段が迫る。

そのぎりぎりで、若者は、三郎左衛門尉と身を入れ替えた。

「あっ……」

投げをうたれた三郎左衛門尉は、なす術《すべ》もなく、石段を転《ころ》げ落ちていく。

配下の兵どもは、この一瞬の悪夢に、動転し、おろおろするばかりであった。

宝厳寺の焼け跡裏手の木立の中から、とつぜん、蹄《ひづめ》の音も高らかに、緋色毛の巨馬が跳び出してくるに及んで、かれらは、ほとんど仰天した。

若者の持ち物であろう、巨馬の鞍から垂れ下がる具足やら何やらが、ぶつかり合って、派手な音を立てている。

「御免」

若者は、久政のからだを、右腕一本でひっ抱えたとみるまに、走り来た巨馬の背めがけて、放りあげた。物凄い膂力《りょりょく》だ。

鞍を跨《また》いだ久政だが、鐙《あぶみ》に足をかける余裕はなく、振り落とされぬよう、巨馬の鬣《たてがみ》へ必死でしがみつく。

「丹楓、往け」

若者に丹楓とよばれた巨馬は、その下知を受けると、周囲の兵どもを威嚇するがごとく、いちど高峻《こうしゅん》の平頸《ひらくび》を振り立て、棹《さお》立ってみせてから、勾配の急な石段へ四肢を躍らせた。宙を飛ぶと、額《ひたい》の白斑が、本物の流星と化したように見える。

石段下まで転がり落ちていた三郎左衛門尉は、歯を食いしばり、からだじゅうの痛みを怺《こら》えて、ふらっと立ち上がった。

見事な足捌《さば》きをもって、めざましい速さで石段を駈け下りてくる丹楓に、瞠目《どうもく》しながらも、三郎左衛門尉は、逃れようとせぬ。それどころか、一剣を手に、両腕を広げて待つ。

その退くことを知らぬ豪の者の誇りを、石段上の若者は、天晴《あっぱ》れと思ったが、

（丹楓をとめられるものか）

蹴り殺されるのがおちである。

若者もまた、石段へ跳んだ。

往く手に立ちはだかる三郎左衛門尉へ向けた丹楓の双眼が、殺気を帯びて、ぎろりと光る。

「殺すな、丹楓」

若者の叱咤《しった》が飛ばされた。

瞬間、石段を数段余して跳躍した丹楓の巨体は、三郎左衛門尉の頭上を越えていた。

そのまま丹楓は、樹間の狭い坂道へと駆け入る。

ここに至って、ようやく兵どもが、我に返った。

「逃がすな」

「追え」

駆け下りてきた若者へ、三郎左衛門尉は打ち込んだが、難なく躱《かわ》されてしまう。腰がふらついていた。

「名乗れ」

喘《あえ》ぐように、三郎左衛門尉が言う。

「魔羅賀平助」

若者は、こたえた。

「おぬしが……陣借り平助……」

面《おもて》を驚愕に染めた三郎左衛門尉へ、平助は、照れたような笑顔を一瞬見せてから、くる

尉は腰から崩れ落ちた。

「浅井に与せよ、魔羅賀平助。汝《うぬ》が首、戦陣にて、この千種三郎左が必ず獲《と》る」

振り返らぬ平助の背へ、喉も裂けよとばかりにその宣言を吐きかけたあと、三郎左衛門尉は腰から崩れ落ちた。


そのときには、坂道を駈け下りきった丹楓が、久政の船と、三郎左衛門尉のそれと、二艘が繋《つな》がれた岩場へ姿を現わしている。

ちょうど、別の一艘が寄ってくるところであった。平助の言った迎えの朝妻船であろう、遊女とおぼしい女たちが乗っている。

湖東《ことう》の朝妻は、東山道に接する湊《みなと》で、東山道諸国の物産の積出地として栄え、遊女も多かった。ここから遊女を乗せて湖水に遊ぶ船が、朝妻船とよばれたのである。

平助は、五月に尾張桶狭間で、織田方の陣を借りて、今川勢と戦ったあと、美濃《みの》、越前《えちぜん》をのんびり牢々した。が、浅井と六角の戦いが過熱していると聞くと、またぞろ、いくさ人《びと》の血を滾《たぎ》らせて、近江までやってきた。朝妻に逗留《とうりゅう》したのは、いずれの陣を借りるのが面白いか見極めるためである。

しかし、いくさの時機《とき》を予想することに長《た》けた平助は、浅井と六角の大戦は八月と踏み、直前まで誰にも邪魔されぬ場所で釣りでもして過ごそうと、竹生島へ渡った次第であった。

折しも、本日が、その迎えの日。

朝妻船といっても、平助の送り迎えのそれは、数人しか乗れないような小舟ではない。丹楓も同乗させねばならぬので、平助の馴染みの遊女屋のあるじが、この琵琶湖を往来する乗合船《のりあいぶね》を出させたのである。

「おや。あれは、平さまではないような……」

「なれど、あの緋色毛、平さまのご乗馬《じょうめ》に相違なし」

船中のあるじや、遊女たちは、島の磯へ現われた丹楓の巨姿を認めたが、鞍上の人が平助でないのを、のんびりと訝《いぶか》った。

が、不審は束の間のことにすぎぬ。丹楓の後ろから、木立を抜けて、平助が跳び出してきた。

「何やら、あわてててござらっしゃる」

あるじがそう呟いたとき、平助は馬の尻をたたいて叫んだ。

「丹楓、跳べ」

見るまに、丹楓が磯の岩を蹴って、そこに繋がれていた二艘の船を、踏み渡り、最後に、朝妻船へ跳び移ってきた。

あるじも遊女らも、仰天し、船中でひっくり返る。久政は、鞍上から転がり落ちた。

「待てい」

「矢だ。矢を放て」

兵たちが、磯へ出てきた。

平助は、背に負った愛刀、将軍足利義輝《あしかがよしてる》より拝領の志津三郎を、いったん宙へ投げあげる独特の抜刀法で抜いた。それで、二艘の艫綱《ともづな》を断ち斬るや、いずれの船も湖水へ滑り出させてしまう。

降ってきた矢を躱《かわ》して、平助は飛び込んだ。そのまま湖中を潜水して進み、朝妻船の船腹にとりついた。

丹楓が、長い頸を折り曲げ、平助の後ろ衿《えり》をくわえて、その五体を引き上げる。

「船頭。帆掛けて、逃げろ」

平助は、そう命じると、ふうっと大きく息を吐き、大の字なりに寝ころがった。

遊女たちが、濡れ鼠《ねずみ》の顔を、おかしそうにのぞきこむ。

「竹生島で何を釣っておいでなされましたのか」

「殿様だよ」

「また、お戯《たわむ》れを」

遊女たちは笑う。

当の殿様の久政は、頭でも打ったのか、気絶していた。

「何か賑《にぎ》やかにやってくれ」

竹生島から、白帆をあげた朝妻船が、遠ざかる。陽気に管弦の音を響かせながら。

取り残された六角の兵どもは、孤島の磯で地団太を踏んでいた。

三

朝妻湊へ着いた平助が、浅井の本拠の小谷城《おだに》へ使いの者を走らせると、ただちに迎えがやってきて、その日のうちに、久政は帰城することができた。

「礼は、二、三日のうち、必ずいたす」

久政は、そのことば通り、翌々日、平助を小谷城へ招いた。

西方に、東山道より分かれた北国《ほっこく》街道と、琵琶湖を眺め下ろす小谷城は、山城として、軍略上、天然の要害といえよう。

背後の北東を険しい伊吹《いぶき》山地に衛《まも》られ、前面の麓を内濠ともいうべき田《た》川と山田《やまだ》川が流れており、さらに、姉《あね》川を外濠と見立てることもできる。

領国経営の拠点としても、最適といってよい。北国街道のほか、美濃と越前を結ぶ脇往還が山裾《すそ》の東から西へ通る交通上の要衝であり、また湖北と湖東の広大な穀倉地帯を、眼下に望むことができるからである。

陰暦八月になった。

蒼天の下、稲田は色づき、風が吹くと、地上に黄金が波うつ。

平助は、使者に導かれ、南の大手口《おおてぐち》から小谷城へ入った。そこから先は長い谷道になっており、清水谷《しみずだに》とよばれる。

道の両側に設けられた削平地に、屋敷が建ち並んでいる。家臣団は、平時はここに住む。

右手上方へ視線を移せば、登山道の頂きに聳《そび》える本丸の屋根が見えた。

平助が招かれたのは、御屋敷とよばれる、城主の日常の居館であった。が、建物の中へは入れてもらえず庭へ通された。

（これが浅井の作法か……）

無位無官の牢人ゆえ、城主の居館へ上げてもらえぬのは、当然といえば当然のことだが、その城主の命の恩人となれば、おのずから身分格式をこえた接し方があるはずではないか。

しかし、この魔羅賀平助という、どこか茫洋《ぼうよう》とした風貌の若者は、腹を立てたのではない。不審を抱いたのである。

（浅井久政という男らしくない）

べつだん、そうされることを期待していたわけではないが、あの男ならば諸手《もろて》を挙げて歓待しそうだ、と平助は思っていた。久政には、そういう人の好いところがあるとみたのだが、見誤ったのであろうか。

庭で待っていると、ほどなく、小姓を従え、廊下を踏み鳴らしながら、大兵肥満《だいひょう》の人が現われた。

からだは巨《おお》きいが、紅顔の美少年といってよい。

平助は、庭に折り敷き、頭を下げた。

「浅井新九郎長政である」

鋭気横溢《おういつ》する声音であった。

「魔羅賀平助とは、そのほうか」

「さようにござる」

「おもてを上げよ」

平助が命ぜられた通りにすると、新九郎はことさら胸を反らせる。

「隠居の命を救うてくれたそうな」

隠居の一言で、平助は察した。

(なるほどそういうことか……)

昨日のうちに、浅井の家督は、久政から新九郎へ譲られたに違いない。六角方の見え透いた罠《わな》にまんまと嵌《は》められた軽挙を思えば、隠居へ追い込まれたとしても、久政は文句を言えなかったであろう。

新九郎が平助を庭へまわらせたのは、いかに高名の魔羅賀平助が対手でも、新国主として、一介の牢人に侮《あなど》られたくないという気負いから出たことと思われた。

「迎えの船がまいったので、ついでにお誘いいたしたまでのこと」

「ありていに申せ」

「ありていに、とは……」

「浅井に仕える好機とみたのではないのか。牢人ならば、当たり前であろう」

「ははあ……」

平助はぽりぽりと頭を掻く。

御前であるぞ、と新九郎の小姓が叱りつける。

「わしとて、陣借り平助の武名は聞いておる。おのが器量、禄高《ろくだか》で申してみよ」

武名赫々《かくかく》たる者を前にして、風姿でも気概でも負けまいとする若き国主が、平助にはおかしかった。

平助のいくさぶりを、

「百万石に値する」

と激賞したのは将軍義輝だが、そのままを申し出たら、近江半国そっくり差し出したとて半分にも充たぬゆえ、新九郎は返すことばに詰まるであろう。

「禄高の値は、それがしのいくさをご覧《ろう》じられてのち、こなたさまがお付けになられては、いかが」

「魔羅賀平助、よほどの自負ありとみた」

「さあ、それは……」

「六角承禎とのいくさは近い。陣借り平助が働き、とくと見させてもらうぞ」

「畏《かしこ》まって候」

城に滞在するのは何かと気詰まりなので、平助は、城下に宿を見つけようと思ったのだが、大手口まで戻ると、そこで久政に呼びとめられた。

「すまぬことをした」

父親の命の恩人に対して、伜が素っ気ない応対をしたことへの、詫《わ》びであろう。

「一献《いっこん》、差したい。今宵《こよい》だけでも、城で過ごしてはどうじゃ」

そこまで申し出られては、平助も断わりきれぬ。それに、無理やり隠居させられた久政が、いささか哀れでもあった。

「では、おことばに甘えさせていただく」

平助は、本丸の南の大広間とよばれる郭《くるわ》に案内された。清水谷に隠居所が建てられるまで、久政は平時もここで過ごすのだという。

夕闇の迫るころから、飲みはじめた。酒肴《しゅこう》も、多数並べられた。

「橘《たちばな》焼きと申しての、わしの好物じゃ」

久政にすすめられたそれは、黄色く色付けした魚のすり身を、蜜柑《みかん》の形にととのえ、味噌煮したものであった。

平助は、魚は、捕らえたその場で直火で焼き、骨ごと食べるのがいちばん旨いと思っている。すり身など食った気がせぬ。

「どうじゃ、旨いか」

「申し訳ござらぬ。かように上等な料理の味は、それがしには分かり申さぬ」

「正直よの、おことは」

「招かれておきながら、非礼とはおぼえ申すが……」

「よい。酒肴を揃える前に客に好みを訊かなんだわしのほうが迂闊《うかつ》であった。食《しょく》したきものあらば、何なりと申せ」

「では、飯を頂戴いたしとう存ずる」

「飯……」

「炊きたての白い米粒を」

「公家のようなことを申すわ」

「ふっくらとして温かき白い米粒を食べる。世に、これにまさる贅沢《ぜいたく》はござらぬ」

白米というのは公家の食べ物で、当時は、武士も庶人も玄米食が当たり前であった。白米が食膳に上るのは、ハレの日ぐらいのものである。

平助は、白米よりも玄米のほうが、からだを頑健にすることぐらい知っているが、どうにも、その美味には抗《あらが》いがたかった。この若者の唯一の弱みかもしれぬ。

「相分かった。早々に支度いたさせよう」

「一升ほど」

その要求量に、久政は眼をまるくしたが、すぐに給仕へ言いつけた。それから、自分も橘焼きに箸をつける。

「わしがこれを初めて口にしたは、十歳のときじゃ。この大広間に、ご主君京極高清《たかきよ》さま高延《たかのぶ》さま御父子の御成を仰いだ日のこと……」

その眼が、遠いところを瞶《みつ》めた。眼許《めもと》、唇許の綻びは、佳《よ》き思い出であることを物語っている。

浅井亮政が小谷城に京極父子を招いて、夕刻から翌日の昼近くまで繰り広げられた饗宴の内容は、『天文三年浅井備前守宿所饗応記《てんぶんさんねんあざいびぜんのかみしゅくしょきょうおうき》』に記されて、現今に伝わるが、下賜品・献上品の多彩さも含めて、室町将軍の臣下邸への御成にも等しい華やかさだったといわれる。

この宴は、表向き、京極氏と、その麾下《きか》の国人領主中第一の実力者浅井氏との、主従相和す姿を公けにしたものだが、世人の眼には江北の支配権が完全に浅井に移ったことを印象づけるものであった。それだけに、当時、亮政の世子の座にあった久政も、まわりからちやほやされて、近江半国どころか、いずれ天下は浅井のものになると信じたことを、後々まで忘れずにいる。

なればこそ、そのときに食べた料理が、二十六年を経たいまも好物なのであった。

「こうして酒を飲んだり、能を観たり、女子《おなご》と戯《たわむ》れたりして暮らすことが毎日叶えば、どれほどよいものか……」

「隠居なされたからには、叶いましょう」

「たしかにの……。なれど、いちども武将として面目をほどこさぬままの隠居は、老残というほかあるまい」

久政は、寂しげに笑った。

「武将の値打ちは、いくさの強弱のみで決まるものにてはあらず。土地の者が口々に、下野守さまは治水大名じゃと、ありがたがっているところを、幾度も眼にしており申す」

近江国は、琵琶湖へ流入する河川が、大小数多くあるので、治水政策が、米の生産高は言うまでもなく、水上運輸の死命も制する。これについて久政は、高時《たかとき》川流域に井堰《いせき》を造るなど、随分と手を尽くしている。

しかも、この場合の政治家久政の巧《たく》みさは、用水のことで争いの絶えぬ在地領主たちの間に入って、そのまま被官化してしまうところにあった。

内政面だけみれば、久政は決して無能な国主ではなかったといえるであろう。

「華々しき武辺のおことから、さようなことばを聞こうとは思わなんだ。何やら面映《おもは》ゆい」

「それがしのように、いくさに血を沸かせる猪武者《いのしし》は、天下に数限りなくおり申す。下野守どのは、そういう阿呆どもに、いくさをやめさせるお人になれば、よろしいではござらぬか」

「おことは、やさしいことを申すの……」

平助を眺める久政の眼が眩しげである。その視線の先に、新九郎を見ているのではないか、と平助は感じた。

同じことを、新九郎から言われたら、どれほどうれしいか。久政は、そう思ったのに違いない。

伜に尊《たっと》ばれたいと望むのは、父として当然の感情というべきであろう。しかし、若き新九郎が、梟雄と畏怖されていくさに明け暮れた祖父亮政に憧れ、和を第一として六角の下風に立つを恥とせぬ父久政を侮っていることは、その言動から明らかであった。

「あ……」

声をあげかけて、平助は、俯《うつむ》いてしまう。久政の眼が濡れてきたのを見てしまったからだ。

(新九郎どのは、果報者《かほうもの》よ……)

涙《なみだ》を流すほど、伜との関わりをいつも気にかけている父親が存在することを、平助は一瞬、羨《うらや》んだのである。この若者は、おのが父親の顔すら知らなかった。

「おこと、女子は好きか」

と久政が、頬を伝うものを指で拭いながら、話題をかえる。

「下野守どの。朝妻船をお忘れか」

「これは愚問であったわ」

二人は、笑った。

その夜、大広間に一室をあてがわれた平助は、久政の寄越した女と同衾《どうきん》した。

平助は、たとえ一夜限りの共寝でも、気が通い合わねば女を抱かぬが、そういうところを久政は見抜いて、平助好みの女を選んだものらしい。

(返礼せねばならぬな……)

平助が、清水谷の御屋敷に新九郎を再訪し、六角とのいくさでは久政の陣を借りたいと申し出たのは、翌朝のことである。

四

三十年来、幾度となく干戈《かんか》を交えてきた六角と浅井が、ついに互いの総力を挙げて、雌雄を決する秋《とき》がきた。

琵琶湖を渡る風も涼々たる永禄三年八月の半ばである。

先に動いたのは、六角勢であった。

この四月、高野瀬秀澄の裏切りにより、浅井方の手に落ちた肥田城の攻略に乗り出したのである。

肥田城は、江北と江南の境界をなす愛知川の北に位置し、東山道を扼《やく》す城なので、ここが浅井方である限り、承禎は江北への進出路を封鎖されたことになってしまう。なんとしても落とさねばならなかった。

承禎みずから中軍《ちゆうぐん》に鶴丸の旗を翻《ひるがえ》しつつ、愛知川を渡渉し、肥田城を指呼の間に望む野良田《のらだ》に布陣した六角勢は、合して二万五千。

肥田城から小谷城へ援軍要請の急報がもたらされたのは、言うまでもない。浅井勢は、かねて臨戦態勢をとっている。

「出てきたか、承禎坊主め」

勇躍する新九郎の前へ、直ちに、茅葉《かやば》を添えて、酒を入れた瓶子《へいじ》が運ばれた。肴《さかな》は、勝栗《かちぐり》と打鮑《うちあわび》だ。

「我れ、この軍《いくさ》に勝栗。我れ、この敵を打鮑」

大音声に宣言するや、新九郎は、酒杯をひと息に干して、鎧の上帯の端を切って棄てた。生還を期さぬ覚悟である。

その怖れを知らぬげな堂々たる佇《たたず》まいは、これが初陣《ういじん》の十六歳の若者とは思われなかった。

「惚れ惚れいたす御武者ぶり」

「暗愚の六角義弼とは雲泥《うんでい》よ」

「御家の弥栄《いやさか》、しかと見えたり」

興奮して口走る将士の眼は、ことごとく新九郎に向けられ、その横に並んで座を占める久政の存在など、誰ひとり気にしていないかのようである。

いや、平助だけは、遠目に久政の表情を捉えていた。

（なんとも冴えぬなあ……）

甲冑姿も、どことなく頼りなさそうではないか。

群臣ことごとく、若き主君に倣《なら》って、酒を飲み下し、上帯を切る。

出陣を告げる鯨波《げいは》が、小谷山を揺るがした。

北国街道から東山道へと南下する浅井の兵力は、磯野丹波守《いそのたんばのかみ》らを主将とする先陣五千、新九郎みずからが率いる後陣六千、併せて一万一千騎である。

そうして野良田へ急行した浅井勢が、宇曾川を挟んで、六角勢と対陣したのは、八月十八日。

平野のいくさでは、小細工は通用せぬ。双方の先鋒軍の真っ向からの激突によって、戦端は開かれた。

浅井勢から百々内蔵助《くらのすけ》、六角勢から蒲生右兵衛《うひょうえ》大夫《だゆう》賢秀《かたひで》。いずれも猛将として名高い。

この戦闘は、二刻《ふたとき》に及んでも、決着がつかなかった。

「壱岐《いき》。治部《じぶ》」

いささか焦れた六角承禎《じ》が、楢崎《ならさき》壱岐守と田中《たなか》治部大夫をよびつけた。

「長々と無様《ぶざま》。そう右兵衛に伝えよ」

むろん賢秀を援《たす》けよという意味である。

両名、畏《かしこ》まってこれを受けると、直ちに兵を率い、百々軍の側面を衝《つ》いた。

だが、浅井勢は、援軍を出せぬ。緒戦に兵を投入しすぎては、あとがもたぬのである。百々軍が支えてくれることを祈るほかなかった。このあたりは、二万五千と一万一千の兵力差というべきであろう。

新手の攻撃を浴びた百々軍は、たちまち潰乱した。

「戻せ、者共《ものども》。戻せえ」

猛将内蔵助は、それでも兵を叱咤し、みずからも馬を返し、馬を返し、奮戦する。

「結解《けっけ》十郎兵衛《じゅうろべえ》、見参」

蒲生家の剛の者が、馬上、鎗を揺い込んで、内蔵助へ迫り来た。

「推参なり」

迎えた内蔵助だったが、激戦二刻で疲労困憊《こんぱい》している。十郎兵衛のひと突きに落馬し、首級を授けてしまった。

六角勢から、どっと歓声があがる。

浅井勢は、浮足立った。

「お屋形さま。総掛かりを御下知あそばしますよう」

六角の本陣では、承禎の右腕とも称される快幹軒宗智が、進言する。

「いま、浅井の本陣をただ一文字にめざせば、下野守は怖れて背を見せましょうぞ」

「うむ、あやつは若きころより臆病ゆえな。なれど、倅は侮れぬ」

「新九郎は、いささかの智略をうたわれておるとて、本日が初陣の小童《こわ》っぱ。何ほどのことができましょうや。父子とも、ひと揉《も》みにござる」

「よし」

浅井勢に倍する兵力のうえ、緒戦の勝利で意気あがる六角勢は、一挙に決着をつけんと、全軍あげて押し出した。

戦場に、進撃する六角勢と、後退しつつ戦う浅井勢という図が展開された。

「ひとまず肥田城へ却《しりぞ》いてはどうか」

「肥田城は狭すぎる。一万もの兵は収まりきらぬ」

「佐和山ならばもちこたえられよう」

浅井本陣では、諸将が早くも撤退策を論じはじめたが、新九郎は不承知である。

「こたびのいくさは、乾坤一擲《けんこんいってき》。退けばまた、浅井は六角の下風ぞ」

眦《まなじり》を吊り上げて怒号する新九郎に、しかし、同調する者が現われた。

「お屋形さまの仰せのとおり」

久政であった。つい今し方、この大事のさいに、小便をしてくると座を立ったので、皆があきれたばかりだが、戻ってきたのである。

「ここで退けば、六角の下風どころか、浅井は滅ぶ。いまこそ攻めよ」

退却するといえば、真っ先に賛成するに違いない人物の口から出たことばとは、到底思われぬ。

「親父さま……」

新九郎は、啞然とした。むろん、重臣たちも、ぽかんとしている。

「お屋形さま」

と久政は、子とはいえ、当主たる新九郎に礼をつくす。

「直ちに兵を率いて、承禎が本陣を衝きなされ」

「本陣を……」

これには、一同、眼を剝《む》く。

「承禎はいまにもわれらが逃げると思うて、油断しておるに相違なし。また、総掛かりの力押しゆえ、本陣は手薄とみるが、いかがにござる」

「親父さまの仰せられたとおりじゃ」

新九郎は、膝をうった。諸将も、あるいは成功するやもしれぬとの期待を、いずれの眼色にも顕《あら》わした。

「なれど、お屋形さまが承禎の本陣へ達せられる前に、われら浅井の本陣が崩されては、終《しま》いじゃ」

重臣の間から、もっともな意見が出る。

本陣が崩されれば、兵は逃げる。さすれば、新九郎の六角本陣襲撃は露顕するばかりか、かえって殲滅《せんめつ》の憂き目に遇《あ》う。

兵を戦場に踏みとどまらせるには、浅井の本陣が山のごとく動かずにあらねばならぬのだ。

現況をみれば、六角勢が浅井本陣を衝くほうが早そうであった。ところが、

「浅井本陣は、この久政がささえる」

と隠居が、昂然《こうぜん》と宣した。

諸将、声を失ったが、ひとりだけ呟いた者がいる。

「備前守さまを見るようじゃ……」

亮政以来、浅井の家臣きっての勇将といわれる遠藤直経《えんどうなおつね》であった。

この呟きが効いたか、一同、しぜんと久政へ畏敬の眼差しを向ける。

新九郎の眼色には、喜悦もありありであった。修羅の中で、父と子の情愛が、初めて通い合った瞬間といえよう。

「馬曳《ひ》けぃ」

扈従者《こじゅうしゃ》に告げるや、新九郎は、

「土佐《とさ》。刑部《ぎょうぶ》。氏秀《うじひで》」

と諸将のうちから指名する。

「そちたちは、親父さまの御下知で動け」

大野木《おおのぎ》土佐守、上坂《こうさか》刑部、安養寺《あんようじ》氏秀は、ははっと、はずむように応じた。

「余の者は、わしに従え。承禎が首を獲りにまいる」

「おうっ」

主従、心をひとつにした新九郎軍は、地鳴りのような馬蹄を轟《とどろ》かせ、凄まじい砂塵を舞いあげながら、浅井氏の存亡をかけた戦いへと突き進んでいった。

稍《やや》あって、久政は、新九郎の残していった三将に、

「あの旗を見よ」

と彼方の乱軍を指さした。

巴《ともえ》紋の旗を翻す一団が、こちらへ近づいてくる。蒲生賢秀軍とみえた。

「本陣は、わしひとりでよい。そのほうら、迎え撃て。内蔵助の仇討ちじゃ」

三将は、小躍りせんばかりにして、自軍の兵を引き連れ、戦場へ馬を駆った。

「誰《たれ》ぞ、魔羅賀平助を呼べ」

待つほどもなく、平助が陣幕の内へ入ってきて、御前に控えると、久政はその双肩に手をおいて言った。

「おことの授けてくれたとおりにした。これでよいか……」

ほとんど喘ぎ声ではないか。平助の肩に手をおいたのも、立っていることができぬからと見える。

「ご立派にあられた」

平助は、微笑する。

「新九郎の身が案じられる」

「ご懸念無用。新九郎どのの初陣は、末代までも語り種《ぐさ》の華々しきものとなり申そう」

「わしに、ここがささえられようか」

「魔羅賀平助がついており申す」

久政の大いなる勇気と新九郎の猛々しさを膚で感じた武将たちの気概が、浅井の将士雑兵の端々まで伝わったのか、戦況は変わった。圧倒されっ放しだった浅井勢が、盛り返しはじめたのである。

「勝てるやもしれぬの……」

久政が、みずからに言い聞かせるように、楽観のことばを口にしたときのこと、蒲生軍の中から、大野木土佐らの迎撃軍を突破し、浅井本陣へまっしぐらに突進してくる一隊があった。

久政の馬廻《うままわ》りが、これを禦《ふせ》いで、その一隊の人数を減らしていく。

だが、それでもなお、乱戦を抜けて、陣幕の中まで跳び込んできた者が、五人いた。

平助は、久政を背後へ庇《かば》って、志津三郎を抜くや、刃渡り四尺の大剣を四度、閃《ひらめ》かせた。

神技《しんぎ》とよぶべきであろう。四人の敵兵が、一瞬のうちに、おのれたちの血の海へ沈んだ。

平助は、残るひとりへ、笑みを送った。

「律儀なことだな、千種三郎左衛門尉」

竹生島で闘《たたか》ったとき、三郎左衛門尉は、必ず平助の首を獲ると高言したのである。

「武士に二言はないわ」

応じた三郎左衛門尉の姿は、ぼろぼろというほかなかった。兜は脱げ、鎧も解けかかっており、顔や手足には、自分のものとも誰のものとも知れぬ血で、真っ赤な斑《まだら》模様が描かれている。

「すでにぼろのようなお手前を斬るは本意ではないが、こたびは子細《しさい》がある。武運がなかったとあきらめてもらおう」

「この千種三郎左が、易々と討たれると思うてか」

三郎左衛門尉は、鎗をりゅうりゅうと扱《しご》いてみせる。

「悪く思うな」

それを最後の一言に、平助は、おそろしく無造作に、対手の鎗の穂先を撥《は》ねあげ、そのまま懐へ跳び込んだ。

志津三郎が、胴を抉《えぐ》る。

剛勇の三郎左衛門尉が、信じられぬものを見たような表情のまま、その場に崩れ落ちた。

「陣借り平助は、ものが違う」

平助は、片掌《かたて》拝みをしつつ、死者へ告げた。

「下野守どの。この者の首をお挙げなされ」

「なんと申した……」

「早くいたされよ」

言われるまま、久政が三郎左衛門尉の首を掻き切ると、平助は両軍入り乱れる戦場へ向けて、高らかに叫んだ。

「浅井下野守どのおんみずから、千種三郎左衛門尉が首をお獲りじゃあ」

六角勢の戦意を喪失せしめるに充分すぎる事実の宣告であった。

このとき、ほとんど同時に、精兵を率いた新九郎が、承禎の本陣へ殺到することに成功しており、これで六角勢は総崩れとなった。浅井勢の逆転勝利である。

新九郎は、最大の獲物の承禎を逃がしたことを口惜しがったが、六角勢の首級九百二十を挙げて、小谷城へ凱旋《がいせん》した。

この野良田合戦以後、勝者の浅井氏は勢力を拡大し、敗者の六角氏は没落の道を辿《たど》ることになる。

「では、これにてお暇《いとま》仕《つかまつ》る」

清水谷の御屋敷へ出向いた平助が、浅井父子に別辞を述べたのは、合戦の翌日のことであった。

「どうしても浅井に仕える気はないと申すか」

未練を隠さぬ新九郎は、

「三千石で召し抱えよう」

と申し出たが、

「過分にござる」

平助は、やんわりと断わって、小谷城をあとにした。

その後ろ姿を眺めながら、久政が新九郎に言ったものである。

「甘いの、新九郎」

浅井氏において、にわかに重きをなすようになった久政は、声まで重々しくなっている。

「は……」

「魔羅賀平助は三千石では仕えぬわ」

「では、五千石と申せばよろしかったのでござりましょうや」

「三石半よ」

「三石……半……」

新九郎には、わけが分からぬ。

「日に一升じゃ。炊きたての白い米だがの」

ますます理解に苦しむ新九郎であった。

その浅井父子に別れを告げた平助は、琵琶湖畔まで出た。また東国へ旅してみたくなったので、しばらくは、この穏やかな淡《あわ》つ海が見られぬと思ったからである。

「丹楓。おまえは、父や母を憶えておるか」

愛馬の平頸を撫でながら、平助は、この若者らしくもなく、湿った口調で言った。

丹楓は、なぜか怒ったように、鼻面《はなづら》で平助の顔を突つく。
「すまぬ、すまぬ。つまらぬ話だ。もういたさぬ」
平助は、小さく声をたてて笑った。その相貌に、名状しがたい寂寞《せきばく》を漂《ただよ》わせて。
涼風の渡る琵琶湖に背を向けた。
どこか遠くで笛と鼓の音が流れている。
（朝妻船か……）
遊女たちの顔が浮かぶ。
平助は、嫉妬深い丹楓に気づかれぬよう、そっと思い出し笑いをした。

勝鬨《かちどき》姫の鎗《やり》

一

木漏《こも》れ陽《び》を浴びながら、平助に曳《ひ》かれて、山路をのんびりと上る丹楓が、ふいに歩みをとめ、両耳を欹《そばだ》てた。

「どうした、丹楓」

鞍《くら》も甲冑《かっちゅう》も武具も何もかも、おのが双肩へ引っ担いでいる平助は、訝《いぶか》る。

諸国の戦陣から戦陣へと渡り歩いて、そのたびに華々しい活躍をみせ、

「陣借り平助」

の武名を轟《とどろ》かせるこの若者は、軍馬として抜群の働きを示す愛馬丹楓を、ことのほか大事にする。諸侯のもとを訪れるときと、戦場以外では、その背に跨《また》がらぬし、荷を積むこともしなかった。

緋色毛も艶やかな丹楓が、高峻《こうしゅん》の平頸《ひらくび》を右のほうへ振る。

急激に落ち込む鬱蒼《うっそう》たる樹林が、わずかに途切れ、山肌の露出した斜面の下方から、小さく悲鳴が聞こえてきた。

箱根路《はこねじ》は狭隘《きょうあい》、険岨《けんそ》ゆえ、ときに足を滑《すべ》らせ転落する者がいる。

「助けてえ。助けておくれよお」

子どもの声だ。

「かわいい耳だぞ」

平助は、荷を放りだし、愛馬のお手柄の耳を撫《な》でてやる。牝馬《ひんば》の丹楓は、甘えるような仕種《しぐさ》をした。

道を外れた平助は、長い手足を、木々や山肌の凹凸へ巧《たく》みに絡ませながら、信じられぬ迅《はや》さで、急斜面を下りていく。このあたりの地形を知り尽くした大猿が、飛び跳ねて遊んでいるようにしか見えぬ。

やがて、山肌が視界から消えた。その向こうは、断崖絶壁らしい。

断崖上に身を伏せて、下を覗《のぞ》き込んだ。

二丈《じょう》ばかり真下に、わずかに突き出した岩角へしがみついている男の子がいた。五体は伸びきって宙ぶらりんだ。

男の子の足下は、千仞《せんじん》の谷である。墜落すれば、ひとたまりもあるまい。

「いま助けてやる。手を離すな」

平助がひと声かけてやると、男の子の汚れた面にかすかな安堵が滲《にじ》む。風体《ふうてい》からして、このあたりの山賤《やまがつ》の子であろう。

平助は、幸運にも、長く太い蔓草《つるくさ》を見つけた。背負っていた愛刀志津三郎を、近くの窪《くぼ》みに横たえてから、蔓草を幾度か引っ張って強度をたしかめると、一方の端を木の幹へ縛りつけ、他方をおのが胴体に巻きつける。

そうして、蔓草を少しずつ手繰《たぐ》り出しながら、垂直に切り立つ絶壁へ両蹠《りょうせき》をぴたりとつけ、ゆっくり下りた。

男の子のすぐ横まで達すると、そのからだを右腕を伸ばして引き寄せ、軽々と抱きかかえた。

「背中につかまれ」

男の子を背負った平助が、登ろうとして、崖上を見上げたときである。鎗《やり》の穂先《ほさき》が眼に入った。

一目で山賊と知れる屈強の男たちが五人、あるいは鎗を下向け、あるいは弓矢の狙いをつけて、こちらを見下ろしている。

とっさに平助は、懐《ふところ》へ右手を突っ込んだ。棒手裏剣《しゅりけん》をしのばせてある。

「よしなよ、悪あがきは」

耳許でその声がして、喉首へ短刀の刃を突きつけられた。

えへへ、と背中の男の子が笑う。

「そういうことか……」

平助は、観念した。

罠だったのである。綱の代わりになる長い蔓草が一本だけ落ちていた時点で、おかしいと気づくべきであった。

「悪く思わないでおくれよ。あんな見事な馬や鞍や太刀を見せびらかしながら、ひとりで箱根を越えようっていうのが、そもそも不用心なのさ」

男の子は、いっぱしの口をきく。物心ついたころから、こんな仕事をしているのやもしれぬ。

（そうか、あのときか……）

甲斐《かい》の武田《たけだ》、駿河の今川、相模《さがみ》の北条《ほうじょう》は三国同盟を結んでいるものの、去年、今川が尾張の織田に討たれたことで、その和は怪しくなった。そこで、小田原《おだわら》に本拠をおく北条氏は、西方からの脅威に備えて、箱根西麓の尾根上に新しく築城を始めている。山中《やまなか》城という。

平助は、半刻《はんとき》ばかり前、その城中を貫く箱根路を抜けるとき、いやな視線を感じたのである。ただ、普請《ふしん》中のことで、人足など大勢の人間が往き来していたから、視線の主《ぬし》を特定することはできなかった。

この山賊たちは、山中城で平助を獲物と定めるや、先行して、罠を仕掛けたのに相違ない。

「ぼうず。名は何という」

平助は、依然として蔓草一本を命綱に中空に浮いたまま、男の子に訊《き》いた。

「あとで仕返しでもするのかい、陣借り平助どの」

「おれを知ってるのか」

「知ってるから、こんな手の込んだ仕掛けをしたんじゃないか。あんたとまともに戦うやつはばかだって、お父《とう》が言ってた。むろん、お父はべつだけどさ」

「お父……」

この子の父親が自分と因縁をもつというのか。平助は、首をまわして、あらためて男の子の顔を見ようとしたが、

「口が軽いわ、小鬼《こおに》」

降ってきた声に、ぎくりとする。

その無気味にくぐもった声には、聞き覚えがあった。

振り仰ぐと、断崖上に、男がひとり増えている。いちど見たら決して忘れられぬ荒ぶる容貌に、平助は再会した。

身の丈七尺二寸の大巨人だ。荒磯に聳《そび》える巨大な岩盤と見紛《みまが》う四肢と胴体の上に、真っ黒いひげに覆われた長大な頭を載せている。その顔は、高々として垂れ下がる鼻梁《びりょう》、逆さまに裂けた双眼《そうがん》、鋭い犬歯をのぞかせる蛇のように大きな口という、この世のものとは到底思われぬ、地獄に棲《す》む者の造作《ぞうさく》というべきであった。

「風魔《ふうま》……小太郎《こたろう》」

呟《つぶや》いた平助の声は、かすれている。

風魔小太郎は、言わずと知れた相州乱破《そうしゅうらっぱ》の首領である。

(とんでもないやつに捕まった……)

その表情を読んだように、平助を眺め下ろす小太郎が、涎《よだれ》を垂らさんばかりにして、にいっと笑った。四本の犬歯が、大きく剝《む》きだされる。

小太郎は、蔓草を右腕一本で、ぐいっと引き上げた。

平助と小鬼のからだが、飛ぶようにして、一挙に崖上へ上がってくる。小太郎の膂力《りょりょく》は、熊をも凌《しの》ぐといわねばなるまい。

「魔羅賀平助。六年前の礼、存分にしてやる」

吐きかけてくる小太郎の息が臭い。生肉のにおいだ。

「律儀なことだな、ははは」

顔を顰《しか》めながら、平助は、ひきつった笑いを返すばかりであった。

二

夜の海を、軍船が移動している。関船《せきぶね》ばかり、五艘《そう》だ。

関船というのは、細長い船体に波きりのよい鋭い船首をもち、速さを重視した構造になっている。また、二階造り、あるいは三階造りの船体を、厚板《あついたば》張りの垣立《かきたつ》で囲った総矢倉《そうやぐら》により、防御力も備える。戦国期の軍船の主力であり、近代海軍に照らせば巡洋艦に相当しよう。

いま江戸湾をすすむ五艘の艪数《ろすう》は、いずれも四十挺立《ちょうだて》である。

「かんのん」

「ごりしょう」

「かんのん」

「ごりしょう」

わずかに燭《しょく》を灯《とも》しただけの艪床では、薄闇の中で、音頭取りの懸け声に四十人の艪方が呼応し、ひたすら前後に艪を動かしている。

観音《かんのん》、御利生《ごりしょう》とは、妙な懸け合いだが、この船隊の首領である安房《あわ》海賊、走水《はしりみず》の重慶《じゅうけい》は、もと僧侶だったそうで、この懸け声を気に入っているらしい。要するに観音とは女陰、御利生とは男根をさす隠語である。よほどの生臭坊主《なまぐさぼうず》だったに相違ない。

四十人が、艪を送り出し、そして引き寄せるのを繰り返すたび、じゃらじゃらと金属的な音が耳を聾《ろう》さんばかりだ。

かれらは全員、両の手首、足首に枷《かせ》をはめられている。手足いずれも、左右の枷の間隔が広がらぬよう、短い鎖を渡してあった。また、手枷と足枷をも、漕ぐのに必要な長さだけの鎖で繋いである。さらには、足枷から別にのばした鎖で、五人一組の連鎖をつくっているから、結局、枷を外さぬ限り、逃げるのは不可能というほかない。

「汝《うぬ》は木偶《でく》か。もっと気を入れろ」

怒号を放ちざま、音頭取りの段蔵《だんぞう》が、艪方のひとりの背へ木剣を打ち下ろした。

「くっ……」

打たれた男は、歯を食いしばり、悲鳴をあげるのを怺《こら》える。

平助であった。

気を抜いてなどいない。むしろ、平助は、四十人の中で、最も力強く漕いでいる。段蔵が、ただ、平助をいたぶるのを愉《たの》しんでいることは、その薄ら笑いを見れば、誰の眼にも明らかであった。

だが、鎖に拘繋《こうけい》の身では、平助は反撃できぬ。

平助の身柄は、風魔小太郎から走水の重慶へと売り飛ばされたのである。

戦国期というのは、戦場で生け捕った者を、身代金と交換することが恒常化していたばかりか、奴隷売買の盛んな時代でもあった。

小太郎のような山賊は山路を往来する旅人などを、重慶のごとき海賊は浦々に住む民などを、それぞれ奇襲し、老幼男女を問わずひっさらってきて、どこぞで売り買いする。実際、そうした奴隷市も立った。

別して海賊は、軍船の艪を漕ぐのに、屈強の者が欲しい。むろん、自分たちでも艪方をつとめるが、こんな単調で、しかも体力を消耗する仕事は、できれば奴隷にやらせるに限る。

類稀《たぐいまれ》な壮軀《そうく》と膂力の持ち主の平助など、海賊にとっては、願ってもない漕ぎ手というほかなかろう。

しかし、平助自身は、風魔小太郎がまさかこんな形の復讐を用意していようとは、夢にも思っていなかった。

（小太郎め、存外、算勘《さんかん》に長《た》けている……）

たしかに、平助を殺せば、小太郎の溜飲《りゅういん》は下がろうが、それだけのことだ。それよりも、平助の屈強の体軀を奴隷として高く売って実をとった。

ただ、それも、両人の戦いから六年を経ていたからであろう。小太郎のように多くの手下を束ねる男が、復讐心を強くもちつづけるには、いささか長すぎた年月といわねばなるまい。

六年前の出来事は、駿河で起こった。

当時、甲駿相三国同盟《こうすんそう》が成立していたが、これを最初に提案したのは、今川の軍師太原崇孚《たいげんすうふ》である。そのため、この同盟を、相を討つための甲駿示し合わせての謀《はかりごと》ではないかとなおも疑いつづけていた北条氏康《うじやす》は、風魔衆を武田領と今川領へ潜入させ、武田晴信《はるのぶ》(信玄《しんげん》)と今川義元の動きから眼を放さなかった。

そのころ平助は、駿府《すんぷ》に逗留中であった。駿府は、当時すでに人口二万を擁して、東海筋で最も繁華な城下町で、若い平助が遊ぶにはうってつけの場所といえた。

晩冬のある日、平助は、安倍《あべ》川中流の油山《ゆやま》温泉へ湯治《とうじ》に出かけたとき、途中で、武家の行列が山賊に襲撃されているところへ遭遇する。行列は、女乗物を中心にした少人数であった。

その襲撃団こそ、小太郎率いる風魔衆だったのである。

忍び、乱破、透破《すっぱ》、嗅《か》ぎ、草《くさ》など呼称は様々だが、かれら忍者の本業は、偸盗《ちゅうとう》にある。それは、各地の武将に傭われたからといって、熄《や》むものではない。命令された諜報活動をたしかにやり遂げていれば、あとは何をしても大目に見られた。

別して風魔衆は、のちに北条氏が滅んでしまうと、家康が入部してきた江戸で、武家も町家も問わず、手当たり次第に押し入って、殺人・強奪を繰り返したような凶暴無比の手合いであった。

それゆえ、人気のない山路を往く女伴《づ》れの武家行列など、恰好の獲物というほかない。

「魔羅賀平助、ご助勢仕る」

名乗って、平助は、行列の助太刀をした。

厳島《いつくしま》合戦から二ヶ月足らず後のことで、その武名はまだ東海・関東にまで届いておらず、平助の名乗りに驚く者などいなかった。小太郎以下、風魔衆が、たったひとりの若造に何ができるかと侮ったのが、平助に幸いしたといえよう。

平助が、小太郎の配下を五名、たちまちのうちに斬って捨てると、それに勇気を得た行列の侍たちが、遮二無二、風魔衆へ斬りかかっていった。

形勢は逆転したが、しかし、さすがに小太郎ひとり、まったく動ぜず、逆にますます凶暴になった。

平助は、小太郎の剣に押された。こんな怪物じみたいくさ人は、かつて見たこともなかった。

剣をたたき落とされた平助は、朱柄《あかえ》の傘を出した。奥の手だ。

平助の傘は、回転させると、紙を貼った傘骨部だけが竹とんぼさながらに飛んでいき、残った柄の先に鎗の穂が現われる仕掛けになっている。

そうとは知らぬ小太郎は、肩に平助の傘鎗を浴びてのけぞり、谷へ転落したのであった。

助けた行列の主は、源応尼《げんのうに》という老齢の尼と、その孫の竹千代《たけちよ》という十三、四歳の少年である。竹千代は、今川家の人質だそうで、その軟禁生活を不憫《ふびん》に思った祖母の源応尼が、今川家に懇願し、一日、ともに湯治を済ませて駿府へ帰還する途中を、風魔衆に襲われたという。

源応尼が、あらためて礼をしたいので、ぜひとも駿府へ同道されたいと申し出たが、平助は固辞した。単純に温泉のほうに魅《ひ》かれたからである。

むろん平助は、このときの竹千代が、のちの徳川家康になることを知る由もなかった。

(小太郎め、随分と儲《もう》けたろうな……)

と平助は思う。おのが身柄だけのことではない。おそらく丹楓も志津三郎も傘鎗も、そのほかの馬具や武具も、どこぞの武将へ高値で売りつけたに違いないのだ。

平助という若者の面白さは、こんな酷《ひど》い境遇へ落とされても、だからといって小太郎を恨んでいないことであった。

(殺されなかっただけ目《め》っけ物《もの》)

などと、ちょっと嬉《うれ》しがっているのだから、胆《きも》が太いのか、それとも阿呆なのか。

東の空が、紫紺の色をほんのりと薄めはじめたころ、関船隊は岸へ接近した。

このあたりは、江戸湾に面した三浦《みうら》半島の付け根の浦で、もとより北条氏の領内だ。

走水の重慶は、北条氏と安房里見《さとみ》氏との間にいくさが起これば、里見氏の水軍として参戦するが、そうでないときは、こうして相模や武蔵《むさし》の浦々を襲い、掠奪を常として憚《はばか》らなかった。

その重慶は、平助が漕ぐ関船の舳先《へさき》に立って、凶悪な顔へ潮風を浴びながら、獲物の匂いに、鼻をひくつかせている。

ほどなく、関船隊は、海面から聳え立つ崖の陰に、碇《いかり》を下ろした。船底をこする寸前の浅いところだが、こうして可能な限り、めざす漁村に近いところへ碇泊《ていはく》できるのも、江戸湾を知り尽くす海賊衆なればこそであろう。

重慶が、兵どもへ向かって命じた。

「何もかも奪ってこい」

それぞれの関船に、数名ずつを留守に残して、百数十の影がひそやかに下船した。

三

「おい。手前《てめ》え、陣借り平助とかいう異名をもつそうじゃねえか」

兵らが下船していった関船の艪床で、段蔵が平助をからかっている。

囚われの艪方の中で、何人か驚いたような顔をした。平助の武名を聞いているのであろう。

「そんなに強いのかよ、ええ、おい」

段蔵は、木剣の先で、平助の胸を小突く。

平助は、返辞をせぬ。こうした度しがたい徒輩《とはい》は、どこにでもいる。

「何とか言えよ、手前え。舌がねえのかよ」

木剣の先が、平助の頰《ほお》のあたりへ、ぐりぐりと捩《ね》じこまれる。

「ちょっと訊《き》きたいんだがね、段蔵さん」

と平助が、怒るようすもなく訊《たず》ねると、

「段蔵だと……。気安く呼ぶんじゃねえ」

段蔵は、たちまち眼を血走らせ、数度、平助の肩や腰を打ちすえた。

それでも平助は、わずかに顔を顰めただけで、訊くのをやめぬ。

「上には何人残ってる」

「それがどうした。手前えに、何の関わりがある」

「あまりたくさん殺生しては、寝覚めが悪い」

「狂いやがったか、手前え。わけのわからねえことを、ほざきやがって。こうしてやる」

段蔵は、力まかせに、平助の頭めがけて木剣を薙《な》いだ。

その一撃を、左右の手枷を繋ぐ短い鎖で受け止めるや、平助は、木剣をひねった。木剣から手を離さぬ段蔵は、艪床へ仰《あお》のけにもんどりうつ。その段蔵の顔面へ、平助は、手枷を叩き込んだ。ぐしゃっという、胸の悪くなりそうな音がした。あたりへ鮮血が飛び散る。

ほとんど同時に、上の甲板で、乱れた足音がして、悲鳴と怒号が交錯した。大きな水音もあがる。何か予期せぬことが起こったらしい。

「勝った、勝った」

という、甲高いおめき声が聞こえた。

平助は、仰向けに寝ころがると、両足を上げ、足枷めがけて、二度木剣をたたきつけた。

両の足枷が割れて、吹っ飛ぶ。が、足に衝撃はない。平助の剣技の凄さであろう。

手枷をそのままに、立ち上がった平助は、うろたえる艪方の者たちへ、

「待ってろ。必ず助けに戻る」

そう言いおいてから、短い階段をあがって、甲板上へ半身を出した。

まだ夜は明けはじめたばかりだが、甲板上の争闘の模様は、夜目の利く平助には、はっきりと見えた。

死体が、十体余り。海賊衆のそれもあれば、見知らぬ者の肉塊もある。その血の海の中で、走水の重慶が、四人を対手《あいて》に大剣を揮《ふる》っていた。

ほかの関船へも眼を移すと、どの船上でも、同様に斬り合いが繰り広げられているではないか。いずれも、多勢に無勢で、海賊衆が押しまくられていた。

重慶を囲む四人のうち、三人は、下帯ひとつの裸形《らぎよう》の男で、いずれも総身、濡れ鼠《ねずみ》だ。夜陰を利して関船へ泳ぎつき、船上へ斬り込んだものであろう。

残るひとりに、平助は、どきりとする。

薄衣《うすぎぬ》一枚をまとっているが、濡れて肌にくっついているため、素裸よりも妖しげだ。その下の曲線は、紛《まご》うかたなき女のそれではないか。

「もはや逃れられぬぞ、走水の重慶」

その女は、凜々《りんりん》たる声を放った。

「わかったぞ」

と重慶が、怒鳴り返す。

「女。汝《うぬ》は、勝った勝ったの勝関《かちどき》姫。北条が出戻り、遮那《しやな》姫よな」

「出戻りとは、よう申した。走水の重慶なればこそ、手捕《てど》りにせんと思うたが、辱《はずかし》めをうけては、致し方もない。この場にて成敗いたす」

「女に何ができるものか。この重慶こそ、汝を手捕りにいたし、散々慰《なぐさ》みものにしてから殺してくれるわ」

重慶は、すでに遮那姫の手下を、何人か斬り伏せている。満々たる自信を巨軀より溢れさせ、裂帛《れっぱく》の気合もろとも、血まみれの大剣を閃《ひらめ》かせた。

「ぎゃっ」

「ぐあっ」

「むうっ」

遮那姫の残りの手下が、数瞬後には、あるいは甲板に転《ころ》がされ、あるいは海へ投げ落とされた。

「いかに、勝関姫」

重慶が、血笑する。

「推参者」

遮那姫は、腰を落とし、持参の短鎗を青眼《せいがん》につけた。その構えからは、よほどの鍛練のあとが窺《うかが》える。

(いい勝負だな……)

と平助はみた。

両人とも、階段から上半身を出しただけの平助の存在に、気づいておらぬ。

「勝った、勝った」

哮《たけ》って、遮那姫は、怖れげもなく重慶へ突っかける。

それで、ようやく平助も、重慶の言った北条が、誰をさすのかわかった。

（北条綱成《つななり》どのだ）

相模国玉縄《たまなわ》城主、北条左衛門大夫《さえもんのたいふ》綱成は、主君氏康の妹を妻に迎えたほど、その信頼厚き側近で、戦場では地黄八幡《じきはちまん》の鮮烈なる旗を翻《ひるがえ》し、緒戦から勝った勝ったと勝鬨をあげながら敵陣へ突入する剛勇無双の武将として、諸国にその驍名《ぎょうめい》を伝播《でんぱ》されている。別して、河越《かわごえ》城をわずか三千の兵で守備し、上杉《うえすぎ》勢八万の猛攻を半年間も凌《しの》いで、氏康の救援を大成功たらしめた河越夜戦は、綱成の武勇を伝説的なものとした。

遮那姫は、その綱成の子なのであろう。しかも、出戻りらしい。

いかに父親譲りとはいえ、女の身でみずから、獰猛な海賊退治に乗り出すなど、あまりに凄まじい性情ゆえ、良人《おっと》が辟易《へきえき》して離縁したのか、それとも遮那姫が良人を食い殺しでもしたのか、いずれもありそうな気がする。

あとで平助は知るが、遮那姫は、北条領の海浜の村々を幾度となく襲撃する里見方の海賊に腹を立て、数日間、網を張っていたそうな。むろん、村にも伏兵を配し、村民を避難させてあった。

「えいっ」

遮那姫の短鎗が、重慶の左の股を抉《えぐ》った。

「小癪《こしゃく》な」

重慶は、鎗のけら首をつかみ、かえって遮那姫が引き抜けぬようにする。

戦いに馴れているのであろう、遮那姫は、あっさり短鎗を手放すと、背負いの一剣を抜き放った。

（あっ……）

平助は声をあげそうになる。風魔小太郎に奪われた愛刀志津三郎ではないか。

遮那姫が、電光の突きを繰り出した。が、不運にも、甲板上の血溜まりに、足をとられる。

遮那姫は、転倒した。そこへ、重慶の大剣が襲いかかる。

しかし、その大剣は、飛来した木剣にはじかれて、垣立を越えてしまった。

闘争の場への闖入者《ちんにゆう》を重慶が振り返ったときには、もうおそい。平助は、重慶の左股から短鎗を引き抜きざま、これを旋回させて、そのあごを石突きで殴りつけた。

「ぐおっ」

重慶が、だだっとよろめき、後退して、垣立へ背を打ちつける。

「慮外《りよがい》者めが。助勢、無用じゃ」

遮那姫は、命の恩人へ怒号をたたきつけておいて、立ち上がるや、垣立の前でふらつく重慶の首を、一閃裡に刎《は》ねとばした。

（無残な……）

と平助は、微かに眉をひそめた。重慶はもはや武器をもたぬのだから、たたきのめすぐらいでよかったであろうに。

その平助を、屹《き》っと怖い眼で振り返った遮那姫だが、ふいに、がくっと膝から崩れ落ちた。

咄嗟《とっさ》に、平助は抱きとめる。

「無礼者」

「歩けませぬぞ、その足では」

血溜まりに左足を滑らせたとき、ひどく挫《くじ》いたのである。

「歩ける。退《の》きゃれ」

「仰せのとおりに」

平助は、遮那姫から身を離した。

途端に、遮那姫は、よろけて尻餅をつく。裾《すそ》を高く端折って帯へ挟んでいるため、白い両肢の奥が、平助の眼にさらされた。

「姫。城に戻られるまで、何人の男に、ご披露あそばすおつもりか」

愉快そうに、平助が笑《そ》う。

遮那姫は、射し染めた曙光《しょこう》に浮かんだ意外にやさしげな顔容《かんばせ》を、真っ赤にして、あわてて裾を下ろした。

四

玉縄城は、早雲《そううん》・氏綱《うじつな》二代にわたって完成させた巨城で、本城の周囲を階段状、または尾根上のいくつもの曲輪《くるわ》で守り、その大城郭の南側に鎌倉を望み、東西と北を深い堀で囲繞《いにょう》する。

いわば、東相模の府とすべく築かれた城だけに、ここを任された北条綱成が、どれほどの器量人であるか想像がつこう。

その綱成が、城の馬場にあって、緋色毛の体高五尺に剰《あま》る巨大な裸馬の平頸を、この猛将らしくもなく、なぜかおそるおそる撫でていた。馬は、丹楓である。

「きょうは、おとなしいようだの」

と綱成は、かたわらに侍す馬屋番たちを振り返った。

「さあ、それは……」

「きょうもまた、轡《くつわ》も鞍もつけさせませぬゆえ……」

馬屋番たちが、不安気なのも無理はなかろう。

こたえた者だけでなく、馬屋番の士いずれも顔や手に青痣《あおあざ》をつけており、中には蚯蚓腫《みみずば》れも痛々しげな者もいる。皆が皆、丹楓からよほど手ひどい目に遇《あ》わされたようだ。

実は綱成も、幾度も振り落とされて、からだじゅう痣だらけなのである。

駿馬《しゅんめ》を駆って、戦場を自在に進退する綱成が、かつて馴らすのに失敗した馬などいない。どれほどの悍馬《かんば》であってもだ。

まして、風魔小太郎に売りつけられたこの牝馬は、一目見たとき、武人ならば誰でも一国と引き替えてでも手に入れたいと望むに相違ない、稀代の強健、駿足とわかった。

実際、破格の値で買い取っている。

しかし、馬自身も、破格であった。いかに威《おど》してもすかしても、まったく人間の言うことをきかぬ。轡や鞍を近づけただけで、おそるべき殺気を放ってくる。仕方なく、裸の背へしがみつこうものなら、信じられぬほど高く跳ねて、騎乗者を五、六間の彼方へ放りだしてしまう。

騎乗者が鍛練に鍛練を重ねた武人綱成だからいいようなものの、常人では五体をばらばらにされ、とうに殺されているはずだ。

小太郎は、もとの馬主の名を明かさなかったが、

（これほどのじゃじゃ馬を乗りこなしていた者がいるとは……）

その驚きを禁じえない綱成であった。

「畏《おそ》れながら、殿……」

家臣が、おそるおそる言いだす。

「なんじゃ」

「本日、十日目にござりまする」

「むうっ……」

途端に綱成は、呻《うめ》いて、押し黙ってしまう。苦虫を噛み潰《つぶ》したような表情だ。

実は、小太郎が売りにきた十日前、遮那姫もこの牝馬を欲しいと言った。

が、よき軍馬は、武人の命にもひとしい。いかにむすめの頼みでも、こればかりは綱成も肯《き》き容《い》れるわけにはいかなかった。

「父上には乗りこなせますまい」

と遮那姫は憎体《にくてい》なことを言った。

「遮那。わしを、誰だと思うておる」

「わたくしにはわかるのでござりまする。同じ牝《めす》ゆえ」

「下卑《げび》た物言いをいたすでない」

「では、父上。きょうよりひと月で乗りこなすことが、おできなされまするか」

「ひと月とは、悠長な。二十日、いや、十日でよいわ」

そのときの本音は、三日でもよかったぐらいの綱成であった。

「十日でおできなされませなんだときは、この馬、遮那に譲っていただきまするぞ」

「おお、くれてやる」

「二言はござりませぬな」

「くどい」

その十日目が、あっという間に、やってきてしまったのである。綱成は、いまだ丹楓の背に、五つを数えられるほど居させてもらったことすらない。

綱成は、丹楓の頸を撫でていた手を、その背のほうへ滑らせてゆく。どうしても、ここにのせてもらいたいのである。

この折、馬場へ駆け入ってくる家臣がいた。

「殿。遮那姫さまがご帰城あそばしました。走水の重慶の首を、見事、お挙げなされました由」

「そ、そうか」

綱成は、あたふたする。

「とりあえず、遮那にも兵にも、しばし休息をとるよう申し伝えよ。挨拶はあとでよいゆえな」

「遮那姫さまは、まっすぐこちらへご挨拶に伺うと仰せにござりましたが……」

「なにっ……。いかん、まだよい、鬼曲輪へ行かせよ」

馬屋番の者たちが、笑いを怺える。遮那姫の住む曲輪は、富士見《ふじみ》曲輪と称されるのだが、武勇抜群の遮那姫を畏怖する城中の女たちが、陰で鬼曲輪とよんでいるのであった。

あっ、と綱成は、悲鳴にも似た声を洩らした。馬場の出入口に、遮那姫の姿が見えたからである。

綱成は、いそいで、丹楓の耳にささやく。

「たのむ、馬どの。この綱成の面目を立ててくれ。ほんのしばらくでよいのだ。遮那姫がいる間だけ、わしを、おまえの背へのせてくれ。このとおりじゃ」

小さく片掌拝みまでして懇願する綱成であった。

その間に、遮那姫が、根結いの垂髪を揺らし、袴の裾をさっさと払うような小気味よい足取りでやってきた。ひとり、見知らぬ巨軀の若者が随従している。

「遮那。海賊どもを平らげたそうだな。大儀であった」

やはり父親であった。男勝りとはいえ、むすめの無事な姿に、しぜんと、慈愛深い眼差しを送っている。

「重慶なぞ、雑魚《ざこ》にござりまする」

さようなことより父上、と遮那姫がすぐに話題をかえたので、綱成はびくっとした。馬のことを訊かれるに決まっている。

「上杉輝虎《てるとら》が小田原をめざすと聞き及んでおりまする。お屋形さまは、いかに迎え撃たれるご存念にあらせられましょう」

一瞬の安堵を得られた綱成だが、だからといって、馬よりも大事ないくさのことを、見知らぬ者の前で口にするような迂闊《うかつ》な人ではない。

「その前に、遮那。それなる者は」

やや厳しい眼を向けて質《ただ》した綱成だったが、遮那姫のようすが変わったので、

（これは……）

と眼を瞠《みは》った。烈女が頰を赧《あか》らめたではないか。

だが、遮那姫は、自分の心の動きをすぐに後悔したように、屹《き》っと眦《まなじり》を吊り上げ、若者を振り返った。

「重慶を討った折、要《い》らざる助勢をいたせし魔羅賀平助と申す者」

「なに、魔羅賀平助とな……」

綱成が眼を輝かせたので、遮那姫は今度はその父の顔を睨む。

「父上もご存じの名のようにござりまするな」

「何を申す、遮那。そなたとて、陣借り平助の武名を聞き及んでおろう」

そう言って平助の前に立った綱成は、その相貌を射るように見据える。もし陣借り平助に出会うことができたら、麾下《きか》に加えたいと、前々から望んでいた。

平助は、視線を逸《そ》らしはせぬが、困ったように、ぽりぽりと頭を掻く。

「騙《かた》り者やもしれませぬぞ、父上」

依然、遮那姫は、容赦がない。

「そのほう、あの馬を乗りこなしてみよ」

綱成が丹楓を指さした。本物の陣借り平助ならば、悍馬の扱いも手慣れているに違いない。

むろん綱成は、自分ほどの者が幾度挑んでも振り落とされてしまう暴れ馬のことゆえ、いかに高名なる陣借り平助とて、それ以上のことができるとは到底思えなかった。が、馬への接し方を見れば、どの程度の武人か判断できるのである。

「乗りこなすことができ申せば、あの馬、それがしに頂戴《ちょうだい》できましょうや」

と平助が言ったので、綱成は、ちらと遮那姫を見やった。

「父上。おできなされませなんだな」

遮那姫が、そら見たことか、という顔をする。綱成は、むっとした。

「遮那。この者に、授けるぞ。異存はないな」

綱成の怒った顔がおかしくて、遮那姫はくすっと笑う。

「ご随意に。なれど、北条綱成の御《ぎょ》せなんだ悍馬を、この牢人者が扱えるはずはございますまい。遮那に賜るのは、それからでようござりまする」

「聞いてのとおりじゃ」

と綱成の言質《げんち》が与えられるや、平助は、御免とことわって、丹楓へ歩み寄る。

居合わせた者すべてが、あっけにとられた。皆を恐怖せしめた空前の暴れ馬が、みずから平助へ鼻面を寄せて、甘える仕種《しぐさ》をしてみせたではないか。

平助は、丹楓の裸の背へ、ひょいと跨がるや、平頸を軽く二、三度たたいた。それだけで、丹楓は走りだす。

綱成以下、かつて誰も見たことのないような、めざましい迅《はや》さで、丹楓は馬場を駆けた。さながら、天馬であった。

騎乗の平助は、やわらかな鬣《たてがみ》へ、そっと手を添えているだけで、叱咤の声をあげもしなければ、踵《かかと》で馬腹をたたきもせぬ。

その壮麗とも形容すべき人馬の疾走を見戍《みまも》る遮那姫の顔が、上気している。わがむすめながら美しいと思った綱成は、遮那姫と平助を交互に、数度眺めやってから、ふうむと唸った。

そうして、平助にとって怖ろしいことを思いついた綱成である。

（あの者が魔羅賀平助なれば、こちらのじゃじゃ馬も授けて遣わそう……）

五

（さて、困った……）

平助は、玉縄城内にあてがわれた一室で、床へ大の字になって、左頬を撫でながら、思案していた。

左頬を撫でているのは、遮那姫にひっぱたかれたからである。

開け放した戸口から見える春の月は、輪郭がぼんやりとして、いささか間抜けな印象を与える。

(間抜けなのは、おれか……)

くすり、と平助は自嘲した。

昼間、綱成は、丹楓と、それにつける鞍や鐙《あぶみ》などの馬具一式を、平助に与えてくれた。さる者から買い取ったと綱成は言ったが、その者は風魔小太郎にほかならぬ。

十日前までは、どれもこれも自分の持ち物だったが、平助は、真相を打ち明けず、畏《かしこ》まって頂戴した。

真相を語れば、真っ直ぐな綱成のことだ。小太郎を呼びつけ、頸を刎《は》ねるぐらいはやりかねまい。それでは、北条氏と風魔衆との間に、溝《みぞ》ができる。

風魔衆は、早雲以来、北条氏のみに仕える忍びだが、あくまで傭兵《ようへい》という立場だ。傭兵には、信義も廉恥《れんち》もない。もともとの生業《なりわい》というべき山賊行為を咎《とが》められれば、あっさりと北条を見限るであろう。

群雄の相食《あいは》む関東で、北条氏が強盛《きょうせい》を誇っていられるのも、神出鬼没の諜報活動に長《た》けた風魔衆を飼っているからとも、一面ではいえるのだ。そうした北条と風魔の良好な関係を、敢えて潰すつもりは、平助にはさらさらなかった。

しかし、まだ平助の手に戻ってこないものがある。愛刀志津三郎と甲冑。いずれも、遮那姫の手もとにあった。

傘鎗はない。あれは、仕掛けを知る小太郎が、わがものとしたのであろう。

ともあれ、愛刀と甲冑を取り返すために、綱成にすすめられるまま、城にとどまったのだが、といってすぐにはその方策を思いつかぬ。なればこそ、平助は困っていた。

（遮那姫のじゃじゃ馬ぶりは、本物のじゃじゃ馬の丹楓よりも始末が悪そうだ……）

夕餉《ゆうげ》は、走水の重慶を討った遮那姫の武勇を讃える祝宴となったが、その席上、平助は、綱成からこっそり打ち明けられた。

「平助。そのほう、遮那がいちど嫁《とつ》いだことを知っておるかの」

「いずかたへ嫁がれたのか、それは知り申さぬ」

「うむ……」

綱成は、小さく溜め息をついてから、

「里見義弘《よしひろ》よ」

と懺悔《ざんげ》でもするような、愁いの深い顔つきをした。

房総《ぼうそう》の大名里見氏は、義弘の父の入道義堯《よしたか》が、かつて同族の義豊《よしとよ》と家督を争った折、北条氏の支援を得て、これを討ったという経緯はあるが、その後の里見と北条は、江戸湾を挟んで敵対しつづけている。

北条氏が関東管領《かんれい》上杉氏と戦うたびに、その背後を水軍を擁して脅かす里見氏の存在は、なかなかに侮れぬものであった。

そこで氏康は、里見父子の懐柔策をとった。義弘と遮那姫の婚姻が、それである。

氏康から話を承《う》けて、綱成は素直に歓んだ。遮那姫は、幼いころから、父のいくさぶりを真似て、勝った勝ったと叫びながら、男の子たちを棒切れで追い回して殴りつけ、勝関姫なぞと皮肉られてきた男勝りである。その御《ぎょ》しがたいむすめを、すっかり諦《あきら》めていた結婚という形で、主家のために役立てることができるのだから、綱成の歓びは、一入《ひとしお》であったろう。

ところが、遮那姫は、氏康と綱成の真意は別にある、と口にこそ出さねど、勝手に察した。

「嫁いだその日に、遮那は、義堯の寝首を掻こうとしおった」

これには、平助もあきれながら、ちょっと妙だと思い、訊き返した。

「良人《おっと》の義弘ではなく、舅《しゅうと》の義堯の寝首にござるか」

「そうよ。凡庸の義弘を殺したとて、里見はかわらぬ。なれど、里見を大きゅうした義堯を亡き者にいたせば、家臣は浮足立つ。さすれば北条は、房総を一挙に落とすことができる。遮那は、そう思案いたしたそうな」

「なるほど。よき思案にござるなあ」

と平助が感服したように言ったので、綱成は噴き出した。

「そのほう、御本《ごほん》城様《じょう》と同じことを言いおるわ」

御本城様とは、小田原の北条氏康をさす。家督を氏政《うじまさ》に譲っても依然として、実権は氏康の手にあることを如実に示す敬称というべきであろう。

義堯殺しに失敗した遮那姫は、荒磯の岩屋へ監禁された。むろん、北条と里見の和は破れた。

このとき氏康は、武門の女の鑑《かがみ》を見殺しにいたせば、北条の名は後の世の笑いものになろうぞと言い放ち、遮那姫救出軍をひそかに差し向ける。夜陰、安房の浦へ上陸した北条水軍は、見事に遮那姫を救い出して帰還した。

以来、遮那姫の名は関東一円に高くなったが、このきさしにまさるじゃじゃ馬を嫁にしたいと言いだす男は、ひとりとして現われなくなったという。

「平助。そのほう、どこぞに妻や子を残して、陣借りの旅をつづけておるのか」

「天涯孤独の身にござる」

「惜しい。魔羅賀平助ほどの者、血筋を絶やしてはなるまいぞ。いくさに強きは武人の誉れなれど、家をもち、妻《め》を娶《と》り、子をもうけ、これを守りとおすもまた、武人のつとめである」

「胆に銘じておき申そう」

祝宴は、亥刻《いのこく》に至ってようやく果て、列席の家臣らの大半は酔い潰れた。が、驚いたことに、遮那姫ひとり、皆の差し出す盃を次々とうけたはずなのに、最後まで、まったく酩酊のようすも窺えなかった。

なるほど、酒にまで強いとあっては、嫁にと申し出る男がいるはずもない。

宴席を辞すさい、奇しくも遮那姫と列なるようにして廊下へ出たので、平助は後ろから声をかけた。

「姫。差し出がましいとは存ずるが、ときには、酔うたふりをなされては、いかがなものか。美しき女子《おなご》の酔うた姿は、格別の風情があるものにて、男は……」

そこまで舌を滑らせたところで、平助は、ふいに振り返った遮那姫に、

「無礼者」

怒声と平手打ちを食らわされたのである。

打たれたときは、処女《おとめ》ゆえの頑《かたくな》さであろうと感じた平助だったが、こうして終宴から半刻経って、あらためて思い返してみると、遮那姫には何か、女として余人に明かせぬ秘密があるのではないか。そんなふうに思えてきた。

そういえば、走水の重慶と闘《たたか》った関船の船上においても、遮那姫は、平助に触れられるのを、ひどく嫌がったではないか。

(里見方で、岩屋に閉じ込められたそうだが……)

そうして遮那姫のことを考えているうちに、平助はいつしか寝入ってしまった。

だが、眠っていても、殺気の迫るのに気づかぬ平助ではない。

傍らに立った侵入者が、突きを繰り出すべく、柄を両手に握った脇差を腰へ引き寄せた瞬間、上体を跳ね起きさせた平助は、対手の両腕をつかんで、投げとばした。侵入者の手から、脇差が離れる。

平助は、仰《あお》のけの対手の腹へ跨がり、両腕を押さえこんだ。

「姫……」

さすがに驚いた。なにゆえ遮那姫に狙われねばならぬのか。

「いやあっ」

遮那姫が、烈しく身をよじって叫ぶ。

その異常の反応で、平助は一瞬にして察した。

(そうであったか。遮那姫は辱めをうけたのだ……)

平助は、遮那姫を抱きおこし、その顔をおのが胸へ埋めさせて、身動きのとれぬほど、きつく抱擁した。

「姫、聞かれい。悪い夢だったのでござる。男を恨めば恨むほど、その悪い夢から覚めることはできませぬぞ。お忘れなされよ。何もかもお忘れなされよ」

それでもなお、遮那姫は、狂ったように叫びつづけながら、渾身の力で平助を押し退けようとする。が、平助はびくともせぬ。

ほどなく、遮那姫の悲鳴を聞きつけたのであろう、乱れた足音がこちらへ近づいてきた。

開け放たれたままの戸口へ立った侍たちは、平助と遮那姫の抱擁姿に、声を失い、立ち竦《すく》んだ。

遮那姫の抵抗が弱まった。悲鳴もあげなくなる。狂乱が鎮《しず》まってきたのであろう。

「姫。それがしを斬ることで、悪夢を忘れることができる。そう思われるなら、ようござる、この平助を斬り刻まれよ。それがし、姫の男への怨念、存分に受け申そう」

そう言うと、平助は、すうっと遮那姫から身を離し、床に転がっている脇差を拾い上げて、遮那姫の手へ持たせた。そして、みずからは、その眼前に胡座《あぐら》をかいて、無防備な姿をさらす。

駆けつけた者たちは、事情がまったく呑み込めぬ。異様な気の盈《み》ちるこの場をどう収拾すればよいか見当もつかず、ただ立ち尽くすのみであった。

遮那姫は、脇差を振り上げた。が、そのまま、頭上から下ろすことができぬ。

たしかに遮那姫は、五年前、里見義堯を討つのに失敗して、荒磯の岩屋へ監禁中に、何人もの男たちから辱めをうけたのである。激怒した里見父子のやらせたことであった。

その男たちは、疫病人を出した家を焼き払ったり、死人の埋葬などをする下賤の者どもであった。四肢を縛《ばく》されたまま、死臭のしみついた男たちに犯される悲惨さは、言語を絶した。

北条水軍が救出にきたとき、遮那姫は、その男たちを、一人《いちにん》とて逃さず斬り刻んだ挙げ句、死肉を海へ放り込んで鮫の餌にした。

だが、遮那姫は、凌辱されたことを、誰にも告白しなかった。むろん綱成にも。

以後、北条氏の戦いの場に、以前にも増して、遮那姫の姿がよく見られるようになる。

遮那姫が戦陣へ赴くのは、男を殺したいがためであった。

平助を玉縄城へ伴《ともな》ったのも、殺したかったからだ。関船の船上で、自分の裾の奥を垣間見た男など、生かしてはおけなかった。

ところが、平助という若者は、ほかの男たちとは、どこか違う。茫洋《ぼうよう》として、捉えどころがないのに、なんとはなしに晴朗な印象を与える。

人間の男を決して寄せつけぬはずのあの牝馬を、いともたやすく籠絡《ろうらく》してしまい、馬場を愉しげに駆ける姿など、男というより、子どもであった。あの瞬間、遮那姫は、平助に魅了された。そして、あとでそのことに気づいて、狼狽した。当初に思い決めたとおり、殺さねばならぬ、と自身を叱咤した。

ところが、襲ってみたら、遮那姫の忌まわしい過去を、平助は知っていた。いや、知っていたのではなく、きっと遮那姫の言動から察したのに違いない。女に対してよほどやさしい心を傾けなければ、察せられることではない。

剰《あまつさ》え、平助は、遮那姫が悪夢を忘れ去ることができるのなら、斬られてもかまわぬと身を投げだしたではないか。

その自若とした姿に、遮那姫は、いま、戸惑っている。翻《ひるがえ》って、おのれの矮小《わいしょう》さを、悔いはじめてもいる。

（このような男に出遇《であ》おうとは……）

脇差を振り上げたままの両腕が、顫《ふる》えた。双眼へ、熱いものがこみあげてくる。

「あーっ」

喉も裂けよとばかりに叫んで、遮那姫は、近くの柱へ脇差をたたきつけた。

そのまま、わっと泣き崩れてしまう。

「皆、お引き取り願いたい」

と平助は、戸口に立つ者たちへ、穏やかに言った。

「姫は、それがしが富士見曲輪へお送りいたす」

六

三尺の青竹を手に、白綾の行人包《ぎょうにん》み、黒革威《おどし》の鎧、笹に飛雀を縫いとった具足羽織《ぐそくばおり》姿の壮者が、雲霞《うんか》の如き大軍の中から、ひとり悠然と、黒馬をすすめて、小田原城の蓮池門《はすいけ》へ近づいていく。

峻厳の気に盈《み》ち盈ちた佇《たたず》まいだ。その深沈たる静けさを保つ双眸《そうぼう》は、深き山中の湖の水面にも似て、不気味ですらあり、この武将を前にした者は、誰でも名状し難い畏怖をおぼえるという。

事実、守る北条勢も、城中からその武将の姿を眼にして息を呑み、矢玉《やだま》を降らせることを忘れている。

上杉輝虎、のちの謙信《けんしん》その人であった。

再三の懇望を承《う》けて上杉憲政《のりまさ》の養子となり、関東管領職を譲られ、そのことを京の将軍義輝《よしてる》にも正式に認められた輝虎にすれば、北条氏康は謀叛人《むほんにん》以外のなにものでもない。氏康は、憲政の嫡子《ちゃくし》竜若丸《たつわかまる》の首を刎《は》ね、勝手に関東鎮護を称して、甥の足利義氏《よしうじ》を関東公方《くぼう》に擁立したのである。

氏康の所業は、長く争乱のつづく関東では、べつだんめずらしいことではなかったが、義の人、輝虎の眼には、看過《かんか》しえない悪逆無道と映った。

輝虎が、関東管領の名で、領国越後《えちご》と関東の諸将へ檄《げき》をとばし、謀叛人北条氏康を討つべく、越後春日山《かすがやま》城を発したのは、昨秋のこと。以来、続々と馳せ参じた諸将を率いて、関東平野の北条方の城を次々と蹂躙《じゅうりん》するや、正月を、陥落せしめた上州厩橋《じょうしゅうまやばし》城で過ごした。

上杉勢は、九万六千騎とも、十一万五千騎とも数えられた。

対する小田原の北条勢は、小田原と江戸・河越が連繋して挟撃するか、或いは、大磯《おおいそ》・小磯《こいそ》あたりの細道で阻止するかなど、出撃策を前提にして軍議が行なわれたが、肝心の氏康が、それらをあっさり覆《くつがえ》した。

「輝虎は稀代のいくさ上手、いや、鬼神と称してもよい。輝虎みずから毘沙門天《びしゃもんてん》の生まれ変わりと申しておる。いわば、いくさ狂いよ。さような男とまともに鎗を合わせて益するところは何もない。われらは籠城いたす」

ひと月の余も持ちこたえれば、上杉勢は虚しく撤退する、と氏康は断言したものであった。

蓮池の畔《ほとり》で下馬した輝虎は、敵味方とも固唾《かたず》を飲んで見戍《まも》る中、何を思ったか、そこで悠々と弁当をつかいはじめた。

城中から鉄炮を射放てば、必ず中《あた》るほどの近さではないか。城から出てこない北条勢を、無言のうちに、臆病者と嘲る行為というほかなかった。

「おのれ、輝虎め。人もなげな振る舞いを……」

蓮池門を守備する松田《まつだ》尾張守憲秀《のりひで》が、歯軋《はぎし》りした。憲秀は、譜代、重臣筆頭である。だが、打って出ることは、氏康から厳禁されていた。

「鉄炮隊、輝虎を仕留めよ」

憲秀の下知に、櫓《やぐら》から、十余挺の種子島《たねがしま》銃が照星に輝虎の姿を捉え、次々と引き金が絞られていく。

輝虎は、微動だにせず、弁当のあとの茶を三椀も喫してから、

「悠閑無事の体《てい》」

にて、再びゆっくりと自軍へ戻っていった。このとき、一発だけ命中したが、それは鎧の袖を射抜いたにすぎぬというから、まさしく輝虎は軍神さながらといえた。

「姫。城が危のうござる」

と平助が、遮那姫へ素早くささやく。

遮那姫は、玉縄衆を率いて、小田原城へ馳せつけ、この蓮池門守備軍に属した。

父の綱成は、氏康の命令で下総有吉《しもうさありよし》城へ出張《でば》っており、玉縄城の留守は兄の氏繁《うじしげ》が守っている。氏繁もまた、父親譲りの剛勇を近隣に知られる若武者であった。

「はい」

と遮那姫は、うなずいた。平助の言わんとすることを、直ちに察したのである。

それにしても、遮那姫の平助を見る眼が、以前とはまるで違う。明らかに恋する女のそれではないか。

遮那姫は、憲秀の前へ進みでた。

「尾張守どの。開門していただきとう存じまする」

「なんと申した」

「輝虎は、自軍が、越後兵をのぞけば、烏合《うごう》の衆たるをよく存じており、皆の心をひとつにいたすべく、いまのような無謀の挙に出たと察せられまする。これにて、上杉の軍兵《ぐんぴょう》は、われらが御大将には矢玉も通ぜぬと、奮い立ちましょう。されば、緒戦の勝利が敵方に帰するは必定。それで十万の大軍に勢いをつけてしもうては、いかに堅固《けんご》の小田原城とは申せ、ひと月の余を支えるのは難しゅうござりまする」

「うむ。もっともな意見よ。さすがは遮那姫どの」

「われら玉縄衆、これより打って出て、上杉勢を混乱せしめ、その勢いを削《そ》いでご覧に入れましょうぞ」

「いちど城外へ出れば、生還は期しがたいぞ」

「もとより、戻るつもりはござりませぬ。門は直ちに閉めていただくよう願いまする。われらは、敵中を突破し、そのまま玉縄まで奔《はし》る所存」

「相分かった」

それから憲秀は、平助をよばせた。

直ちに参上した平助の両手を、憲秀は握りしめる。

「遮那姫を討たせるな、魔羅賀平助。討たせては、この憲秀、お屋形さまにも綱成どのにも顔向けができぬ。おことの天下一の武勇を恃《たの》みといたす」

「ご懸念無用。惚れた女子《おなご》をむざと討たせる男がおりましょうや」

これには、周囲から、どっと歓声があがった。陽気な冷やかしの文句も混じる。

遮那姫は、嬉しさと羞ずかしさに、俯いてしまう。

輝虎の振る舞いに蒼ざめ、戦意を喪失しかけていた北条の兵たちは、これで息を吹き返した。

折しも、上杉勢が、天地を揺るがす鯨波《とき》をあげて、総掛かりを開始する。

「開門」

憲秀の大音声に、八の字に開かれた蓮池門から、姫武者を先頭にして、地黄八幡の旗を靡《なび》かせ、玉縄衆がどっと打って出た。

同時に、援護の矢玉が、城中から雨あられと、上杉勢めがけて降り注がれる。

平助は、丹楓を、遮那姫の乗馬《じょうめ》の斜め後ろへぴたりと寄せて、鞍上、志津三郎をすっぱ抜いた。

この剛刀も、角栄螺《つのさざえ》の兜も、南蛮具足を改造した鳩胸胴も、すべて遮那姫から贈られたものである。

「平助どのにこそお似合いにござりまする」

遮那姫にすれば、我が身を底知れぬ暗い淵から救い出してくれた平助への、感謝の証であった。

もとより、平助にとっては、自分の持ち物が戻っただけのことだが、心より喜悦して、ありがたく頂戴したものである。

黒い車笠《くるまがさ》の集団が、前方から突撃してくる。輝虎みずから率いる越後勢だ。

平助は、にやっと不敵な笑みを浮かべた。

「われこそは、玉縄衆の陣借り者、魔羅賀平助である。越後の虎と太刀を交えるは、冥加なり。いざ、勝負」

これに、輝虎自身が応じて、愛刀小豆長光《あずきながみつ》の長剣を、馬上より突き出した。

「陣借り平助とは、大将首にもひとしいわ。かかってまいれ」

「おうっ」

両者の馬が、急激に距離を縮める。

平助も輝虎も、互いに満身の力を、その一撃へ集中して、横薙ぎの光芒を送りつけた。

鋼《はがね》のぶつかり合いに、白光が飛沫《しぶき》となって散った。

「分けにござる」

その一言をのこして、平助は、遮那姫に尾《つ》いて、走り去った。

「返せ、魔羅賀平助」

輝虎は、怒気も露《あらわ》に、馬首を転じて、平助を追った。

輝虎の黒馬は、北国随一の逸足《いっそく》である。が、みるみる置き去りにされていく。

「化け物か、あやつの馬は……」

軍神を称する輝虎が、茫然と見送るほかなかった。

「姫。こちらへ移られよ」

馬側へついた平助にそう声をかけられて、遮那姫は訝ったが、

「あっ……」

たしなみを忘れて、なまめいた声をあげてしまった。腰を抱かれ、丹楓へ乗り移らされてしまったのである。

「平助どの。かようなところで……」

「はや敵中を突破いたし申した。二人乗りにても、わが馬のほうが、玉縄に早う到着いたしましょうぞ」

「そんなに早う戻りとうはない……」

平助の首に両腕を絡めて、遮那姫は甘えた。

七

蓮池門攻防戦が、上杉北条小田原合戦の最初にして最後の激戦となった。

北条勢の籠城四十数日にして、ついにこれを落とすことのできなかった輝虎は、小田原の囲みを解いた。

氏康の予言どおりになったわけである。

もともと上杉勢は、関東諸将の混成軍であるため、指揮系統にまとまりがなく、輝虎の春日山出陣からすでに半年間、関東平野を転戦してきた疲労もたまっていた。また、十万の大軍では、兵糧・矢玉などすぐに底をつく。輝虎直属の越後軍に至っては、兵站《へいたん》線が長々しく伸びきってしまっていた。

氏康は、そのあたりをすべて計算に入れ、夜陰、奇襲を幾度も仕掛けて上杉勢を不眠に陥《おちい》らせたり、荷駄隊から兵糧を奪い取ったりした。逆に、自軍には、敵の挑発にのることを戒《いまし》め、一糸乱れぬ籠城策を貫徹した。

一方で氏康は、武田晴信や、本願寺顕如《ほんがんじけんにょ》に働きかけ、輝虎の本国越後を甲斐や越中《えっちゅう》から脅かすことも忘れなかった。

後世、関東を争覇した三英雄、武田信玄、上杉謙信、北条氏康の中で、氏康が最も影薄き存在であるのは、北条五代のうち早雲が有名すぎること、同時代の天下人織田信長と合戦をしなかったことなどが、その理由ではあるまいか。だが、実際には、氏康は祖父早雲を凌ぐ知謀の人で、合戦そのものはともかく、戦略家としては上杉謙信の上をゆく一級の武将であった。

この小田原籠城は、氏康のその実力を遺憾なく発揮した見事な戦いだったといえよう。

撤退の折、輝虎は、鎌倉の鶴岡《つるがおか》八幡宮へ寄った。源 頼朝《みなもとのよりとも》の建立《こんりゆう》以来、代々の関東の公方と管領は、ここで拝賀式を行なうのが慣例なのである。

北条討伐後、式典に臨みたいと考えていた輝虎だけに、いささかの苛立ちを拭いきれなかったであろう。

その苛立ちが、事件を招いた。

八幡宮の総門のところで、参詣《さんけい》戻りの新管領を出迎えた武蔵忍《おし》城主成田長泰《なりたながやす》が、挨拶をするのに下馬しなかったことに、輝虎は激怒し、長泰を馬から引きずり下ろして扇子《せんす》で打擲《ちょうちゃく》したのである。長泰にすれば、藤原 道長《ふじわらのみちなが》につながる名族の出として、その祖先が八幡太郎源義家《よしいえ》に対しても騎乗のままの挨拶をゆるされた家柄であり、罰せられるいわれはなかった。

衆人環視のもとに与えられた恥辱を、名家の当主が耐えられるはずはない。その夜のうちに、麾下《きか》千騎を率いて鎌倉を払った長泰は、途中、玉縄城へ立ち寄り、遮那姫の兄氏繁に、北条方へ寝返ることを告げてから、忍へ帰ってしまった。

輝虎の暴君じみたやり方に、ほかの関東諸将も怖《お》じ気《け》て、無断で次々と帰国していく。

「この機を逃してはならじ」

氏繁は、上杉勢の動揺を小田原へ知らせ、直ちに、手下《てか》を率いて、鎌倉山内《やまのうち》の輝虎の仮屋を急襲する。平助は参戦したが、遮那姫は兄に留守を命じられた。

上杉勢の混乱ぶりは、甚だしいものであった。小田原から北条方の大軍が押し寄せるに及んで、それは頂点に達する。

上杉勢の上州総退却を執拗に追撃した北条勢は、ついに峠路において、長尾伝左衛門《ながおでんざえもん》の小荷駄隊を囲み、兵糧をすべて奪うのに成功した。

強奪といえば、風魔衆だ。案の定、小太郎以下、かれらの姿を、そこに発見することができた。平助は、小太郎の伜の小鬼を捕まえた。

「何しやがる、ちくしょう」

「崖から落としてやろうか」

平助は、右手ひとつで小鬼の両足首をつかみ、ほんとうに崖際で逆さまにしてみせた。

「わあっ。た、助けて、お父。助けてえ」

愛息の声を聞きつけ、小太郎が野獣の巨軀をすっ飛ばしてくる。

「魔羅賀平助……」

「やあ、小太郎どの。走水の重慶には世話になったぞ」

「待て。何が望みだ」

七尺二寸が、気の毒なほどうろたえているではないか。このさい、怖ろしげに裂けた双眼まで、滑稽に見える。

(なんだ。これなら、あのとき、伜と一緒に谷へ飛ぶと威《おど》せばよかった……)

平助が、傘鎗を返せと言うと、小太郎はすぐに手下にもってこさせた。

「こっちへ投げろ」

これで、ようやく平助は、奪われたものをすべて取り返した。

「早く小鬼を放せ」

「そうか、小太郎どの。放せと言うたは、そっちだからな」

平助は、右手をぱっと広げた。小鬼のからだが、落下する。

「うわあっ」

「あわわわわっ」

子と父の悲鳴が、同時に放たれた。

小太郎は、崖際まで駆け寄る。

わずか一丈下から、尻餅をついた小鬼が仰ぎ見ているではないか。そこだけ、舌状に岩盤が突き出ていたのである。

「おのれ、魔羅賀……」

小太郎が振り返ったとき、すでに平助の姿はない。

それから数日して、平助と遮那姫の別れのときがきた。

下総有吉城から玉縄へ帰陣した綱成は、残念でならぬという顔をした。両人が互いに好き合っているのは明らかと思えたからだ。

「姫。ご息災《そくさい》に」

「平助どのには、ますますのご武運長久を」

余人にはそっけなく聞こえる別辞だったが、すでに二人は、人知れず男女の別れをすませてあった。

別れは、遮那姫から言いだした。平助と添い遂げたいと切ないほどに焦がれているが、いつか破綻《はたん》がくることを、予感したからである。夫婦にほんのわずかな溝ができた瞬間、

「平助どのは、憐《あわ》れみから、わたくしと一緒になられた」

そう言いだすのは、火を見るより明らかなのだ。自分の強すぎる気象《きしょう》を、遮那姫はよく弁《わきま》えているのである。平助を詰《なじ》るような女には、絶対になりたくなかった。

遮那姫は、もはや、平助との美しい思い出だけを胸に生きていく自信がある。なればこそ、笑顔で平助を見送った。

「遮那、ほんとうに後悔せぬか。追いかけてもよいのだぞ」

「この装《なり》では、走れませぬ」

と遮那姫に言われて、綱成は眼をまるくした。いま気づいたのだが、遮那姫は、裾長の美しい小袖に身を包み、化粧までしているではないか。

「遮那、その姿は……」

別れが辛くて狂ったか、と綱成は思った。

「わたくし、向後、戦陣には赴きませぬ」

「なに」

「母となるのですもの」

遮那姫は頬に桜を散らした。

綱成は、絶句するほかない。

「父上」

「な、な、なんじゃ」

「平助どのに、いまひとつ異名があるのを、ご存じにござりましたか」

「……………」

「かさやり平助」

「かさやり……。何のことじゃ」

「まあ、父上。知りませぬ」

遮那姫は、腰をくねらせるようにして、身を翻してしまった。

どうやら遮那姫は、かさやりを、男の証の別して強健なものと勘違いしているようだが、平助は何も言わなかったのであろうか。むろん、綱成には、ほんとうに何のことやら、まるでわかりかねた。

「やれやれ……」

綱成は、深い溜め息をつく。

あれほどの男勝りから、一転して、気味悪いほどの女っぽさ。何やらまた、苦労の増えそうな気のする綱成であった。

「なに、母となるじゃと」

ふいに、遮那姫のその一言を思い出し、綱成は、満面を笑み崩した。

「これ、遮那。もういちど、言うてくれ。母になるとは、まことか。遮那」

むすめを追いかける幸せな父であった。

そのころ平助は、玉縄城下をあとにしながら、さかんに嚔《くさめ》をしていた。

「おい、丹楓。風邪をひいたらしい。何やらだるいような気もする。のせてくれ」

丹楓は、脚をとめる。

「ありがたい」

愛馬の背へ鞍をつけ、いざ平助が腰を落ちつけるや、丹楓が突然、棹立って、騎乗者を振り落とした。

「ひどいな、丹楓。もう終わったことだぞ」

平助が遮那姫と懇《ねんご》ろになったのを、この意志をもつ牝馬は気に入らぬのである。

丹楓は、歯を剝いた。いい気味、と笑ったのだ。そうして、先にすたすたと歩をすすめてしまう。

「おーい、待ってくれ。わかっておろう、おれが好きなのは、丹楓、おまえだけだ」

じゃじゃ馬を二人も同時に御すことは、平助でも無理であったらしい。

落日の軍師

一

澄んで高き空に鳥渡り、桜の葉が色づきはじめた山に妻恋《つまこ》う牡鹿《おじか》が鳴く。溪流の音と樹間を吹き抜ける風の、なんと涼やかなことか。

山路を往くのに、これほど心地よい時季はない。

馬具も武具も一切合財《がっさい》の荷を楽々担いで、悠然と巨軀《きょく》の歩をすすめる若者は、生まれついて陽性の貌《かお》を、一層にこにこと笑み崩している。

美しい緋色毛《ひいろげ》の伴《つ》れも、伸びやかな四肢をゆったりと運びつつ、涼風の中で、おのれの鬣《たてがみ》の柔らかい感触を愉しむかのように、ときおり高峻《こうしゆん》の平頸《ひらくび》を左右に振ってみせる。

人間の女と変わらぬ仕種ではあるまいか。

人馬一対とよぶべきこの男と牝は、陣借り平助の武名高い魔羅賀平助と、その愛馬丹楓である。

この春、上杉憲政《うえすぎのりまさ》より関東管領《かんとうかんれい》職を譲られ、関東平定の大義を掲げた上杉輝虎が、小田原北条氏を攻めたさい、北条方に陣借りして戦った平助は、戦後、北関東から奥州へと足をのばした。れいによって、めざすところがあるわけでもなく、放浪の旅である。

夏の間、いくさに参加しなかった。といって、戦陣に倦《う》んだのではない。その気にさせてくれる合戦の状況や、おもしろい人物に遭遇しなかったからにすぎぬ。

陣借り平助が領内に入ったというので、みずから出向いて、百貫で召し抱えたいと申し出た武将もいたが、平助はこれもあっさりことわった。

百貫といえば、石高計算で千石に相当する。武名赫々《かくかく》たるものがあるとはいえ、牢人者には破格というほかない。だが、将軍足利義輝をして、

「百万石に値する」

と感嘆せしめたいくさ人には、どうということもない高であった。

もっとも平助は、実際に百万石を提示されたところで、仕官する気はさらさらない。知《ち》行《ぎょう》を頂戴すれば、主君の命令を肯《き》かねばならぬし、自身もまた人の上に立って、領地の経営をしたり、みずからの下知《げち》で士卒を死なせたりすることになる。そんな不自由な境涯は願い下げであった。なんぴとからも制せられず、食べたいときに食べ、戯れたいときに戯れ、眠りたいときに眠り、そして時に、戦場で血湧き肉躍らせる。平助にとって、これ

にすぐる人生の快味はない。

おのれの才を恃《たの》む者は誰でも、風雲を望んで一旗挙げることに躍起の乱世に、稀有《けう》の気象《しょう》というべきであろう。

あるいは、この若者のそうした性根の異質さは、茶色がかった眸子《ぼうし》や高い鼻梁《びりょう》、彫りの深い顔立ちなど、どこか異邦の血を想わせる風貌と関わりがあるのやもしれぬ。

秋風が立つとともに、甲斐路へ足を向けたのは、もういちど越後《えちご》の虎・上杉輝虎と刀鎗《とうそう》を交えたいと望んだからであった。

小田原城攻防戦において、馬で駆け違いに剣を一合したばかりだが、一騎討ちであれほどの手応えをおぼえたことは、陣借り平助ほどの者でも、かつてなかった。輝虎と戦うには、その宿敵というべき甲斐の武田信玄麾下《きか》の陣を借りるに限る。

体高五尺に剰《あま》る巨大牝馬《ひんば》の丹楓が、長い平頸を立てて、吹嵐《ふきあらし》をひくひくさせた。

「湯の匂いを嗅ぎつけたか、丹楓」

平助がそう見当をつければ、打てば響くように丹楓はうなずき返す。この人馬、主従とも、恋人同士ともみえる。

そこからは、丹楓が先導し、平助があとにつづいた。

狭い一筋道の右側に樹木に覆われた山の斜面が迫り、左側は崖となって溪《たに》へ落ち込んでいる。溪底を流れるのは、笛吹川《ふえふき》である。

めざす湯は、川浦《かわうら》だ。

この国は、ほぼ全土が富士火山帯の上にひろがるため、いたるところに温泉が湧出する。武田信玄は、これら温泉地のいくつかに湯屋を設けて、傷病兵や金掘り人夫たちの療養所とした。と同時に、領民にも開放して、保養を奨励するなど、効果的に利用している。

川浦は、そうした信玄お声懸かりの温泉地のひとつであり、こうして平助がやってくるより数カ月前に、湯屋造営が行なわれたばかりであった。

川浦温泉に着いた平助は、しかし、湯屋へは向かわぬ。人馬一緒に湯浴《ゆあ》みするつもりなので、川原に湧き出る露天の湯を探した。

ほどなく、路傍から溪底へ向かってつけられた苔《こけ》むした石段を見つけると、平助は、馬具や武具を丹楓の背に載せておいて、馬体をそのまま担ぎあげた。驚嘆すべき怪力といわねばなるまい。

戦場鍛えの猛々《たけだけ》しい声が溪底から噴きあがってきたのは、このときのことであった。

「慮外者《りょがいもの》めら。汝《うぬ》ら山賊ごときに、この山本勘介《やまもとかんすけ》がむざと討たれると思うてか」

武田の隻眼跛足《せきがんはそく》の軍師・山本勘介のことは、平助も耳にしている。三十年にも及ぶ廻国修行の果て、独自の兵法に開眼し、五十歳をこえて信玄に仕えたそうな。

湯浴みの無防備なところを、山賊に襲われたのであろう。

石段を下りきった平助は、そこに丹楓をのこして、石ころだらけの川原へ踏み入った。足利義輝より拝領の志津三郎を背負い太刀とし、長い朱柄《あかえ》の傘を開いて。

二

川原に形成された天然の湯槽《ゆぶね》は、前に笛吹川の流れ、後ろを屹立《きつりつ》する岩壁、左右には大きな岩棚という、野趣溢《あふ》れるものである。

この岩風呂を、血刀をひっさげた五人の男が取り囲んでいる。いずれも、ぼろをまとい、人相も卑《いや》しげだ。

風呂の真ん中に仁王立つ山本勘介の裸身は、矮軀《わいく》ながら、七十歳を前にした老齢とは思われぬほど、張りがあり血色もよい。刀鎗の疵痕《きずあと》は、無数である。

勘介の従者たちであろう、湯槽の縁に上半身を外へ投げ出して倒れている者と、仰向けのまま湯に漂う者は、すでに息がない。そのふたつの死体から流れだす血が、湯を濁らせていく。

「どうした。湯へ入ってまいれ」

勘介が、敵を挑発した。手のうちの武器は九寸五分の鎧通《よろいどおし》ひとつでも、湯の中では対手《あいて》も足をとられる。そこに勝機を見いだそうというのであった。

「ふん。その手にのるか」

笛吹川を背にした頭目らしい男が、足許の川原へ腰を落として、石をいくつか拾うと、左右の岩棚の上に二名ずつ立つ配下へ、次々と放り渡した。

五名全員が石を手にする。飛礫《つぶて》打ちで勘介をひるませてから斬りかかる策だ。

戦国期のこうした手合いは、殺《や》るか殺られるかの修羅場をくぐっている者が少なくない。いささかの謀《はかりごと》をめぐらせることに慣れている。

勘介は、それでも、落ち着き払ったものだ。

(かくなるうえは……)

みずから打って出て血路を拓くのが、いくさ人の本領。頭目を斬って、川へ飛び込み、流れに身を委《ゆだ》ねて逃げる。この一手であろう。

五名が一斉に飛礫打ちの構えをとり、対する勘介は湯床の岩盤を蹴ろうとした瞬間、

「ぎゃっ」

「うあっ」

勘介の左方の岩棚から、断末魔の悲鳴が迸《ほとばし》り、敵の二名が湯槽へ転落した。湯としぶきが、あたりへ烈しく飛び散る。

「あっ」

「な、なんだ」

右方の岩棚の二名は、突然、頭上から回転しながら降ってきた傘で、視界を塞がれている。

左の岩棚から宙へ舞った巨影に、勘介ほどの者でも愕《ぎょ》っとした。

「御免」

その巨影は、宙空より一言ことわりながら、勘介の肩をいちど踏み台として、右の岩棚へと跳び移ったではないか。

移ったときには、こちらの二名も、あっという間に、朱柄の鎗《やり》先にかけている。

仰天したのは頭目である。天狗が出現したかと疑った。

その隙を逃さぬところは、老いたりとはいえ、さすがに戦場往来の山本勘介である。湯槽から跳び出るや、川原に頭目を組み伏せ、鎧通を首へ押しあてた。

「お、お助けを」

わが身に不利の土壇場になれば、意気地なく命乞いするのもまた、こうした手合いのならいといえた。

「きけぬわ」

あるじを守ろうとして殺された従者たちの恨みを晴らさねばならぬ。勘介は、鎧通の刃を頭目の首の皮へ食い込ませた。

「たのまれた。山本勘介を殺せとたのまれた」

訊《き》かれもせぬのに、頭目は自白する。

「なに……」

では、身ぐるみ所望のただの山賊ではなかったのか。

「何者の指嗾《しそう》じゃ。ありていに申せ」

勘介の跛足に似合わぬ機敏な動きに感心していた平助は、しかし、危険がまだ去っていなかったことを、川風の運んできた臭いで察した。

「危ない」

岩棚から巨体を躍らせた平助は、素裸の矮軀をひっさらって、ともに川の中へ飛び込んだ。

直後、溪谷の冴えた秋気を、銃声がつんざいた。弾丸を浴びた頭目のからだが、いちど、腰から跳ねあがる。

平助は、勘介を抱きかかえたまま、浮きあがると、川中の岩の陰に身を寄せた。

「勇名高き山本勘介どのに無用の手助けにござったか」

と平助は言ったが、勘介を侮《あなど》ったのではない。まして諂《へつら》ったのでもない。老いてなお熾《さか》んないくさ人への尊敬の念より出た一言であった。

「たかが五人対手の斬り合いに助太刀は無用であったが、鉄炮玉までは勘定に入れておらなんだ。礼を申す」

いかにも武人の意地と潔《いさぎよ》さが伝わる勘介の返辞ではないか。平助は微笑《ほほえ》んだ。

「おぬし、傘をとばしたの」

勘介が、平助の顔をあらためて凝視する。

「もしや傘鎗……。魔羅賀平助か」

平助の傘は、竹骨と紙張りの蓋《ふた》の部分が、柄に着脱できる作りになっており、竹とんぼを飛ばすような要領で、これを旋回させて飛ばすことができる。そうして蓋をとったあとの柄の先に、鎗の穂が現われる。

この独特の武器により、平助は、陣借り平助のほかに、もうひとつの異名《いみよう》をもつ。かさやり平助が、それである。

「いかにも魔羅賀平助にござる」

平助は素直に名乗った。

「神仏への祈りが通じたわ」

勘介は、醜男《ぶおとこ》というほかない皺《しわ》顔を、さらにくしゃくしゃにして歓んだ。

「くたばる前に、いちど、おぬしに遇《お》うてみたいと八幡《はちまん》大菩薩に祈ったのよ」

「山本勘介どのなれば、それがしと鎗合わせがしたいとのご祈願にござろう」

「得たりや」

武士《もののふ》は武士を識《し》るものであった。両人、声を殺して笑う。

鉄炮を撃った者の気配が消えたので、平助と勘介は川原へあがった。

「まこと危ういところであったわ」

左胸から流れ出た血の海で事切れている頭目を見下ろし、勘介が唸った。この男を組み伏せたままでいれば、間違いなく、おのれのからだに穴を開けられていたであろう。

「こやつの申したことがまことなれば、勘介どの」

と平助が言う。

「あるいは、勘介どのに必中せずとも、この場は、こやつの口をふさぐだけでよかったのでござろう」

「どういうことじゃ」

訝《いぶか》る勘介に、平助は咄嗟《とっさ》に閃《ひらめ》いた推理を披瀝《ひれき》する。

「この者どもは、まことの山賊なのか、それとも山賊を装《よそお》ったものか、いずれとも判然といたさぬ。なれど……」

かれらに命令を下した人間は、湯治《とうじ》中の勘介が偶々《たまたま》、山賊に襲われ非命に斃《たお》れたというかたちを作りたかったのではないか。言うまでもなく、刺客の襲撃だったという事実を隠蔽《いんぺい》するためだ。刺客と判明すれば、のちに執拗に詮索され、命令者まで辿られる危険がある。

そして、鉄炮で撃たれた頭目だけは、命令者の名を知っていたか、もしくは、そこにつながる者と会っていたか、いずれかであったろう。となれば、刺客隊がしくじった場合、ただちに頭目の息の根をとめる手段が予《あらかじ》め用意されていたに相違ない。

「……左様に考えても、あながち的外れとも思われ申さぬ」

「ううむ」

と勘介は唸って、平助の顔をまじまじと瞶《みつ》め返した。その隻眼が眩《まぶ》しげである。おのれの生命が危険にさらされたことなどすっかり忘れて、平助の頭脳の回転のよさに感服したという風情であった。

「いまひとつ……」

やや照れ臭そうに頭をぽりぽり掻《か》きながら、平助は言い足す。

「皆まで申すな、魔羅賀平助」

「はやお察しか」

「わしとて武田の知恵嚢《ぶくろ》といわれる男よ。わが命を狙《ねろ》うた者は、身内ではないかというのであろう」

無言で平助はうなずく。

もとより、信濃衆、越後衆など公然と武田と敵対する者たちならば、武田の一将たる勘介へ刺客を放つのに、山賊の仕業と見せかける必要はない。身内なればこそ、刺客を放ったことを知られたくない。そういうこたえが導き出される、と勘介も想像をめぐらせたののである。

「それにしても……」

平助は、対岸のやや上流の崖上を見上げて、指さした。銃弾の出所の見当をつけていたのである。

少なくとも六、七十間はあろう。それだけの距離から、たった一発で、頭目の急所へ命中させている。

「たいした腕にござる」

平助のその一言に、なぜか痛ましげに老顔を歪めた勘介は、独語するように呟《つぶや》いた。

「武田でこれほどの鉄炮術を誇る者は、ひとりしかおらぬ……」

それから、にわかに両拳をつくって、裸の総身を顫《ふる》わせた勘介が、大きな嚔《くさめ》を放った。

「うう、寒いわ。平助、湯屋へまいろうぞ」

あるじのような顔をして、勘介はさっさと歩きだす。

平助は、また頭を掻いた。

「何をしておる、平助。わしがふたたび刺客に襲われたら何といたす。いちど命を救うたからには、しばらくは面倒をみよ。それが縁というものじゃ」

おそろしく身勝手な言いぐさだが、困ったことに平助自身、こういう旋毛《つむじ》曲がりの、どこか憎めない老武士をきらいではない。

「ただいま」

そう返辞をして、平助は、丸出しの陰嚢《ふぐり》で股をたたきながら、一歩ごとに肩を沈めて歩く矮軀のあとを慕った。

三

武田信玄が、天下取りにおいて、織田信長に後《おく》れをとった原因はいくつもあるが、最大のそれは、家臣団をまとめるのに歳月を要しすぎたことではなかろうか。

もともと甲斐《かい》国には、相模の後《ご》北条氏と国境を接して昵懇《じっこん》の小山田《おやまだ》氏や、駿河の今川氏から所領を与えられていた穴山《あなやま》氏など、武田氏に匹敵する勢力をもつ国人《こくじん》が少なくなかった。その中で、武田が格上の地位を得られたのは、甲斐源氏《げんじ》の嫡流《ちゃくりゅう》という貴種であったことと、信虎《のぶとら》の時代にその軍才をもって他氏を被官化せしめたからである。それでも、甲斐の諸氏にとっては、武田は主君というより、盟主とよぶべき存在であることに変わりはなかった。なればこそ、信虎が次第に暴君的色合いを強めると、譜代重臣の板垣信方《いたがきのぶかた》・甘利虎泰《あまりとらやす》・飯富虎昌《おぶとらまさ》らが談合し、謀略をもってこれを駿河へ追放したのである。

後年、武田氏滅亡のさい、親族衆の小山田信茂《のぶしげ》や穴山梅雪《ばいせつ》が勝頼《かつより》を見限ったのも、感覚として盟主だったからにほかならぬ。自分の一族や領民から主君と仰がれるかれらには、感覚こちらを守るほうが大事だったというべきで、このことはひとり武田に限らず、江戸時代以前の主従関係が、いかに一筋縄ではいかぬものであったかという例証であろう。

信玄は、そういう国人衆に押し上げられて、二十一歳で武田の家督を嗣《つ》いだ。思慮深く怜悧《れいり》ではあっても、信長のような天才性も強烈な個性も持ち合わせぬ若者に、いったい何ができるというのか。内治も外征も宿老たちから指導されるがままに行なうほかあるまい。

といって信玄は、凡庸の人ではないし、独立心も旺盛であった。国主として、いくさにも民政にもある程度の自信を得ると、親族や譜代家老衆のやり方に反発をおぼえた。

しかしながら、信玄がかれらの意を無視して独裁を行なえば、かえって、おのれが信虎の二の舞を踏まされることになろう。そこで信玄は、馬場信春《ばばのぶはる》・高坂昌信《こうさかまさのぶ》・内藤昌豊《ないとうまさとよ》・飯富源四郎《げんしろう》（のちの山県昌景《やまがたまさかげ》）ら子飼いの武将や、原虎胤《はらとらたね》・山本勘介・真田幸隆《さなだゆきたか》など他国出身者を恃《たの》んで、徐々に家臣団の体制刷新をはかったのである。

そうして子飼いや新参を重用すればするほど、こんどは逆に、親族衆や譜代重臣らが不満を蔵するという次第で、平助が山本勘介と出遇った永禄《えいろく》四年当時、信玄はいまだその内憂を払拭できずにいた。甲斐国主の座に就いてから二十年、信玄も早《はや》、四十一歳という初老の武将である。

「お屋形。今宵《こよい》は、願いの儀あって、参上仕《つかまつ》ってござる」

甲府躑躅ヶ崎《つつじがさき》館の主殿の内。

一穂《いっすい》の灯火の中に、信玄と勘介、主従二人きりであった。

「何事か。おもてをあげて申せ」

「されば……」

と勘介は、信玄には見慣れた醜貌を、火明かりにさらす。

狭い額、隻眼、鼻梁の見分けられぬ低すぎる鼻、反《そ》っ歯、引き攣《つ》れたような唇、そして、あばた。この怖ろしげな顔貌ゆえに、いずこにても仕官の叶わなかった勘介を、信玄は一目見るなり三百貫で召し抱えた。信虎追放の翌々年のことである。

理由は、多分に妄想じみていた。信玄自身、あとでおかしなことだと思ったのだが、信虎とは似ても似つかぬ勘介の中に、父親像を視《み》たのである。

その後、現実に勘介は、時に慈父のように、時に厳父のように信玄を導き、ひとかどの武将に仕立ててくれた。

「ご家督を」

そう言ったなり、勘介は二の句を継がぬ。信玄のほうで察するはずであった。

「隠居せよと申すか」

信玄は、怒りもせず、むしろ静かな口調で応じた。

「太郎義信《たろうよしのぶ》さまは、二十四歳にあられる。早《はよ》うはござりますまい」

信玄の嫡男義信は、十七歳の初陣で、傅役《もりやく》の飯富虎昌の指導よろしきを得て、信州佐久《さく》郡の要害を九つ落とすという、甲斐源氏武田の惣領《そうりよう》として申し分のない働きをみせた。以来、父信玄とともに各地に転戦しては、将才を顕《あら》わしている。

「太郎ではまだまだ心もとない。そう申したのは、勘介、そちではなかったか」

「たしかに申し上げましてござる」

「では、いまになって、なにゆえか」

「お屋形と義信さまのご不和が、取り返しのつかぬことになりませぬうちに。そう申し上げれば、お心あたりかと存ずる」

「四郎《しろう》がことか」

「…………」

勘介が返辞をしないのは、肯定の意であろう。

信玄は、みずから謀殺した信濃の諏訪頼重《すわよりしげ》の息女を側室としたが、それは、やがて産ませる男児に諏訪氏を再興させることで、頼重の遺臣を懐柔しようと考えたからである。これには勘介のすすめもあった。実際に男児が誕生すると、四郎と名付けて、元服・初陣のあかつきには諏訪氏を嗣がせる、と信玄は公言したのである。

思惑通り諏訪衆には歓迎されたが、甲斐の人々は眉をひそめた。建御名方命《たけみなかたのみこと》の子孫、いわば神裔《しんえい》である諏訪氏の血を引く四郎に、頼重の怨霊が憑依《ひようい》し、武田を滅ぼすのではないかと不吉がったのである。

それ以外にも、信玄に誤算が生じた。たんなる政略の具であったはずの諏訪御寮人《ごりょうにん》を寵愛してしまったのである。正室三条《さんじょう》夫人をまったく顧《かえり》みなくなったほど、諏訪御寮人との愛欲に溺れた。

その愛妾が若くして病死すると、哀惜の念もだしがたい信玄は、四郎を諏訪御寮人の身代わりであるかのごとく溺愛するようになった。四郎はいま、十六歳である。

家臣の中には、信玄は義信を廃嫡《はいちゃく》して、四郎に跡目《あとめ》を嗣がせるのではないか、と憶測する者も少なくなかった。

義信にとっては、おもしろくなかろう。すでに義信は、初陣の戦功に対して、信玄が何の恩賞も与えてくれなかったときから、父への不信感を抱きはじめたらしかった。

しかし、いまのところまだ、信玄・義信父子の不仲は決定的というほどではない。信玄がいま家督を譲れば、義信とて、これまでのことは信玄が後継者を育てるために厳父を演じていたのだと理解し、むしろ感激するであろう。

「勘介。上総介《かずさのすけ》どのをどうみる」

信玄が、まるで別の話題をもちだした。

「氏真《うじざね》公がことにござりまするか」

「うむ」

今川氏真は、昨年の五月、尾張桶狭間で織田信長に討たれた父義元の跡目を嗣いだのだが、いまだに麾下の動揺を鎮めることができず、駿河・遠江・三河三国の経営がままならぬという。氏真の生母は、すでに没したが、信玄の姉である。

「敷島《しきしま》の道《みち》をきわめられ、また蹴鞠《けまり》の上足《じょうそく》とも承《うけたまわ》っておりまするが……」

「左様なことは訊いておらぬ。思うところを、ありていに申せ」

「ご容赦願いとう存ずる。無礼なることを口に上《のぼ》せねばなり申さぬゆえ」

「もうよいわ」

信玄は苦笑した。

今川氏真は、戦国武将として、どうしようもない暗愚なのである。しかし、武田と今川は同盟を結んでいた。

「義元どのが討たれたあと、乱波《らっぱ》を尾張へ放った」

と信玄は言った。織田信長の器量を見極めるためである。

そのことは勘介も承知していた。

乱波からの報告では、信長のいくさぶりは無駄というものがまったくなく、攻めるも退くも疾風迅雷《しっぷうじんらい》、しかも織田家では合議などせず、何事も信長自身の考えで押し進められるという。

信長はまた、今川氏真を愚物《ぐぶつ》と看破《かんぱ》しており、当分の間は東からの脅威はないとみて、年来の野望である美濃《みの》奪取に専念している。折しも、今年の五月、猛将といわれた美濃国主・斎藤義龍《さいとうよしたつ》が急死したので、ますます信長は勢いづいてきたそうな。

「太郎には、わが存念を明かした。いずれ今川を見限り、織田と結ぶつもりである、と」

勘介は、おどろかぬ。自分でもそうすると思うからであった。

織田と結んで、尾張の隣国三河は信長の斬り取り次第とし、駿河と遠江を武田が奪《と》る。海へ出ることは、信玄の永年の夢であった。

（なれど、義信さまは……）

氏真の妹を妻に迎えている義信は、おそらく真っ向から反対したに違いない。

「このうえ申さずとも、分かったであろう」

と信玄も、勘介の心の動きを察知した。

「義信さまは、お心が真っ直ぐにあられる。今川との盟約を破るは、信義にもとると思《おぼ》し召されたのでござりましょう」

「強きが弱きを食らう世ぞ。情義に流されては、国を滅ぼす」

つまり信玄は、情義ばかりを重んじて、現実を冷徹に見据えられない義信に、とてものこと武田の舵取《かじと》りはまかせられぬと言いたいのであった。

「その儀については、この勘介が、義信さまを説諭いたしまする」

「無理だな、勘介。あれは、思いのほか頑固者よ」

「お屋形……」

信玄を瞶《みつ》める勘介の隻眼が、鋭い光を帯びた。

「二十年前、義信さまとよう似ておられる頑固者が、父親を憎んで追放いたしたことがござった」

これには、さすがの信玄も、複雑な表情をみせる。

信玄は、少年のころより、父信虎との間に確執があった。戦陣で父の警固をするため早く馬に乗り慣れておきたいからと駿馬を所望したところ、小賢《こざか》しいと怒鳴りつけられた。また初陣で見事に大将首を挙げたにもかかわらず、その後の処理の不手際を詰《なじ》られた。

信玄に可愛げがなかったということもあろうが、信虎は次男信繁《のぶしげ》にことのほか眼をかけていたのである。

信玄と義信、四郎という父子の愛憎図は、そうした過去をまるでなぞったかのようではないか。

となれば、信玄が板垣・甘利・飯富ら譜代の力をかりて、信虎を駿河へ逐《お》った二十年前の悲劇もまた、ここに再現されたとしても、一向に不思議ではあるまい。

ただ信玄は、いまの義信が、かつての自分ほどに思い詰めているとはみていなかった。

それに、人倫より外れることを嫌悪する義信が、父に叛《そむ》くとも到底考えられぬ。

「勘介」

信玄は、もっとも信頼する家臣の本意を探るように、その隻眼をひたと見据えた。

「そちが、ここまで差し出がましき口をきくとは、解《げ》せぬ。何があった」

だが、勘介は、わずかにおもてを伏せたばかりで、こたえぬ。

「予《よ》が耳に入れとうはないか」

勘介の表情は苦しげである。ひとりで、巨大な悩み事を抱えているかのようだ。

しかし、勘介が悩むとすれば、それはおのが身に関わることなどではない。ひとえに信玄の、ひいては武田の御為《おんため》、であることを信玄自身がよく知っている。

「勘介。信濃一国を手に入れしあかつきには、隠居いたそう」

「お屋形……」

勘介が隻眼を潤《うる》ませる。

「ただし、家督相続の場において、太郎の口から家臣に向け、今川攻めを宣言させることができればの話じゃ」

「承知仕《つかまつ》ってござる」

義信の説得は至難であろうが、やってやれぬことはない。

義信は氏真のようなお歯黒武士とは違う。聡明で、武人としての才気も勇気もそなえている。戦国大名たる身の自覚をもたせることができれば、妻の実家を守るのではなく、攻めるべき理由を必ず納得するはずであった。

だが、その前に、取り除いておかねばならぬ膿《うみ》がある。

(これが厄介よ……)

信玄の前で平伏しながら、勘介はすでに策を思いめぐらせていた。

四

鰯雲《いわしぐも》の群れる空に、銃声が谺《こだま》した。

木の幹の皮が、わずかに削られ、弾《はじ》け飛ぶ。

「兵部《ひょうぶ》。やはり、わしに鉄炮は向かぬ」

と種子島《たねがしま》銃の筒先を下ろして、美男の若者が、自分にあきれたように言った。銃口からまだ白煙が漂い出ている。

「若、よろしゅうござる。鉄炮は、大将の用うべきものにはあらず」

白髪に真っ黒く陽灼けた顔をもつ、猪首《いくび》、大兵の男は、笑いとばした。

この両人、武田太郎義信と、その傅役《もりやく》飯富兵部少輔《ひょうぶしょうゆう》虎昌である。

どうやら義信は、たった二十間ばかり向こうの柿の木の実を撃ち落とそうとしたのが、ひどく見当外れであったようだ。

野原である。両人の後ろに、数頭の馬と従者たちが控えているが、一同は野駆けに出てきたものであろう。

「なれど、勘介の申すには、わが舅《しゅうと》どのを討った織田信長は、みずから鉄炮を撃つそうであるぞ」

義信の舅とは、今川義元をさす。

「若。甲斐源氏の名門のご嫡流が、おんみずからを尾張の成り上がりなんぞに比してはなり申さぬ」

飯富虎昌は、板垣信方・甘利虎泰に合力して国主交代劇を演出し、武田において勢力を得ると、俄然、信玄に対し、信方・虎泰と同じように後見人的な言動をとりつづけた。

だが当時の三名は、同格ではない。信方・虎泰は、「職《しき》」の任にあった。これは、武田の政治機構中の最高機関で、国主といえども、かれらの合意なくしては何ひとつ決定できぬ。つまり虎昌は、「職」の二名を援《たす》けて信玄擁立に成功したことで、自身もそれと同等の地位にあるかのように錯覚したといえよう。

ところが、「職」の両盟友を信州上田原《うえだはら》の戦いで喪《うしな》ってからは、信玄が子飼いや新参を側近としはじめた現実に抗しがたく、虎昌は、これまでのように信玄を軽んずることは、おのれの不利になるとようやく気づいた。いささか直情型なのである。

その直情型は、しかし、戦場では無類の強さを発揮した。麾下の全将兵の武具も馬具も指し物も朱一色に統一させ、つねに先鋒軍となって猛然たる突撃をみせる虎昌は、

「甲山《こうざん》の猛虎」

とよばれて敵の心胆を寒からしめた。

信玄が虎昌を義信の傅役のひとりに任じたのも、その豪勇を見習わせようとしたからである。

信方・虎泰亡きあと、蔑《ないがし》ろにされてなるかと憤激しかけた虎昌も、国主の嫡男の戦陣教育をまかされたことで素直に歓び、爾来《じらい》、義信を手塩にかけて育ててきた。

それが、このところ、虎昌にとって、おもしろくないことになっている。かねて義信と心の通わぬ信玄が、四郎に家督を譲るのではないか、と盛んに取り沙汰されているからであった。

それだけは、何としてでも阻止したい虎昌である。義信を甲斐国主とするために必要とあらば、信玄の命を縮《ちぢ》めるのもやむをえぬとさえ思っていた。

「源五《げんご》。撃ってみせよ」

床几《しょうぎ》に腰を下ろした義信が、従者のひとりへ声をかける。

「は」

進み出て、義信より鉄炮を押し戴《いただ》くようにして受け取った若侍は、足軽大将のひとり長《なが》坂長閑斎《さかちょうかんさい》の長子源五郎《げんごろう》で、義信の近習をつとめる。鉄炮の名手であった。

「早撃ちであるぞ」

と義信が所望する。

「畏《かしこ》まりましてござる」

自信に充ちた返答をするや、源五郎は、いちど深呼吸をしてから、ただちに射撃の準備を開始した。

このとき、義信主従の三十間ほど後ろで、まったく同時に源五郎と同じことを始めた者に、かれらは気づかぬ。全員が、名手源五郎の手もとに注視していたからである。

三十間後方の者は、平助であった。丹楓の鞍上だ。

横に同じく馬上で並ぶ隻眼の男。山本勘介である。

勘介もまた、平助の動きに瞠目《どうもく》している。

銃口から火薬を入れ、玉を落とし、これをかるかで押し込むと、火蓋《ひぶた》を開けて火皿に火薬を入れ、火蓋を閉じる。ここまで平助の鉄炮の扱いは、流れるようで、舞の上手を彷彿《ほうふつ》とさせた。

(馬上にてこれほど巧《たく》みに……)

勘介とて、鉄炮術には自負をもつが、さすがに馬上の玉込めは経験がない。川浦温泉での鎗さばきといい、この鉄炮術といい、平助の武芸の凄さは、兵法修行三十年の男に舌を巻かせた。

それでも、地上に腰を据えた源五郎の動きが、わずかに平助のそれを上回った。息で火を吹き起こした火縄を、火挾《ひばさみ》ではさんだのは、源五郎のほうが先である。

片膝を折り敷き、狙いを定める源五郎から柿の木まで、距離二十間。

後方の平助から同じ柿の木まで、距離五十間。平助のそれは、種子島銃の射程圏内ではあっても、命中精度の限界に近い。

だが、最後の一瞬で、平助は源五郎を凌ぐ本領を、勘介に見せつけた。射撃体勢に入ってから、標的に狙いをつけるまでの時間が、平助は驚異的に短いのであった。遠距離、馬上にもかかわらず。

銃声は、どちらが先であったか、人間の耳では判断がつかぬ。

ただ、枝から下がった柿の実が二つ、粉々に潰れて四散したのは、まったく同時と見えた。あたりに、まだ熟しきらぬ青っぽい匂いが、振り撒《ま》かれる。

「おお、源五。一発で二つを撃ち抜いたか」

寵臣の美技と勘違いした義信が、膝をたたいて歓んだ。

すでに気づいている源五郎は、否と返辞をして、後ろを振り返った。そのおもてに、憤《ふん》怒《ぬ》の色を浮き出させる。

「あれは、勘介ではないか」

義信が、笑顔になる。廻国修行の長かったせいか、話題が豊富で与《よ》太話《たばなし》もうまい勘介を、義信は気に入っていた。

義信と眼の合った勘介は、下馬し、馬を曳《ひ》いて、そのもとへ達する。平助も随《したが》った。

「若に、おもしろき男を披露いたしたく、かく参上仕ってござる」

勘介に随行の巨軀の若者と、その緋色毛の巨大牝馬に、義信の眼は奪われている。

「若もお聞き及びかと存ずるが、この者が魔羅賀平助にてござる」

「おおっ。では、陣借り平助とは、そのほうか」

勘介の後ろに、折り敷いて控える平助は、無言で深々と頭を下げた。

「直答《じきとう》をゆるす。おもてをあげよ」

命ぜられるまま、平助はおもてをあげた。

「さすがに、よき面魂《つらだましい》である。そのほうの数々の武勲、甲斐にも聞こえておるぞ」

義信は、唸った。心より感動したらしい。

「畏《おそ》れ入り奉りまする」

「わが武田に仕えてくれるのか」

「それは……」

平助は、当惑げな顔で、勘介に助けをもとめる。何であれ、こういう純真な若君に、否定的なことを言うのは気がひける平助であった。

「若。魔羅賀平助は、陣借りをしても、仕官はいたさぬ。そういう風変わりな男。こたびも、次なる武田のいくさで、この勘介の陣を借りたいと、そう申すだけにござる」

「なぜじゃ、平助。そのほう、一国一城のあるじになりとうはないのか」

「畏れながら、申し上げる。ご奉公し、所領を頂戴いたせば、あるじのためにいくさをし、また、おのが家来を養い、領民を慰撫せねばなり申さぬ。それがし、さまでの器量を持ち合わせる者にてはござらぬ」

「よいな、そのほうは」

ふっと義信が、どこか寂しげに微笑んだ。

「それがしが、よい、とは……」

「無欲じゃ、平助は」

「…………」

「わたしもそうありたいが、何事につけ、欲が出る。かと申して、どうしても、というほどでもない。どちらとも付かずなのじゃ。わが父のように、欲したものは是が非でも手に入れるか、そのほうのように何も欲せず気儘《きまま》に生きるか、人はいずれかであるのがよいような気がいたす」

危うい、と平助は思った。

(義信どのは、やさしさが過ぎる……)

良臣に恵まれれば、あるいは、義信は名君になりうるやもしれぬ。しかし、このやさしさでは、もし野心を抱く悪臣が側近であれば、義信本人は望まずとも、知らず識《し》らず利用されて、気づいたときには取り返しのつかぬ立場に追い込まれている、ということが必ず起こるに相違ない。

飯富虎昌や長坂源五郎は義信にとって悪臣である。そう平助は、勘介から聞かされていた。

ただ、冷めた見方をすれば、この乱世に義信のような性格だからこそ、側近は野心をもたげさせ、結果として悪臣になるともいえよう。

「それにしても、魔羅賀平助。あのように遠きところから、柿の実を撃ち抜くとは、おそろしいほどの鉄炮術である」

「過分のご褒詞に、顔が赧《あこ》うなり申す。実を申せば、それがし、柿の実を潰すつもりはなく、蔕《へた》を狙《ねろ》うたのでござる。未熟者とお嗤《わら》いあそばされたい」

「正直者じゃな、そのほうは。なれど、平助、たとえそうであったとしても、遠き場所にて馬上よりではないか。いささか的を外したからとて、嗤うべきではない。天晴《あっぱ》れであったぞ。のう、源五」

と義信は、寵臣に同意をもとめた。

「畏れながら、若殿」

源五郎のおもてがひきつっている。

「高名なる魔羅賀平助どのと鉄炮術を競う機会はまたとござらぬ。いまいちど、この源五に撃たせていただきたい。お願い申し上げまする」

「あはは。負けずぎらいよな、源五は」

「魔羅賀どのが馬上五十間より撃ち損じたと言わるるのなら、源五は立ち撃ちにて、六十間、いや七十間の向こうより、蔕から柿の実を落としてご覧に入れまする」

七十間では、種子島銃の命中精度の限界を超えてしまう。標的が人間ほどもあれば、あるいは命中させえるやもしれぬが、柿の実の蔕を狙うなど、神技に近い。

「よし、源五。やってみせよ」

「はは。ありがたきしあわせ」

裾を払った源五郎は、鉄炮を手に、足早に遠ざかる。

勘介が、ちらりと虎昌を見た。

「兵部どの。長坂をとめずともよろしいのか」

「なにゆえ、それがしがとめねばならぬ」

虎昌は、気色《けしき》ばんだ。

もともと虎昌のような譜代重臣は、新参者にもかかわらず信玄の信頼が最も厚い勘介を、こころよく思っていない。板垣・甘利の両「職」亡きあと、信玄が政治・軍事の相談において、親族や譜代の意見に重きをおかぬようになったのも、勘介の入れ知恵に違いなく、また諏訪氏の息女を信玄の側室に強くすすめた勘介こそ、四郎の家督相続を画策し、挙げ句は武田氏を意のままにせんと欲する奸臣《かんしん》である、と憎んでさえいた。

かれらの多くは、口にこそ出さねど、義信が早々に国主となることを待望している。その実現のためには、勘介に消えてもらいたい。虎昌は、その衆望を担う筆頭であった。

「いや、兵部どのがひとしおお気に召しておられる若侍ゆえ、恥をかかせては、と案じたまでにござる」

実際、源五郎は、虎昌の出陣中は義信からの見舞いを届ける役をつとめるなど、その関係はなかなかに深い。

「無用じゃ、勘介」

にべもなく、虎昌ははねつけた。

源五郎は、甲斐に流れきた根来寺《ねごろじ》の行人《ぎょうにん》より鉄炮術を学んだという。寺院において、学問研究を専《もっぱ》らとする学侶に対し、封禄・出納《すいとう》・営繕など俗務に従事する僧衆を、行人とよんだ。紀州根来寺の行人は、鉄炮伝来後、武士を含めたあらゆる武装集団の中で、これを最も早く取り入れている。

勘介は、虎昌の反応に、かすかな不審を抱かざるをえなかった。

虎昌ほどの者ならば、平助が勘介の意を承《う》けて、源五郎を挑発したと想像がつくはずだ。ここで源五郎が見事に柿の実の蔕に命中させては、川浦温泉における狙撃の犯人であることを自白したも同然ではないか。

（よもや、この勘介の思い違いか……）

川浦に刺客を放ち、また周到にも失敗後の始末まで抜かりなく命じた者は、虎昌以外にはありえぬ、と勘介は信じていた。直情径行の気象ながら、ことが弓矢刀鎗に関わるや、途端に備えを万全とするのが、虎昌という男なのである。なればこそ、飯富の赤備《あかぞな》えは、戦場で縦横に活躍できる。

勘介が信玄から、何があった、と不審がられたとき、無言を通したのも、刺客を放ったのが飯富虎昌で、狙撃手は長坂源五郎である、と断定していたからであった。

言うまでもなく、この両人は義信の側近である。義信の側近が、信玄に右腕とも恃まれる勘介の命を狙ったということは、何を意味するか考えるまでもない。この事実を信玄が知れば、義信を断罪することは火を見るより明らかだ。たとえ義信自身は潔白だったとしても、である。

といって、永く秘しとおせることではないし、逆に放っておいては、虎昌ら義信擁立派はさらなる悪謀をめぐらせるであろう。ついには、勘介殺害だけにとどまらず、信玄と義信の骨肉の争いが表面化して、悲劇的結末を迎えるに違いない。結果、武田は滅びる。

だからこそ勘介は信玄に、義信への早期家督相続を迫った。事が表立ってからでは、取り返しがつかぬのである。

しかし、いま勘介のかけた鎌に、意外にも虎昌は、色をなしたものの、何事かの露顕を懼《おそ》れるような動揺めいたものは、いささかも示さなかった。それは、勘介暗殺未遂の一件を与《あず》かり知らぬからであろう。となると、狙撃手も源五郎ではなかったのか。

（では、何者が……）

勘介ほどの男が、うろたえた。

瞬間、銃声が轟いた。

はっ、と我に返った勘介の眼に、蔕のみを吹き飛ばされて、枝から落下していく柿の実が映った。

「見事」

義信と虎昌の感嘆詞が、唱和するようにあがった。

面目をほどこした源五郎は、誇らしげにおもてを上気させながら、こちらへ戻ってくる。虎昌はといえば、どうだと言わんばかりに、鼻をひくつかせて勘介を睨んだ。

いずれも、暗殺とは無縁の無邪気そのものの表情ではないか。

（やはり、わしは過《あやま》った）

勘介は、悄然《しょうぜん》と肩を落とした。にわかに陽が翳《かげ》り、野原を吹き抜ける風に、鬢《びん》の白いほつれ毛が一筋、飛ばされてゆく。

平助は眉をひそめる。接する者に高齢を感じさせぬはずの勘介の佇《たたず》まいが、秋風の中で、いまや老醜無残の風情を漂わせたからである。

それは、死相とも思われた。

五

「上杉輝虎、兵一万三千を率い、善光寺平《ぜんこうじだいら》に出陣」

信濃国埴科《はにしな》郡の千曲《ちくま》川畔に、昨年、山本勘介が縄張りした海津《かいづ》城より、この急報が甲府躑躅ケ崎館へもたらされたのは、輝虎が海津城を見下ろす妻女山《さいじょさん》に布陣した八月十六日、その日のうちのことであった。武田では、火急の場合、烽火《のろし》による伝達方式がととのっている。

「胸が悪うなるわ」

と信玄は憎々しげに吐き捨てた。

善光寺平を中心にした北信濃の水内《みのち》・高井《たかい》・更級《さらしな》・埴科四郡を制圧できれば、信玄の信州領有は完成する。

ところが信玄ほどの者が、北信四郡の奪取に、すでに八年もの歳月を費やしながら、いまだ成功をみぬ。越後の虎・上杉輝虎が再三にわたって出陣してくるからであった。信玄がいやな顔をしたくなるのも当然である。

輝虎にすれば、北信を征服されれば、信玄に越後への侵略路を提供することになってしまう。領国の安全が脅かされるのは、何としても阻止せねばならなかった。

ただ、この理由は越後衆全体のもので、輝虎その人は、自国の安全保障以上の大事を常に胸に抱いている。

「義」

であった。

信玄に領地を奪われ、故国を逐《お》われた村上義清《むらかみよしきよ》・小笠原長時《おがさわらながとき》など信濃衆が助けを求めている。かれらのために信玄を討ち、領地を取り戻してやることが、輝虎の北信出兵の大義というものであった。

「逆賊信玄を芟除《せんじょ》し、義をもって不義を誅す《ちゆう》」

輝虎の信玄討伐の決意である。芟除とは、刈り除くことをいう。

また輝虎は、信玄のように謀略をもって敵を討ったり籠絡したりすることを、武人にあるまじき卑怯な手段と決めつけている。輝虎にとって、武人の戦いとは、弓矢刀鎗を交えるそれ以外に存在してはならなかった。

後世、信玄と輝虎（謙信）は、互いを認め合いながら戦わざるをえなかった、日本人好みの好敵手同士と美化されたが、実際には双方憎んでも余りある怨敵《おんてき》だったのである。別して信玄を佞臣《ねいしん》とまで罵った輝虎は、その首を刎《は》ねることを生涯の目的のひとつとしていたといっても過言ではない。

急報をうけた二日後、信玄は甲府を進発した。途中、続々と麾下の諸将が馳せ参じ、最終的には二万の軍勢となって、善光寺平に着陣したのが、八月二十四日のことである。

善光寺平に、千曲川と犀《さい》川の合流によって形成された三角州があり、この一帯を川中島《かわなかじま》と称す。両大河が、増水のたびに流路を変えたり、小犀《こさい》川、御幣《おんべ》川などの支流を作ったりするので、川中島全体がいわば広大な河床であった。

甲越両軍は、この地と周辺を戦場として、過去に三度渡り合ったが、いつも睨み合いか局地戦に終始し、主力同士の大会戦に及んだことはない。

どちらかといえば、信玄のほうが決戦を避けた。いずれの場合も、まだ国力に差があったからである。

信玄の本拠甲斐は、人口でも石高でも越後の半分にも充たぬ。近隣の今川氏の領国や、後北条氏のそれと比しても同様であった。それゆえにこそ、信濃を欲した。領土を拡げ、国力を高めなければ、甲斐こそ周辺の列強に併呑《へいどん》されてしまいかねなかったのである。

だが、いまや事情は異なる。輝虎が関東出兵を繰り返していた間隙をついて、北信四郡もじわじわと蚕食《さんしょく》し、海津城という最前線基地を築いた信玄は、甲州勢に、支配下の信濃勢も加えて、越後に匹敵する国力を備えていた。

ただし信玄は、合戦は負けなければよいという考えの持ち主である。勝ちすぎれば、かえって敵より恨まれ、将来に禍根《かこん》を残す。それでは、いずれその敵の領地を治めるとき、うまくゆかぬ。合戦では六、七分の勝ちが理想で、たとえ五分だったとしても、あとの五分を外交で勝利する。

実際、信濃侵略のため数えきれぬほどの合戦を行ないながら、信玄が完勝をおさめたことは、ほとんどない。それどころか、村上義清には、二度も大敗を喫している。にもかかわらず、戦後は信濃に信玄支配下の領地が少しずつ増えていった。

甲軍将兵は、そういう信玄流に慣れている。それだけに、対上杉戦の四度目となる今回も、たいした戦闘には到らず、信玄にとってほどよいところで撤兵することになるのであろう、と予断をもった。

信玄は、妻女山の西麓側、千曲川を隔てた横田《よこた》に先鋒軍を布陣せしめて輝虎を牽制しながら、自身はその西北方の茶臼山《ちゃうすやま》に後詰の形で本軍をおいた。

妻女山の輝虎率いる八千は動かぬ。輝虎は、越軍の残り五千を犀川北方の善光寺付近に留めおいてきたが、これは輜重《しちょう》（弾薬・食糧など）と遊軍である。

輝虎が越軍を率いて出陣するさい、軍兵八千という数は、

「例の如く」

といわれた。これは、幾人もの軍団長に権限を与えた信玄と異なり、輝虎ひとりの神がかり的な吸引力で戦った越軍の、他に類をみない特徴であったろう。すなわち、輝虎がおのれの手足のごとく動かせる兵の、限界の数が八千なのである。

別の見方をすれば、八千が常に一丸となっていたということにほかならず、それだけでも途方もない軍団であったというべきであろう。

その八千が、妻女山を東から下山すれば、そのまま千曲川東岸に沿って、一気に海津城へ達することができる。これに対して、甲軍が海津城救援に駆けつけるには、大河千曲川を西岸から東岸へと渡らねばならぬが、渡河中に越軍に討たれる危険を避けがたい。つまり、依然として、海津城が越軍の脅威にさらされている現実に変わりはなかった。

山本勘介隊に従軍した平助は、しかし、甲軍が善光寺平へ到着した時点で、海津城が無傷であったことに愕《おどろ》きを禁じえなかった。守将の高坂昌信はなかなかの知恵者らしいが、守備隊は寡兵である。輝虎ほどの者が八千の兵をもって一挙に攻めれば、信玄出陣以前に容易に落とせたはずではないか。

西から東へ流れる犀川を境にして、当時、以北が輝虎、以南が信玄の支配下だったが、海津城は武田にとって犀川以南の最前線基地である。これを奪えば、北信における輝虎方の勢力を盛り返すことになろう。にもかかわらず輝虎は、海津城を囲みもせず、ただ妻女山に陣取って、八日間も無為に過ごしていたというのか。

（解《げ》せぬなあ……）

平助は、輝虎の真意を測りかねた。

それと同時に平助は、勘介の先行きを案じてもいた。刺客を放った者をついに明らかにできなかったことで、勘介は忸怩《じくじ》たる思いを抱いたらしかったが、その後は何か思い詰めたようすなのである。

出陣前に洩らした一言も気になっていた。

「信濃さえ制すればよいのじゃ、信濃さえ……」

たしかに信濃を制覇できれば、あとは勘介が義信に今川攻めを納得させるだけなので、刺客の命令者の正体が割れようが割れまいが、武田の家督は、父子双方に怨みを遺《のこ》すことなく、信玄から義信へと委譲されよう。

ただ、陰謀をめぐらせる者が正体不明であるからには、信濃制覇を急がねばならぬ。時を移せば、移しただけ、信玄も義信も危うくなる。

そのように勘介が考えていることを、平助は承知していた。

現況では、信濃制覇の絶対条件は、輝虎を討つことに尽きるであろう。だが、合戦で信玄が輝虎を打ち負かすことは、

(ありえぬ)

と平助はみている。

越軍八千に対して、甲軍二万。たしかに兵数では圧倒するが、六分勝ちを旨とする信玄と、根っからのいくさ人である輝虎とでは、合戦における総大将としての凄味《すごみ》が違う。自身も正真のいくさ人たる平助なればこそ、分別しうることであった。

つまるところ、輝虎を抹殺したければ、合戦ではなく、側近に裏切らせて毒を盛るとか、平時に源五郎のような鉄炮の名手に狙撃させるとか、輝虎の最も忌《い》む薄汚い手を用いるほかあるまい。

(勘介どのは何を考えておられるのか……)

そこまでは平助にも読めなかった。なればこそ、案じられる。

やがて甲軍将兵は、静まり返ったまま何の動きもみせぬ妻女山の越軍を、不気味がりはじめた。輝虎が稀代のいくさ上手であることを知らぬ者はいないだけに、多勢でありながら恐怖すら抱いた。

信玄は、士気の衰えることを危惧し、夜陰に紛れ、全軍を海津城の北の広瀬《ひろせ》の渡しから入城せしめた。八月二十九日のことである。

その隠密による速やかな陣払いには、平助も唸った。

(信玄もたいした武将だ)

とはいえ、輝虎ほどの者が気づかなかったはずはあるまい。それでも輝虎は動かず、甲軍の渡河を黙過したのである。

海津城守将の高坂昌信は、信玄の来援、入城に泪《なみだ》を流さんばかりに感激し、信玄もまた昌信の手をとって無事を祝した。

昌信は、若き日、信玄の寵童であった。それだけに、この主従の関係の深さは、余人には推《お》し量りがたいものがある。

（まるで想い女《め》をたすけにきたようだな……）

そう思った瞬間、平助は、越後の虎の真意を悟った。

（信玄必殺……）

平助は、ただちに、城内の陣屋に勘介を訪ね、人払いしてもらったうえで、その想像を口にした。

「お屋形が兵を退かれるときに、輝虎は真っ向より攻めかかる。そう申すのか、平助」

隻眼を剝《む》いた勘介に、平助はうなずいてみせる。

「そうと考えれば、輝虎が出陣当初より沈黙をつづけていることが、腑に落ちるのではござるまいか」

輝虎が、落とせたはずの海津城をそのままにしておいたのは、ここに信玄を入城させたかったからである。そして、高坂昌信が守将である以上、確実にそうなると踏んでいた。つまり、甲軍全軍が海津城へ入ってしまったことで、これを越軍からみれば、甲軍を袋の鼠《ねずみ》にしたといえる。

もとより犀川以北は輝虎の支配下ゆえ、甲軍がそちらから帰国することはできぬ。川中島の東西は、山並みに阻《はば》まれる。甲斐へ帰国するには、南の往路を戻っていくほかないのである。

そのとき越軍が妻女山を下りて、南への道を扼《やく》したら、どうなるか。これを突破せぬ限り、甲軍は帰国できない。甲越両軍、総力を挙げての正面衝突が、ここに現出する。

「会戦であるぞ、平助。八千の兵で二万の兵をたたくことなぞ、できようか」

「ほんとうにできぬと思われるか、勘介どの。対手は軍神にござる」

輝虎という武将は、おのれを須弥山《しゅみせん》北方の守護神毘沙門天《びしゃもんてん》の化身と信じきっている。越後兵にとって、戦場における輝虎は神なのだ。その麾下であるかれらは、神兵である。神は負けぬし、死なぬ。となれば、彼我の兵力差一万二千は、越軍には嗤《わら》うべき数でしかない。

信玄がこれまで越軍との主力決戦を避けてきたのも、輝虎軍団の異様なまでの強さを恐怖したからではなかったか。のちに信玄は、輝虎とは和議を結べ、と四郎勝頼へ遺言しているが、これは信玄ならずとも、なんぴとも合戦では輝虎に勝てぬとあきらめていたからであろう。

「下手をすれば、甲越両軍が全滅するやもしれぬ。さように愚かなことを……」

「いくさ人とは、愚かなもの。勘介どのとて、こたびのいくさにおいて、義信どのに華々しき武勲を挙げさせ、みずからは命を捨てるお覚悟にござろう」

勘介は、返答に窮した。平助から看破されたとおりなのである。

開戦前、義信に今川攻めを納得させたうえで、いくさが始まれば、この次期国主にそれに相応《ふさわ》しい戦功を樹《た》てさせ、自身は信玄の重用をよいことに武田家臣団を分裂させかけた責めを負って討死する。これが、勘介の描いた、わが六十九年の人生の幕引きであった。

「勘介どのが結着《けっちゃく》をつけたいと思うておられるように、輝虎もまた、甲軍との長きにわたる戦いを、どうしても了《お》わらせたいのに違いござらぬ」

関東管領上杉輝虎の最大の敵は、言うまでもなく、関八州の征服をめざす小田原北条氏である。信濃において信玄といつ果てるとも知れぬ戦いを繰り返す限り、その間隙《かんげき》を縫って勢力を伸長する北条氏康《うじやす》に、ますます利を得させてしまう。といって輝虎は、一時、信玄を追い払えたとしても、領土欲がないために、自身も越後へ退いてしまうので、すぐにまた信濃へ出てくる信玄と戦わねばならぬ。

とどのつまり、輝虎が信濃という憂いを取り除くためには、信玄その人を討つしか道はない。なればこそ、死を覚悟の乾坤一擲《けんこんいってき》の大会戦を、輝虎は敢行するつもりなのである。

輝虎その人を亡き者にせぬ限り、信玄が信濃を完全攻略できないのと、条件は同じというべきではあるまいか。

「平助。おぬしなら、どう戦う」

「それは、勘介どのがご思案なさるべきこと。武田の知恵嚢の冴えを、存分にみせていただきたい」

「こやつ、くすぐりおるわ」

勘介が、愉快そうに笑う。久々のことであった。老いてなお熾《さか》んなるいくさ人の精気が、一挙に蘇ったかのようである。

「よし。この山本勘介が、越後の虎に一泡《ひとあわ》ふかせてやろうず」

にこっ、と微笑み返した平助は、信玄の御前に罷《まか》り出るべく立ち去りかけた勘介を呼びとめた。

「勘介どの。討死のご覚悟はよろしいが、逝《い》かれるのは、義信さまの晴れの儀をお眼にやきつけてからになされよ」

義信に武田の家督を現実に嗣がせたところで、勘介の信玄への奉公は完了したといえよう。

「平助。おぬし、存外、口数が多いわ」

背を向けたまま、勘介は憎まれ口をたたいた。声が心なしか顫《ふる》えを帯びていたと聞いたのは、平助の錯覚であったろうか。

六

その後もなお、甲越両軍の睨み合いはつづいた。

図らずも籠城の恰好になった甲軍は、雨風を凌《しの》げるし、また持参の糧食が尽きたとしても、もともと城内に貯えてあった兵糧《ひょうろう》にしばらくは頼ることができる。

辛いのは、越軍であった。九月に入るや、山中の冷気は日々にきつくなり、雨の日は下帯まで濡れる。何よりも、善光寺に荷駄の大半を留めてきたために、兵糧の欠乏甚《はなは》だしく、山の植物で口に入るものは片端から獲った。

しかし、この程度のことで音を上げる越軍将兵ではない。豪雪地で培《つちか》われた粘り強さは、軍神輝虎の「毘」の軍旗の下、逆境におかれてこそ発揮されるのである。その八千の軍団の勁烈《けいれつ》ともいえる悲壮感が、妻女山全山より漂い出て、かえって海津城の甲軍を戦慄せしめた。

川中島の南の外れ、千曲川が北東に向かって流れを変えるその曲がり鼻に突き出た妻女山からは、川中島を隅々まで望見できる。まして、そこから東方三丁ばかりの微高地に築かれた海津城など、陽のあるうちは丸見えであった。

その海津城へ、南の塩崎《しおざき》方面から疾駆してきた母衣《ほろ》武者数騎が入ったのは、九月九日、菊の節句の午頃《ひるごろ》のことである。

ほどなく、輝虎股肱《ここう》の直江実綱《なおえさねつな》のもとへ、近在の百姓を装わせて海津城周辺に放っておいた諜者《ちょうじゃ》より、報告がもたらされた。詳細までは探れなかったが、どうやら信玄不在の甲府で何か異変が起こったらしい。

「やはり、諏訪の四郎さまが……」

甲軍兵の声の中から、そういう囁きを聞き取ったと諜者が言ったので、実綱は察した。

(謀叛だな)

ただちに実綱は、このことを輝虎に告げた。

だが、輝虎は、陣幕の内で床几に腰を据えたまま、いささかも顔色をかえず、また一言も発せぬ。

日暮れて、海津城とその周辺より、煙が夥《おびただ》しく立ち昇りはじめたのを眺めて、実綱ら上杉の重臣は喜色《きしよく》をあらわした。

「お屋形。あれは、明らかに炊煙。信玄めが動きまするぞ」

それから、続々と戻ってきた諜者や物見の報告によって、信玄が全軍に撤退を発令したことが判明した。もはや甲府で異変が生じたことは確実である。信玄は急ぎ帰国せねばならぬので、何日か分の飯を炊いているのだとみてよい。

帰国の道は、川中島へ出て、北国《ほっこく》街道を南下するその一路しかない。甲軍が海津城を出たら、越軍はただちに下山、雨宮の渡しを越えて街道を扼し、真っ向からの大会戦を挑む覚悟なのである。

ところが、夜半過ぎの報告で、甲軍が予想外の撤退路を選んだことが判明した。川中島へ出るには、海津城の搦手門《からめて》より千曲川を渡らねばならぬのに、甲軍は密《ひそ》やかに表門より出て松代《まつしろ》道へ入り、そのまま南下、のろし山の西麓の谷道をめざしているというのである。

「山越えで小県《ちいさがた》郡の真田領へ入るつもりであるな」

すっかり出陣準備を整え、輝虎の陣幕内に列なる越軍諸将の中から、実綱が言った。

「いつものことながらの臆病坊主よ」

と柿崎景家《かきざきかげいえ》が嘲《あざわら》う。入道の信玄をそう罵るのが、越軍きっての猛将といわれるこの男の決まり文句である。

「夜陰、草木に隠れて、びくびくと退くなぞ、恥を知らぬか、信玄は」

鬼小島《こじま》の異名をとる輝虎の旗本小島弥太郎《やたろう》も吐き捨てた。

「お屋形。いかがあそばす」

実綱が、軍神の下知を望んだ。ただ、この賢臣の頭の中では、すでに策はできていた。

ただちに、二千ほどの寡兵でもって進発し、妻女山の背後に重なる山々の尾根伝いに駆け、谷道に長々と伸びきった甲軍へ、山上より逆落としに攻めかかる。この場合、味方の兵を小勢とするのは、夜中の、それも狭隘《きょうあい》な谷道での乱戦という、最も同士討ちの起こりやすい状況だからである。逃げ場のないところで夜襲を浴びた甲軍は、必ずや恐慌をきたし、こちらが斬りかからずとも、味方同士で多数殺傷し合うことは疑いない。同時に、残りの六千を、手薄となった海津城へ乱入せしめ、これを奪う。

この一手のほかはあるまい。

最大の問題は、信玄の居場所を、いかにして摑《つか》むかということであろう。信玄を殺さなければ、今回の戦いの意義が失われる。しかし、夜戦では至難のことだ。

稍《やや》あって、輝虎が呟いた。

「山本勘介の策である」

列座の諸将、意味を解せず、一様に訝《いぶか》る。

だが輝虎は、説明を与えず、床几を蹴るや、高らかに下知した。

「出陣」

そのころ、海津城を忍び出て、谷道の入口へと差しかかった甲軍の先陣の中に、平助の姿をみることができる。

先陣は、このあたりの地理に精《くわ》しい高坂昌信と、赤備えで名高い飯富虎昌がつとめており、山本勘介はここにはおらぬ。平助は、輝虎本人に鎗をつけられる者はこの男しかいない、という勘介の強力な推薦により、信玄のゆるしを得て、ここに参陣したものであった。

つまり、狭い谷道へと入っていくこの大軍は、撤退とみせて、妻女山の背後を衝かんとする攻撃軍なのである。

甲府からの急使、四郎の謀叛云々《うんぬん》の話、急な陣払いのための派手な炊飯、山越えの撤退、すべては勘介の仕掛けた輝虎への罠であった。

撤退と見せかける行軍の後方は、いまだ海津城から出きっていない。全軍撤退を装うために、長々と軍列を切らさぬ必要があるからであった。勘介の策では、最終的には一万二千が出て、八千は城中とその周辺に鳴りを潜めて次に起こることを待つ。

ほどなく先陣は、向きをかえて、妻女山を北の突端にもつ山塊へと登らねばならぬ。さすれば、おそらく谷道へ逆落とし攻撃を敢行すべく出張ってきた越軍別働隊と山中遭遇戦になるであろう。これを数で圧倒し、掃討しつつ、敵本陣へ迫る。

この間に、残る越軍本隊が海津城へ攻めかかっているに違いない。城に留まった信玄の八千が、これを迎撃する手筈であった。そして、妻女山へ背後から迫って敵本陣を陥落せしめた先の一万二千とで、千曲川東岸の野に、越軍本隊を挟撃する。

つまり、前を海津城、後ろを高坂・飯富ら一万二千、左右を大河と山塊とで遮断された、きわめて狭い野に越軍を押し込めてしまう策戦であった。この完全包囲戦ならば、甲軍の損害を少なくできるうえ、輝虎その人を逃す惧《おそ》れもない。

しかし、何事にも一途な輝虎のことゆえ、山越え撤退する甲軍とは広野の大会戦は望むべくもないと思えば、今回は合戦をあきらめて明日にでも陣払いし、越後へ帰ってしまうということも、充分にありうる。四年前の善光寺北方の上野原《うえのはら》の戦いでも、越軍が待ち伏せ策をとれば、追撃してきた甲軍を散々にたたくことができたのに、輝虎はそれは卑怯であるとして、家臣の献策を一蹴したような男であった。

その場合は、次善策として、甲軍一万二千が、夜明けと同時に妻女山の越軍へ総攻撃を開始し、これを山下へ追い落とす。一方、海津城の八千は、広瀬の渡しから千曲川を渉《わた》って、八幡原《やわたはら》という広野に布陣し、敗走してくる越軍の横腹を襲って、犀川の南で討ち取ってしまう。

すなわち、罠に対して、輝虎がいずれの動きをみせても、これを討つ策が立てられているということである。山本勘介の兵法の冴えというべきではあるまいか。

その勘介は、信玄・義信父子とともに、海津城に残っている。見上げた夜空は、曇っていて、月が見えぬ。

(妻女山ならば平助が、野の決戦ならばこの勘介が……輝虎を討つ)

一方、越軍本陣攻撃軍は、予定通り、谷道を逸れて、妻女山後背の山塊に入り、闇の中を索敵しつつゆっくり進んだ。

ところが、一向に越軍と遭遇せぬ。

(やはり輝虎は、真っ向からの会戦でなければ、一戦も交えるつもりはないらしい……)

と平助は思った。甲軍の夜陰の隠密行動に気づかぬ輝虎でもあるまいに、まるで駄々っ子のようではないか。

国主でありながら、また有名無実とはいえ関東管領職の重責を担いながら、まことに奇妙な男というほかない。おそらく輝虎は、華々しき戦闘だけが天からおのれに授けられた使命と信じているのであろう。

「魔羅賀平助。おぬし、甲府で長坂源五郎と鉄炮を競い合うて、敗れたそうであるな」

と軍団長のひとり高坂昌信が、声をかけてきた。

「ようご存じにござる」

「勝ちを譲ったか、魔羅賀」

「まさか、そのようなことは」

「馬上にて、源五郎より早う玉込めして狙いをつけ、五十間向こうの柿の実に命中させるなぞ、人間業《わざ》ではあるまい」

「…………」

「ことわっておくが、かまえて勘介どのに聞いたのではない」

昌信は、微笑する。いまだ若年時の美貌の俤《おもかげ》をとどめる笑顔であった。

(ただの寵童あがりではないようだ)

平助は昌信を見直した。信濃にあっても、本国のようすを、どんな些細なことでも見逃さぬよう、心利《き》いた配下を放っているのであろう。

実際、信玄が昌信を異常なまでに早く出世させたのも、寵童への愛が理由ではなく、昌信が敵情偵察、戦力分析、戦況判断などに頭抜けて優れていたからであった。

「次は頂算《ちょうさん》と競うてみるがよかろう」

「いずれの御仁か」

「源五郎に鉄炮を手ほどきした行人よ」

「何年か前、根来寺へ帰ったと勘介どのより聞いてござるが……」

「この夏より、室住豊後《むろずみぶんご》どのが麾下に加わっておる」

室住豊後守虎定《とらさだ》は、水内郡の犀川上流の支流土尻《どじり》川沿いに築かれた柏鉢《かしわばち》城守将に任じられ、北信攻略では常に海津城の昌信と連携しているという。

信玄の曾祖父の六男という血筋のせいか、親族衆の長老的存在でもあり、齢《よわい》八十一歳ながら、この川中島へ出陣した。

「高坂どの。つかぬことをお訊ねいたすが、室住豊後どのは、義信さま、あるいは四郎さまの傅役のおひとりでもあろうか」

「ご老体は、典厩信繁《てんきゅうのぶしげ》さまのご後見である」

あっ、と平助は声をあげかけ、顔を蒼ざめさせた。

信玄の跡目相続の候補は、何も義信と四郎だけではなかったのだ。人物を鑑《かんが》みれば、信玄の弟信繁ほど、国主に相応《ふさわ》しき者はいない。

信繁は、自分を溺愛した父信虎の追放劇のさい、信玄の苦衷を察してこれに服《したが》って以来、兄を心より慕い、忠誠を尽くしつづけている。軍略・識見とも申し分なく、数えきれぬほどの武勲を樹《た》てながら決して奢《おご》らず、名将とは信繁のためにあることばだとまでいわれることを、平助も知っていた。また信繁の著《あらわ》した九十九ケ条に及ぶ家訓が、甲州武士の子弟教育に用いられているそうな。

後年、真田幸隆の子昌幸《まさゆき》は、信繁の知勇にあやからんと、おのが次男に信繁と命名した。真田信繁は、後世に幸村《ゆきむら》の名で知られる。

おそらく室住虎定は、信虎が信繁を偏愛して跡目を譲ろうとした二十年前にも、これを強く望んだのに違いない。そのとき果たせなかった夢に、おのれの人生が了《お》わろうとするいまになって、いまいちど挑もうと決意したのではなかろうか。

そのように想像してみれば、勘介暗殺未遂の背景が鮮やかに見えてくる、と平助は思った。

信玄と義信の不仲をよいことに、山本勘介は四郎を家督に立てるべく画策している。武田家中では、口には出さねど、そう勘繰っている者が少なくない。勘介に代表される新参者や子飼い衆ら重職を担う者どもに、軽んぜられていると僻《ひが》む親族衆の虎定も、間違いなくそのひとりであろう。

勘介を殺せば四郎の家督相続の可能性が消える。だが、国主の万一の場合を想定して早期に家督を決めておくことは、戦国大名家のならい。義信にも四郎にも譲られない家督は、その時点で、武田家中に最も人望の厚い信繁のものとなる。

そう虎定が短絡したとしても、いささかも不思議ではあるまい。

その虎定と、麾下の鉄炮術の名手頂算は、いまや勘介のとどまる海津城にある。

（いくさが始まれば……）

勘介の命は危ない。越軍の鉄炮の流れ玉を装うぐらい、たやすいことだ。平助は居ても立ってもいられなくなった。

眼下に妻女山の陣所が見えてきたのは、このときのことである。東の空が、ほんのりと明るみを帯びはじめた。

たくさんの篝火《かがりび》が赤々と燃え、旌旗《せいき》の林立する越軍の陣所は、依然として水を打ったように静まり返っている。

大きく迂回したとはいえ、山中の道なき道を往く甲軍は、一万二千もの大軍である。先陣は妻女山の背後へ出たが、最後尾はようやく海津城から松代街道へ踏み出したあたりにいた。

一方、勘介は、夜明け近くなっても、どこからも戦闘音は聞こえぬし、戦端が開かれたという物見の報告もこないので、次善策へと移った。すなわち、妻女山攻撃軍が追い落とした越軍を邀撃《ようげき》するため、信玄を総大将として海津城を出ると、広瀬の渡しを越えて八幡原に布陣したのである。その兵力、八千。

そのころ、妻女山攻撃軍は、越軍の陣所へ接近するにつれて、不安を膨《ふく》れさせつつあった。いかに越軍が粛然として動かぬとはいえ、人けというものがほとんど感じられないのである。

発見できた人間といえば、甲軍の放った物見が数名ばかりにすぎぬ。いずれも死体であった。

そして、払暁とともに、ようやく気づいた。

わずか百名ほどの越後兵が、決死の形相《ぎようそう》で斬りかかってきたが、それだけである。

「輝虎に、たばかられたわ」

飯富虎昌が地団駄を踏んだ。

火明かりはすべて捨て篝であり、旌旗も紙で作った偽物ばかり。越軍陣所は、もぬけの殻だったのである。

この瞬間、鉄炮の斉射音が、輝虎にたばかられた者たちの耳を聾《ろう》した。山下からである。

だが、眼下の川中島一帯には、濃い霧が出ており、何も見えぬ。秋の早朝に出るこのあたり特有の幕霧であった。

（勘介どのが罠を、輝虎は看破していたのだ……）

乱世最強の越軍を率いる軍神上杉輝虎はいま、懸《かか》り乱《みだ》れ龍《りゆう》の旗をへんぽんと翻《ひるがえ》し、八幡原の信玄軍へ、望みどおり真っ向から、猛然と襲いかかったところであろう。

越軍八千に対して、甲軍も八千。同じ兵力で輝虎に勝てる者はいない。この一万二千が寸刻でも早く八幡原へ駆けつけなければ、信玄軍は全滅する。

平助は、虎昌や昌信が下山の命令を発する前に、ひとり、丹楓に跨《また》がったが、

「待て、魔羅賀。どこから渡る」

と昌信に呼びとめられる。

「十二ケ瀬から」

間髪を入れず平助がこたえると、昌信は眼を剝いた。

「おぬしほどの武人が無思慮な。単騎では、万にひとつも助からぬ。雨宮から渡れ」

妻女山から千曲川を渡河するのに、最も近い渡《わたし》は、十二ケ瀬渡と猫ケ瀬渡だが、いずれの対岸にも越軍の後衛が布陣して、甲軍一万二千の下山を待ち構えているとみなければなるまい。この大軍が岸辺に群れて渡河を開始するまでひきつけておいて、鉄炮の一斉射撃を浴びせる策戦であろう。それでも甲軍は、押し渡らねばならぬ。

だが、平助一騎ならば、西麓側へ下りて、雨宮渡から渡河したほうが、いささかの迂回になっても、安全であり、かえって早い。

なればこそ昌信は、雨宮から渡河するよう、忠告をあたえた。このあたりの冷静さは、さすがに信玄の信頼厚い智将というべきであろう。

「高坂どの。この濃い霧の中、越後勢が無駄玉を射放《いはな》つと思われるか。単騎なればこそ、突破できるのでござる」

にっこり平助は微笑《わら》う。

昌信ほどの将、それで察することができた。

（なるほど……）

濃霧の中で、たったひとりに狙いをつけ、これを射殺するのは、至難である。むろん、百挺、二百挺で斉射すれば何発かは中《あた》るに違いないが、それでは無駄玉が多すぎるし、次の玉込めまでの間に、甲軍に雪崩をうって渡河を開始されたら、対岸の越軍は焦《あせ》らねばならぬ。それよりも、瀬を埋めつくして渡ろうとするあまたの軍兵に向かって斉射すれば、全弾必中の可能性が高い。その結果、ばたばたと倒れた味方の屍に妨げられ、甲軍の前進速度は落ちる。そこへ越軍は、さらに矢玉を放つ。

最初に突出してきた一騎の射殺にこだわれば、この効果的な策戦をふいにすることになろう。いくさ上手の越軍が、そんな間違いを犯すはずはあるまい。

（さすが陣借り平助よ）

それでも単騎の渡河は危険きわまるが、平助ならば必ず成し遂げるであろう。そう感じた昌信は、走り出そうとする丹楓の轡《くつわ》をつかんだ。

「魔羅賀平助。われらが往くまで、御旗本を……」

支えてくれ、と昌信は頼もうとしたのだが、しかし、平助はにべもなかった。

「それがしのあるじは、信玄公にあらず」

あくまでも、山本勘介を慕って陣借りした平助である。誰よりも勘介の命こそ大事であった。平助のこの論理は、まったく正当といわねばなるまい。

昌信は、もはや何も言わず、轡から手を離した。

「お先に御免」

昌信の縋《すが》るような視線を振り切った平助は、

「往くぞ、丹楓」

その力強い四肢に地を蹴らせて、猛然と斜面を駆け下った。

十二ケ瀬渡の岸へ達した平助は、無造作に川へ乗り入れ、水しぶきをあげる。

幕霧をとおして、対岸に旌旗の群れが見えた。昌信の推測どおり、鉄炮隊が折り敷いている。

(甘糟《あまかす》近江守か……)

かすかに視認できた旗印から、平助はそうと見当をつけた。甘糟近江守は、上杉譜代で、大剛の士として知られる。

甘糟軍は、霧をまとって動く一騎駆けの影に気づいているであろうが、発炮せぬ。その一騎駆けの背後から、怒濤と形容すべき人馬の轟きが迫る。その姿が見えるまで、引き金を絞るつもりはないのだ。平助の予想は的中した。

平助は、傘鎗の傘を開き、前へ突き出す。傘は回転を始めた。

甘糟軍とて、平助を無事に通過させるつもりまではないらしい。平助が、渡りきって、対岸へあがった刹那、左右から鎗が繰り出された。

平助は、傘部分を宙へ飛ばして、朱柄の鎗を右に薙《な》ぎ、左に払った。馬上からの、その重くて迅《はや》い打撃に、敵の鎗兵どもは、二、三間も吹っ飛ばされる。

高く舞い上がった傘が、幕霧の上まで抜け出た。と同時に、銃声が谺《こだま》した。

千曲川血戦の開始である。

甲越両軍が総力を挙げて激突し、敵味方合して七千とも八千ともいう戦死者を出した酸《さん》鼻《び》をきわめた戦いについて、この先を記す必要もあるまい。午前中は越軍の圧勝、午後は妻女山攻撃軍一万二千の救援によって甲軍の大勝、というのが定説である。

結局、信玄本人は、救援軍到着までもちこたえた。だが、輝虎との一騎討ち伝説を生んだのは、旗本が総崩れになったからである。実際、信玄は、義信とともに手傷を負った。救援があと四半刻《しはんとき》も後れていたら、信玄父子は確実に首級を挙げられていたであろう。

何よりも信玄を悲嘆せしめたのは、得難き忠義の副大将信繁と、兵法のいろはを伝授してくれた山本勘介を喪《うしな》ったことである。両腕をもぎとられたにもひとしい。その意味で、この合戦は、のちの北信制圧につながっているとしても、信玄の敗北だったと断じても過言ではなかろう。

信繁が討死を遂げたとき、後見役の室住虎定は、あたりを憚《はばか》らず悲泣しながら、

「お供、仕《つかまつ》る」

と叫んで、単騎、敵中に駆け入り、壮絶な最期を遂げたという。この老武将にとっては、信繁が存在しなければ、おのれもまた死んだも同然だったのである。

平助は、救援軍の誰よりも早く八幡原へ駆けつけたが、それでも勘介の死に目に間に合わなかった。

察するに、勘介は、策戦をすべて見破られて、かくも重大な結果を招いたわが身を赦《ゆる》せず、緒戦の段階で輝虎めざして敵軍へ突入したのであろう。

「往くことは流れの如し」

そう言い遺したという。

勘介が開戦前に、今川攻めのことを義信に納得させることができたのかどうか、平助は知らぬ。

ただ、四年後の史実は、彼岸《ひがん》の勘介には辛すぎたであろう。ついに信玄と相容《い》れなかった義信の謀叛計画が発覚し、擁立した飯富虎昌や側近の長坂源五郎はただちに処刑され、義信自身も二年を経て、信玄によって自刃せしめられるのである。

川中島合戦で越軍に挙げられた勘介の首は、平助が奮戦の末、取り戻した。

最終的に平助は、大乱戦の中、あるいは愛刀志津三郎で、あるいは傘鎗で、さらには丹楓の馬蹄で、五十名をこえる敵兵を死に至らしめている。勘介を死なせてしまったことの悔恨が、越軍への怒りに変わったというべきであろう。

しかし、越軍の去ったあと、勘介の首を検《あらた》めたところ、盆の窪に鉄炮玉の射入口を見つけた。後ろから急所を精確に射抜かれたのである。

むろん、乱軍の中では、背後からの鉄炮疵《きず》というだけで、味方に撃たれたと断定できぬ。だが、平助だけは知っている。

(頂算のほかにありえぬ……)

その暗殺者の姿を探した平助だったが、ついに川中島では発見が叶わなかった。戦死したのではなく、いずこかへ遁《に》げたのである。

平助は、勘介の首に約束した。

(敵《かたき》は必ず討つ)

あてのない気随《きずい》気儘《きまま》の旅をつづけてきた魔羅賀平助が、はじめてもった目標であり、復讐の念である。

活躍に惚れ込んだ信玄から、五百貫で召し抱えると言われたが、平助は固辞した。

「山本勘介どのに非礼でござりましょう」

勘介が仕官当時に三百貫だったのだから、余の者にそれを超えた提示をするのは、たとえ信玄でも勘介に対して礼を欠く。そういう意味である。

「ゆるせ、平助よ。信玄は不覚者じゃ」

それまで泪《なみだ》をみせなかった信玄が、このときはじめて声を殺して哭《な》いた。
冷たい晩秋の風の音も、啾々《しゅうしゅう》として切ない。
平助は、丹楓を曳いて、夕闇迫る屍山血河《しざんけつが》の川中島をあとにした。

恐妻の人

一

鉛色の空に、風が唸《うな》っている。甲高《かんだか》い口笛の音にも似て、寒々しい。

地上は一面の銀世界であった。

広大な雪原を俯瞰《ふかん》すると、その下は田畑であることが分かる。雪は、畦《あぜ》道に区切られた耕作地の姿を、うっすらとどめる程度の積もり具合であった。

その中を、真っ白な息を吐きながら、黙々と往く人馬がいるではないか。

総髪に縁取られた深彫りの貌《かお》に、高い鼻梁《びりょう》と茶色がかった眸子《ぼうし》をもつ六尺豊かの若者と、ひたいに流星の白斑を刷《は》き、あでやかきわまる緋色毛に被《おお》われた体高五尺に剰《あま》る牝《ひん》馬《ば》。

この破格の人馬は、

「陣借り平助」の異名をとる魔羅賀平助と、愛馬丹楓であった。

雪中歩行のことで、笠・胸かけ・蓑《みの》の脚絆《きゃはん》に藁沓《わらぐつ》という出で立《いた》ちの平助は、丹楓の胴には寒風よけに革製の馬鎧を着けさせて、れいによって武具・馬具の一切をおのが双肩に担《かつ》いでいる。

時折、風が地上の雪を舞いあげ、人馬を雪煙で包む。

平助は歩みをとめ、荷を下ろすと、雪をひと摑みして、口中へ放り込んだ。足の重くなる雪中歩行は、喉が渇く。

丹楓にも雪を食べさせてやる。うれしそうに鼻を鳴らす愛馬に、平助は微笑み返した。

銃声が轟《とどろ》いたのは、このときである。

とっさに平助は、手綱を引き寄せ、丹楓の平頸《ひらくび》へ手をかけて強く押した。心得たもので、丹楓はすぐにみずから横倒しになる。

「くっ……」

左肩に焼け火箸《ひばし》を押しつけられたような熱さをおぼえた平助は、雪上に伏せるなり、銃弾の発射された地点を探した。

目算七、八十間《けん》ばかり向こうに、雪をかぶった林が見える。平助の眼は、木陰に見え隠れする影を捉《とら》えた。

(あれほど遠いところから……)

平助とて、鉄炮の名手だが、舌を巻かざるをえない距離である。

口径と火薬量にもよるが、当時の火縄銃の必中距離は、ごくふつうの射撃術をもつ者で、二十間足らずであったといってよい。三十間になると、胴丸《どうまる》を貫通するほどの鉄炮自体の威力は衰《おとろ》えぬものの、精度が劣り、必中というわけにはいかない。

五十間に達したら、よほどの名人上手でも、もはや標的に命中させるのは至難《しなん》の業《わざ》である。七、八十間など、中《あた》れば偶然。たとえ中ったとしても、急所でもなければ、敵を死に至らしめることは、ほとんど不可能というほかない。

ただし、戦国武将の多くが鉄炮という武器に第一に要求したことは、戦場で敵の突進力を封じることであった。銃弾でひるませ、あるいは負傷させておいて、その後に刀鎗の闘いへ移るのが常套《じょうとう》の戦法である。

だが、林にひそむ銃手は違う。途方もない射撃術をもち、銃弾のみをもって標的を仆《たお》そうとしている。

平助が知る限り、そんな人間はひとりしかいない。

(頂算……)

山本勘介を射殺して逃げた根来寺の行人である。

(勘づいて、逆襲に出たということか)

平助はそうと察した。

頂算は、陣借り平助に追われていることを、どうかして知ったのに違いない。互いに会ったことのない者同士だが、平助については、その異相と巨軀に、緋色毛の巨馬を曳《ひ》くという姿で、すぐにそれと知れる。

頂算が待ち伏せに広い雪原を選んだのは、標的に遮蔽物《しゃへいぶつ》を与えぬためであったろう。

平助は、左肩へ手をあてて、疵口《きずぐち》を探る。いささか肉を削りとられただけらしい。

雪を摑んで揉み、手についた血を拭う。

ふたたび銃声が起こったかと思うまに、頭上すれすれで、空気を引き裂く音がした。銃声は、雪原を轟々《ごうごう》と渡って消えゆく。

平助は、這《は》って、横倒しの丹楓の背へ回り込むと、そのあたりの雪を両手で掘り始めた。

手が土を摑む。土の中に、大根の葉が混じっていた。ここは大根畑らしい。

浅いが、直径五、六尺ほどの穴を掘った平助は、馬鎧を摑んで、丹楓の馬体をその中へ引きずり入れた。その間にも、数発の銃弾が放たれ、周辺に着弾する。

平助は、真紅の甲冑《かっちゅう》を手早く着けた。角栄螺《つのさざえ》の兜《かぶと》も、鳩胸の胴も、対銃弾用に鍛えに鍛え、鉄も肉厚なものである。

手には朱柄《あかえ》の傘鎗、背に将軍義輝より拝領の志津三郎。平助は、傘鎗の傘の部分をはずした。

そうして、わずかに頭をあげる。

たちまち銃声がした。

首を竦《すく》めた平助は、丹楓の平頭を撫《な》でると、

「じっとしておれよ」

命じておいて、立ち上がり、頂算のひそむ林めざして走りだす。頭をあげて、頂算に一発撃たせたのは、次弾を込めるまでの間に移動するためであった。

（ひい、ふう、みい……）

雪を蹴立てて疾駆しながら、平助は心のうちで、数えていた。

あらかじめ計量しておいた火薬と弾丸を詰め込んだ早合《はやごう》を用いて玉込め時間を短縮すると、上手の平助の感覚で十を数えたときには、引き金を絞っている。おそらく頂算も、敵が突進してくるとみれば早合を用いるであろうから、平助は八つか九つで地へ身を投げ出すつもりであった。

（むっつ、ななつ、や……）

銃声が湧いた。

胸に衝撃を浴びて突進の勢いを急激にとめられた平助は、よろよろと退がって、雪面へ尻餅をついた。

鳩胸胴をわずかに凹《へこ》ませて潰れた弾丸が、ぽろりと股の間に落ちる。

ふうっ、と平助は大きく息を吐いた。頂算は玉込めの速さも尋常ではない。

それでも平助は、素早く起き直り、怖れげもなく前へ進む。

こんどは、七つを数えて、横っ飛びに五体を転がした。銃弾が逸《そ》れた。

平助の雪まみれの総身が、勢いを得て疾走する。力強い足運びで、左右の藁沓とも雪中へ沈み込む前に送り出してゆく。林がみるみる迫る。

木の幹の向こうに半身をのぞかせ、玉込めをする男の姿が見えた。笠の下、元結《もとゆい》を長々と巻いて背中の半ばまで垂らした髪が、根来寺の行人であることを示している。

素早く玉込めをおえた頂算は、膝立ちの姿勢で、銃口を平助へ向けた。と同時に、林へ突風が吹きつけ、その視界を、渦巻く雪煙に遮られた。

銃弾は発射されぬ。頂算が標的を見失ったと察した平助は、大胆にも真っ直ぐ進んで、渾身《こんしん》の力で鎗を投げうった。

轟然たる銃声を間近に聞いた瞬間、平助は、頭を丸太ん棒で突かれたような猛撃に、天を仰いで、ひっくり返る。

意識の断ち切られる寸前、平助は誰かの呻《うめ》き声を聞いた。

風に舞っては落ちる雪が、平助の顔を白く粧《よそお》っていく。

二

瑞々《みずみず》しい青葉若葉を繁らせた木々の間から、馬の鼻息が洩れてくる。

「心地よかろう」

明るい人声も聞こえた。

声の発するところまで達すれば、そこに、濡《ぬ》らした総身より湯気を立ち昇らせる平助と丹楓の姿を見つけることができる。

人馬は、山間の小さな岩場に発見した出湯《いでゆ》で、からだを洗っていた。

もとより平助は、勁悍《けいかん》そのものの褐色の裸身をさらす、白い下帯ひとつの姿だ。左肩の鉄炮疵は、すっかり癒《い》えて、小さなひきつれを残すにすぎぬ。

天然の湯槽は人ひとりも入りきらぬ小ささなので、平助が湯を角栄螺の兜で掬《すく》っては丹楓のからだにかけ、布切れで擦ってやっている。栄螺の角が一本失せており、そこの鉢《はち》面《おもて》のひび割れから、湯が洩れる。角は頂算の銃弾に吹っ飛ばされた。

よほど気持ちがよいのか、丹楓は時折、高峻《こうしゅん》の平頸を振って、つややかな頷髪と鬣《たてがみ》から、飛沫《しぶき》を散らす。飛沫を浴びた野茨《のいばら》が、五弁の白い花の群れをわずかに揺らした。

平助は、湯浴《ゆあ》みをおえると、丹楓を曳いて、山越えの道へ出た。

樹間越しに、初夏の陽射しをいっぱいに浴びて、きらきら光る海が眺められる。三河湾だ。よく晴れ渡っているので、遙《はる》か湾口の佐久島《さくしま》までくっきりと見える。

平助と頂算の結着は、いまだついていない。

根来寺の行人の頂算は、半年余り前、信州川中島における武田軍と上杉軍の激突において、武田勢に属しながら、その参謀山本勘介を鉄炮で射殺すると、乱軍の中、いずこかへ消え去った。勘介に父性を見いだし、厚誼《こうぎ》を結んでいた平助は、その生首の前で、頂算を必ず討つことを誓ったのである。

根来寺の行人とは、分かりやすくいえば、僧兵のことだ。といっても、頭髪を長く伸ばし、僧服も着けぬ俗体で、それが根来寺には二万人いるといわれていた。かれらは、根来寺の経済力を背景に、戦国大名に先駆けて堺《さかい》で鉄炮を生産させ、この新兵器をもって武装し、且《か》つ射撃術習得に日夜励《はげ》むという、きわめて特異な一大軍団であった。

それればかりか、鉄炮を売るために、射撃術に長《た》けた者を選んで隊商を組ませ、諸国へ派遣している。買い手の購買欲を喚起させるには、上手の実射を実見に供するに限るであろう。

頂算もかつては、そうしたひとりであったと思われる。それが、何らかの理由ではぐれ者になったので、群雄に射撃術を売り込み、暗殺を生業《なりわい》とする男へと転向したのではないか。

頂算は、武田の跡目を信玄の弟信繁に嗣《つ》がせようと画策した室住虎定に傭《やと》われて、山本勘介を殺した。乱世ゆえ、そのことを恨むつもりは、平助にはない。

平助がどうしてもゆるせぬのは、頂算が勘介を背後から狙い撃ったことであった。それこそが鉄炮という新兵器の効用であるといえばいえるであろう。だが、それは平助に言わせれば、恥を知らぬ卑怯者のたわごとでしかない。

平助は、川中島合戦のあと、室住虎定が守将をつとめた柏鉢《かしわばち》城へ引き上げてゆく将兵を見かけて、頂算のことを訊《き》き出した。戦死した虎定が頂算に勘介暗殺を依頼したことなど知らぬかれらは、川中島で鬼神のごとき働きをみせた平助には、丁重に応じてくれたのである。

「女と見紛《みまご》うやさしげな面《つら》をしておりながら、何かこう、こちらを底冷えさせるような怖さのある男にござった」

かれらの話によって、頂算が合戦後は奥州《おうしゅう》へゆくと語っていたことが知れる。平助は足取りを追った。

頂算のような血腥《ちなまぐさ》い男の行方を辿るのは、陣借り者の平助にとってさほど難事ではないはずであった。求める場所が、さして違うわけではないからである。

ところが、辿り辿って、北へ北へと往くうち、一日か半日の差で躱《かわ》されることが幾度かつづいた。これは平助自身がすぐには思い至らなかったことだが、実は陣借り平助の高名こそが、逃走者に利を、追跡者に不利をもたらしていたのである。頂算を追っているとあからさまに言わずとも、平助の口から名が出たというだけで、風聞が立つことは避けがたい。当然それを耳にした頂算が、警戒心を起こす道理であったろう。

平助が逆に、頂算の待ち伏せをうけたのは、雪景色の大崎《おおさき》平野においてであった。兜に銃弾を浴びた衝撃で気死し、無防備となった平助に、頂算がとどめを刺さなかったのは、おのれも平助の鎗によって傷ついたからであったろう。その証拠に、平助が丹楓に顔を嘗《な》められて覚醒したとき、林の中に打ち捨ててあった鎗の穂先は血塗られていた。頂算も逃げるのに必死であったと思われる。

この雪中の対決以後、仇敵の行方をつかむことは容易でなくなった。頂算は一層、警戒心を強めたのであろう。

平助は、事を急《せ》くことをやめた。追うから逃げる。平助が追わなければ、やがて頂算は油断してしくじるに違いない。必ずや、どこかで遭遇すると信じた。

雪深い奥州から関東へ、そして温暖な東海へと旅するうち、冬は過ぎ、春が往き、いまや夏の訪れをうけている。

（いちど根来寺を訪ねてみよう……）

いまでは、そう考え始めている平助であった。頂算がはぐれ者であるとしても、その生国や血縁・知人などのことは、少しは分かるやもしれぬ。それは頂算の行方を探す手がかりになるであろう。

だが、紀州行きの前に、いちどいくさをするつもりの平助であった。川中島以来、陣借りをしていないので、またぞろいくさ人《びと》の血が騒ぎ始めたのである。

ところが三河へ入ったものの、

（さて、どちらの陣を借りようか……）

などとのんびり迷いながら、温泉まで浴びているのだから、この若者は何とも底が知れぬ。どちらの、というのは、今川方か松平《まつだいら》方か、ということである。

桶狭間合戦以前の両者ならば、平助は一も二もなく弱者の松平方へついたであろう。もっとも、そのころの松平は今川に絶対服従の立場であったから、両者が戦うことはありえなかった。

一昨年の五月に桶狭間で、東海の覇王今川義元が織田信長に討たれたときから、今川と寄騎衆《よりきしゅう》のそれまでの関係は一挙に崩れ去っている。義元の家督を嗣いだ氏真が、父親に似ぬ暗愚であるばかりに、本国駿河と遠江はまだしも、三河の寄騎衆の離反が相次いだ。

松平元康《もとやす》が、そのただならぬ将才を存分に発揮し始めるのは、弱冠十九歳のこのときからである。

氏真に義元の弔《とむら》い合戦をすすめて、これを却《しりぞ》けられるや、元康は氏真を見限って駿府における永かった人質生活にみずから終止符を打ち、勝手に本拠の三河岡崎《おかざき》へ帰還してしまう。そして、ただちに松平氏単独で織田に戦いを挑み、織田随一の猛将柴田勝家《しばたかついえ》率いる二千の軍勢を真っ向からうけて撃退するという離れ業《わざ》をやってのける。

もともと元康は、十七歳の初陣で、信長に通じた三河寺部《てらべ》城主鈴木重教《すずきしげのり》を攻めたさい、追撃してきた織田勢を逆に猛烈な反撃によって潰走《かいそう》せしめた実績をもつ。また桶狭間においても、危地に陥った大高城《おおだか》へ見事に兵糧を入れるなど、大敗した今川勢でひとり気を吐いた。

それほどの若武者が、今川という重圧から解放されて自由に羽ばたき始めたのだから、めざましい活躍をするのは、あるいは当然であったやもしれぬ。

柴田勝家を破った元康は、暇《いとま》をおかず織田方の西三河刈谷《かりや》城主水野信元《みずののぶもと》を攻めた。元康の生母於大《おだい》の兄である信元は、元康の成長ぶりにおそれをなし、これと和睦することを信長にすすめる。

かねて元康の器量を認めていた信長は、この若者に尾張《おわり》の東を守らせておけば、自分は年来の宿願である美濃《みの》奪りに専念できると思惑《おもわく》した。元康にとっても都合のよいことであった。織田という西からの脅威がなくなれば、氏真のもとでは急速に弱体化するに違いない今川氏の領土を席巻《せっけん》することができる。

元康のしたたかさは、信長と和睦しておきながら、氏真には一時の方便にすぎぬと信じ込ませたことにある。そうしておいて、三河国内の今川方の諸将を降《くだ》していった。

氏真が元康をいささかも疑わなかったのは、足利将軍家の支族である名門今川に、三河の土豪あがりの元康が刃向かうことなど、夢想だにできなかったからであろう。それに、氏真自身の京風の豪奢《ごうしゃ》な生活に馴《な》れた苦労知らずの鷹揚《おうよう》さと、元康の妻子を人質にしているという安心感もあったに相違ない。

そのあたりのことは、陣借り者として、日本中の群雄の盛衰をみてきた平助には、感覚的に察することができる。

さきごろ幡豆《はず》郡吉良《きら》の東条《とうじょう》吉良氏を降伏せしめて、西三河を平定した元康は、その勢いを駆って、いまや東三河の今川方の小城《こじろ》を次々と落とし始めていた。

こうして現況だけを捉えれば、一見、今川と松平の強弱は逆転したようだが、それは短絡的な見方にすぎぬ。悪く言えば勢いだけの松平にとって、その気になれば万余の軍勢を集められる底力をもつ今川は、眠れる獅子であるはずであった。いまは連戦連勝の元康が、いちどでもどこかで敗北を喫すれば、服属したばかりの諸将は裏切り、獅子がその機を逃さず眼を覚ますことは、充分に考えられる。そうなれば松平はひとたまりもあるまい。なればこそ元康は、足もとを強固にすべく、三河一国の統一を急いでいるのだ。

つまり今川は落ち目だが、松平とて危うい。弱きに味方して闘うことに悦びをおぼえる平助が、迷う所以《ゆえん》であった。

いま、三ケ根《さんがね》山を、幡豆郡へ向かって下りているのも、あてがあるわけではない。景色がよいから、そうしているだけである。

ふいに平助は、にこっと微笑んだ。

(男なら、松平。女なら、今川)

これからさいしょに出遇うのが、男であったら松平に味方し、女ならば今川に陣借りすると思いつき、われから悦に入った次第であった。

平助ほどの無類の強者《つわもの》が、こんなことで陣借りを決めていると知れば、諸国の群雄はさぞや呆《あき》れもし、おののきもするであろう。

背後で足音がしたので、平助は立ちどまって振り返った。両側を木立に被われたこの尾根道は、十間ばかり上のところでうねっている。

足音の主は、そこを回り込んで、姿を見せるであろう。

(男か、女か……)

平助は、しかし、さいしょに出遇った人間を見て、困ったように頭をぽりぽり掻《か》いてしまった。

前髪立ちの男の子ではないか。

元服前の男児と女児は、男と女ではない。あくまで童《わらべ》である。なればこそ平助は、頭を掻いた。

顔や手足を汚してはいるが、身分いやしからぬ武家の子とみえる童は、直垂《ひたたれ》の袖《そで》を翻《ひるがえ》しながら山路を駈け下りてきたが、道をふさぐ巨大な人馬に驚き、立ち竦《すく》んだ。

童は、背後を気にする。

怒号、物の具の擦れ合う音、乱れた大勢の足音などが、混ざり合って聞こえた。

平助は、丹楓に鞍を着け、甲冑などを手早く括《くく》りつけると、童に向かって、両腕をひろげる。

「まいられよ」
七、八歳とみえる童は躊躇《ためら》った。幼心《おさなごころ》にも、敵か味方か測りかねているようだ。
だが、平助が顔を笑み崩してみせると、安堵《あんど》したのか、こんどは足早に寄ってきた。

「藤三郎《とうざぶろう》さまあ」

その叫びを放ちながら坂の上に現われた男が、次の瞬間には絶鳴をあげ、突んのめって倒れている。

男を斬った甲冑武者と、その配下どもが、狭い尾根道を一列になって、わらわらとやってきた。

藤三郎という名であるらしい童は、平助の足にしがみつく。平助は、朱柄の傘を右肩に担いだ。

「その童子、こっちへ渡せや」

宰領《さいりょう》の武者が、居丈高《いたけだか》に言った。

「ひとにものをたのむには礼儀がある」

と平助は応じる。

「食い詰め牢人が何を吐《ぬ》かす」

「そういえば、ちかごろ白い飯を食うておらぬなあ……」

あごを撫でながら、のんびりと言う平助であった。炊きたての白米をたらふく食べることが、この若者の唯一の贅沢《ぜいたく》なのである。

「銭を寄越せ言うんか」

「くれるのかね」

「阿呆が。牢人づれに侮《あなど》られる鵜飼孫六《うかいまごろく》やないわ」

その訛《なま》りからして、どうやら三河者ではないらしい鵜飼孫六は、激昂《げっこう》して、抜き身を振り上げた。が、斬りつける機を、一瞬、逸《いっ》する。眼前でいきなり傘が開かれたからであった。

傘は、回転し始めたかとみるまに、そのまま空中へ飛び立った。孫六も配下らも驚いて一様に視線を振り仰がせる。

孫六の手から、刀が払い落とされた。

「さて、どうする。鵜飼どの」

朱鎗の穂先を孫六の喉元へ突きつけて、平助は穏やかに問うた。

「うっ……」

あまりの怒りと屈辱に両眼を三角にするばかりで、孫六には返すことばも出ぬ。

後ろに列《つら》なる配下どもも、将を人質にとられた恰好では、どうすることもできず、動く者とていなかった。

ふわふわと降ってきた傘が、配下らの頭上に落ちた。襲われたと勘違いして、悲鳴をあげる者もいた。

そこへ、べつの一隊が追いついた。

「いかがした」

「藤三郎どのを捕らえたか」

一隊の将領に、孫六の配下が手短に事情を説明している。

聞き了《お》えると、将領は、皆を押し退け、先頭へ出てきて、孫六の斜め後ろに立った。これは風貌よろしき壮者である。

将領は、いささか怪訝《けげん》そうに、平助と丹楓を交互に見てから、次いで、ちらりと後ろに落ちている傘のほうを眺めやった。

「もしや、御辺《ごへん》は……」

将領の双眸が、くわっと瞠《みひら》かれる。

「魔羅賀平助どのか」

平助は、ちょっと照れたようにうなずき返した。

兵たちの間から、たちまち、ひそひそ言い交わす声が洩れ始める。陣借り平助の武名はそれほど高かった。孫六も、顔に、はじめて恐怖の色を刷《は》かせる。

「申しおくれた。それがし、三河岡崎城主松平元康が臣、酒井忠次《さかいただつぐ》と申す」

名乗るなり、忠次は、孫六の脇を抜け、平助の足下の地べたへ胡座《あぐら》を組んだ。

「その子の命を危うくすることは、神仏にかけて、断じてござらぬ。お引き渡し下されたい。お頼み申す」

声を顫《ふる》わせた忠次は、ひたいと両拳を地へすりつける。

酒井忠次といえば、松平家の重臣筆頭であろう。その男が、こうまでするからには、よほど切羽《せつば》詰まった事情があるに相違ない。

平助は鎗を退《ひ》いた。

三

松平元康は、桶狭間合戦のあと、勝手に三河へ帰還し、家臣列座の席で、今川と断交する決意を披瀝《ひれき》したのだが、そのさい重臣たちは躊躇《ためら》った。なぜなら、かれらも駿府へ人質を差し出していたからである。

それに対して元康は、おのが正室築山殿《つきやまどの》も、竹千代《たけちよ》・亀姫《かめひめ》という二人の子も犠牲にする覚悟を示した。

「なんでそちたちの妻子ばかりを見殺しにいたすものか」

この一言に、家臣一同、しばらく号泣《ごうきゅう》が熄《や》まなかったといわれる。

徳川史における白眉《はくび》のひとつともいえるこの場面は、元康と松平武士団の独立自尊への飢餓感を知らねば、理解できぬ。

松平氏は、元康の祖父清康《きよやす》の時代に、三河一国を席巻するほどの力をもったが、清康が家臣の裏切りで暗殺されると急激に衰退し、元康の父広忠《ひろただ》の時代には、東から太守今川、西から強豪織田の侵略をうけて、一寸刻みに領土を奪われ、ほとんど瀕死《ひんし》の状態に陥った。生き残るためには、今川か織田のいずれかに属さねばならず、広忠は前者に支援を請う。そして、当時六歳の元康が、駿府へ人質として送られることになったのである。

その二年後には広忠も近臣に暗殺されたので、三河の松平武士団は、元康が十九歳で帰還するまでの永い歳月を、主君不在という不安を抱えたまま過ごさねばならなかった。この間のかれらの苦闘は言語を絶する。

松平領の年貢はそっくり今川義元に横領されてしまうため、松平武士たちみずから朝から晩まで死に物狂いで畑を耕し、ようやく飢えをしのいだ。また、元康大事の思いから、岡崎城へ城代として派遣される今川家臣には、這いつくばるようにして服従し、機嫌を取り結んだ。さらに、今川氏がいくさをするときは、死亡率の最も高い先鋒《せんぽう》を必ず命じられたが、松平武士団は耐えて黙々と戦った。

それほどの辛酸《しんさん》を嘗《な》めながら、かれらは今川氏の監視の眼を掠《かす》めて、蔵《くら》にひそかに武器・金穀を貯《たくわ》え、元康が墓参で岡崎へ帰ったとき、他日の再興を期していることを告げた。元康が感涙に咽《むせ》んだことは言うまでもあるまい。

大国や強豪の鼻息をうかがいながら生きることが、どれほどの屈辱か、松平武士ほど思い知っている者はいないといってよかろう。

なればこそ、おのれの妻子を犠牲にしてでも松平氏の独立をめざすと元康が宣言したとき、かれらは落涙を抑えることができなかったのである。ここに至って、駿府に人質をとられている重臣たちも、思い切った。

元康と松平武士団の絆《きずな》が一層強固に結ばれた瞬間であったといえる。

以後の元康は、妻子のことなど一言も口に出さず、ただひたすら三河統一へ向けて戦陣に明け暮れている。主君のそのひたむきな姿を見るにつけ、家臣らは心情を思い遣って涙した。

元康のあからさまな敵対行動をみれば、今川ではその妻子を殺してしまうのが当然だが、血をみることのきらいな今川氏真は、いまだ踏ん切りをつけられずにいる。築山殿が、亡き義元の妹聟《いもうとむこ》にして今川家重臣の関口刑部少輔《せきぐちぎょうぶしょうゆう》の女《むすめ》であることも、氏真の決断を鈍らせる理由であるのやもしれぬ。

だが、いまや元康に激怒する今川家来衆の中には、その妻子の首を岡崎城へ投げ込むと息巻く者すら出てきた。このまま放っておけば、築山殿と亀姫はともかく、元康の嫡子竹千代が処刑されることは、時間の問題というべきであろう。

いくら元康が覚悟しているからといって、桶狭間から二年近く経つ。その間殺されずにいた元康妻子の救出に、松平武士団は動かなかった。そのことで、かれらは自分たちを責めた。

「何としても奥方さま、若君、姫君を駿府より助け出さねばならぬ」

「それこそが、いまわれらのなすべき第一ぞ」

「うむ。皆々、手だてを思案せよ」

そうして皆の賛意を得たのが、人質の交換であった。

もとより、まずは氏真が交換に応じるほどの者を人質とせねばならぬ。そこで酒井忠次、石川数正《いしかわかずまさ》らの重臣が狙いをつけたのは、東三河宝飯《ほい》郡上《かみ》ノ郷《ごう》城であった。城主鵜殿長《うどのなが》持《もち》は、氏真とは従兄弟《いとこ》の間柄で、三郎四郎《さぶろうしろう》・藤三郎という二人の男子をもうけている。

支障がないではない。鵜殿家は元康の側室西郡方《にしごおりのかた》の実家でもある。

しかし、忠次から企てを献言された元康は、その手をとって歓び、涙したあと、ただちに西郡方へも正直に明かし、実家へ告げても恨みはせぬと言った。元康の真摯《しんし》さにうたれた西郡方は、側室とはいえ松平家に嫁《か》したからには、殿のなさることに異を唱えるつもりはございませぬとこたえたのである。

となれば、元康は迅速であった。

事は急を要する。が、山城の上ノ郷城は要害堅固で、すぐには落とせぬ。そこで元康は、忍びの者の力を借りるべく、牧野伝蔵《まきのでんぞう》を甲賀《こうが》へ急行させた。

これに応じて岡崎へ馳せつけたのは、甲賀武士の伴与七郎《ばんよしちろう》・鵜飼孫六両名と、それぞれの麾下《きか》の忍び、合して二百八十名である。

松井左近《まついさこん》を大将とする松平勢は、甲賀忍び衆得意の夜討ちにより、たった一晩で上ノ郷城を落とし、三郎四郎・藤三郎兄弟を生け捕ることに成功した。伴与七郎は鵜殿長持を討ち取って、戦功第一であった。

ところが、生け捕った兄弟を、岡崎へ向けていざ護送しようとしたとき、敗兵のひとりが藤三郎を奪い去ってしまう。大勝に酔って油断した隙《すき》を衝かれたというほかない。

上ノ郷城の築かれた山を南西へ下ると、三ケ根山の北東側の麓《ふもと》へ達する。翌朝、敗兵は、藤三郎を背負って、三ケ根山中へ入った。

その後は、すでに見たとおりである。藤三郎は平助に偶然出くわし、敗兵は追手の鵜飼孫六に斬られた。

重臣酒井忠次まで追手として指揮を執《と》っていたのは、東三河平定の計略を元康から任される身ゆえでもあるが、今回の策戦の立案者であったからであろう。大事な人質を逃がしては、主君に申し訳が立つまい。

平助が藤三郎を返すことを承知すると、忠次は男泣きに泣いて礼を言った。あとで事情を知った平助は、さもあろうと同情したものである。

「よいご家来衆をおもちにござるな」

平助は、月代《さかやき》の剃りあとも青々として、きりりと清々しき風姿の若者へ、微笑みかけた。

「この元康ごときには過ぎたる家臣ばかり」

のちの徳川家康が松平元康と名乗っていたころは、水もしたたると形容してよい美男子であった。その端正なおもてを微かに上気させて、元康は左右に居流れる酒井忠次ら譜代衆を眺めやる。

ここは、岡崎城の本丸殿舎の内であった。

列座の中に、石川数正の姿はない。元康から人質交換の指揮を任されて、早くも動きだしているからである。

平助は、上座の元康と対面している。

「おことはおぼえていまいが、予《よ》がおことに助けられたは、これが二度めぞ」

元康が予と自称し始めたのは、今川を離反した直後からである。三河国主をめざす気概を示す一端といえよう。

「二度めとは、はて……」

「七年前、駿河の油山《ゆやま》温泉に近きところにて、予は山賊に襲われた」

あっ、と平助は声をあげる。

「そうか。あのときの童が、元康どのにあられたか」

「思い出してくれたか」

たしかに平助は、七年前の冬、油山温泉へ赴く途中、武家の行列が相州乱破の首領風魔小太郎に襲撃されているところへ出くわし、これを助けている。

「予は、あの日、祖母と湯治帰りの途次であった。山賊どもをたちまちのうちに斬り捨てたおことの鮮やかな手並みは、いまだこの眼にやきついて消えぬ。あのわずか二、三日後であったろう、厳島合戦にて武名を高めた陣借り者の名を、魔羅賀平助と伝え聞いて、わがことのように悦んだことも、いまだ忘れておらぬ」

うれしそうな元康であった。

「元康どのこそ、眩《まぶ》しいほど立派な武人《もののふ》になられた」

「百万石の器量に、さように褒《ほ》められては、顔から火の出る思いじゃ」

元康は、平助が将軍義輝から、百万石に値するという最上の褒詞を賜《たまわ》ったことを、知っているようであった。

「なれど、元康どの。助けたのは、その一度きりにござるよ」

「何を申す」

「それがしは、あの藤三郎という童を酒井どのへ返しただけのこと。それに、こたびの一件は、元康どのの奥方と御子《おこ》たちを岡崎へお迎えあるまでは、結着したとは申されず、元康どのも助けられたことにはなりますまい」

「…………」

さすがに元康も、唇を引き締めて、うなずいた。

「魔羅賀平助」

呼びかけた元康のおもてに、緊張感が漲《みなぎ》りだした。

「伜《せがれ》がこの手に戻る戻らぬにかかわらず、これからは今川と真っ向からいくさをせねばならぬ。しばらく、わが陣を借りてもらえぬか」

平助は、ちょっと気になった。元康の口から出たのは、伜が、だけであった。奥方と姫君のことは心配ではないのであろうか。

「どうじゃ、平助」

「ひとつだけお聞き届け願えましょうや」

と平助は言った。

「何なりと申せ」

「それがし、弱きにつくを快哉《かいさい》とおぼえる者にてござる。それがしの眼で松平が今川を凌《しの》いだとみたときは、お別れいたしたい」

「噂は、まことであったのじゃな」

平助が陣を借りるとき、戦前から敗戦を予想される弱者の側に好んでつくという風説は、前々から元康の耳にも入っていた。実際、元康も参加した桶狭間合戦でも、今川にひと揉みに潰されると侮られていた織田方について、信長が奇蹟的勝利をおさめるや、今後の織田は強者になるとみて、平助はいずこへともなく立ち去ってしまったと聞いている。

「よい、平助。おことの思うがままにいたせ」

「かたじけのう存ずる」

平助は、座したまま腰を深々と曲げた。

「魔羅賀平助、あらためて松平元康どのに陣借りを所望いたす」

四

燦々《さんさん》と降り注ぐ光を浴びて、手甲・脚絆・赤襷《たすき》の早乙女《さおとめ》たちが、泥田の中ではずむように唄っている。田植え唄だ。

これを鞍上《あんじょう》、心地良さそうな表情で聞きながら、ゆったりと馬をすすめる小具足姿の男は、石川数正であった。

数正の率いる軍装の行列の中には、幾挺《ちょう》もの女乗物が見える。ついに駿府から元康の妻子を取り戻しての帰途であった。

人質交換が、ほとんど支障も生ぜず、思いのほか速やかに行なわれたのは、松平方の交渉人である数正の力によるところが大きい。

元康の人質時代に扈従《こじゅう》して共に駿府にあった数正には、今川方に知り人が多かったこともあるが、かねてよりその外交手腕を高く評価する元康の人選も冴えていたというべきであろう。

だが最終的には、今川氏真こそ、無血の人質交換の最大の功労者であったやもしれぬ。交換を拒否して、従兄弟の遺児の命が奪われることに、氏真の脆《もろ》い心はとても耐えられなかったのである。

すでに東三河から西三河へ入っている行列は、男川《おとがわ》の渡しをこえ、かけの郷《ごう》へ出た。

数正は、下馬すると、乗馬《じょうめ》を口取《くちとり》にあずけて、女乗物のところまで足早に道を戻る。

「御方《おかた》さま。これより岡崎のご城下にございまする」

だが、乗物の窓は開かれぬし、返辞すらない。

数正の智慧《ちえ》深げなおもてに、愁《うれ》いの色が滲《にじ》んだ。

さしも外交上手のこの男でも、どうにも御《ぎょ》しがたい人がいる。それこそ主君の正室築山殿であった。

築山殿は、元康が十六歳のとき、今川義元から押しつけられた八歳上の妻である。名門今川の血筋（義元の姪）を鼻にかけ、夫のことを、

「田舎みそのにおいがする」

と馬鹿にするような驕慢《きょうまん》さを隠さぬ。元康が三河みそを好み、湯漬《ゆづけ》のおかずにさえこれを焼いたものしか食さぬのは事実だが、今川の公家ふうに馴れた築山殿には我慢のならぬことのようであった。

また、嫉妬深さも尋常ではない。誰であれ、元康が自分以外の女にやさしいことばをかけることすら気に入らず、これは後年のことになるが、お手つきの侍女を苛《いじ》め殺してしまう。

元康に従って駿府に永くいた数正は、そういう築山殿の性状を知り尽くしている。それだけに、本音を言えば、築山殿を岡崎へ迎えることには、松平家家臣として躊躇《ためら》いがあった。松平家に寇《あた》なう存在になりかねぬと危惧するのである。

元康その人も、実は同じ思いをもつことを、数正は察していた。なぜなら数正は、人質交換のため駿府へ発つ直前、ひそかに元康によばれて、

「駿府が竹千代を返さぬと申したときは、そのまま帰ってまいれよ」

と命じられたからである。

元康には、妻と姫だけでも助けたいという気持ちはさらさらない。亀姫については、桶狭間への出陣直前に生まれたため、ろくに顔もおぼえていないのだから、愛情が湧かぬのもやむをえぬことではあろう。築山殿に至っては、できれば実家の関口家で引き取ってもらいたいくらいであった。

つまり、元康が岡崎へ迎えたいと心より願うのは、嫡子竹千代ひとりなのである。

しかし、結果的には、妻子三人、つつがなく岡崎へ迎え入れるということになった。表面的にはこれ以上の成果はないが、数正にすれば、いささか複雑な思いである。

(岡崎では、御方さまには、それとなく眼を光らせているしかあるまい……)

数正率いる行列が岡崎城下へ入るや、沿道は土下座する衆庶で埋め尽くされていた。

(松平家が領民に慕われているあかしだ)

耳を聾《ろう》するばかりの歓呼に、数正は胸を熱くさせる。

やがて、行列は城の大手道へ達した。ここでは、居並ぶ群臣ことごとく感極《きわ》まり、あたり憚《はばか》ることなく声を放って泣いた。

元康も、殿舎に落ちついてはいない。行列の先頭が大手門の内へ入るや、武者溜《だまり》に据えて腰掛けていた床几《しょうぎ》を蹴って立ち上がった。

「竹千代はいずれか」

ほとんど元康の声は裏返っている。

「これに」

と行列中から返辞があり、元康の前に一挺の女乗物が据えられた。

随行者が、大小二組の履物を地に置き、引き戸を開ける。

女乗物の中へ、一挙に光が射し込んだ。

乳母の懐《ふところ》で眠っていた幼子が、眩しい光を避けるように、乳母の豊かな胸へ顔をこすりつける。数え四歳の竹千代は、昼寝の途中であるらしい。

その仕種《しぐさ》の可愛らしさに、元康は、相好《そうごう》を崩した。

「若君。お父上にあらせられますぞ」

乳母が竹千代を起こそうとすると、元康はしいっと唇に指をあてた。

「よい。寝かせておけ」

囁くように言ってから、元康は両腕を差し伸べる。

乳母は、女乗物の中から、畏《かしこ》まったようすで、幼子を父親の手へ渡した。

「なんと大きゅうなった……」

わが子を抱くのは、まる二年ぶりのことである。もはや二度と抱けぬとあきらめていただけに、元康の悦びは筆舌に尽くしがたい。

「殿」

傍らに折り敷いた数正が、万感の思いをこめて元康を仰ぎ見た。

「お父上の御許《おんもと》へお着きあそばすまでは戦陣と心得られよと、それがしが申し上げましたところ、若君は……」

数正は絶句する。涙を抑えられぬのだ。

「若君は、駿府を出られてより、いちどとて、むつかることはあらせられませなんだ。まこと天晴《あっぱ》れなる……天晴れなるご気象《きしょう》と存じ……」

あとは、ことばにならぬ。

「与七郎。苦労をかけた」

数正の名を通称でよんで、元康も声を詰まらせた。

酒井忠次ら、大勢の家臣も駈け寄る。

「竹千代。予もそなたも天下一の果報者ぞ」

元康の昂《たかぶ》って赧《あから》んだ頰《ほお》へ、涙が伝った。滂沱《ぼうだ》たる涙である。

「ご祝着に存じあげ奉りまする」

忠次が一声を放つと、つづいて群臣が和した。元康と松平武士団の慟哭《どうこく》は、いつ果てるとも知れぬ。

（どうも松平衆の絆《きずな》は、涙で結ぶものらしい……）

大手門に近い曲輪《くるわ》の庭から、主従号泣の景色を眺め下ろす平助は、自身も心を動かされつつも、唇許《くちもと》に笑みを含ませていた。いくさでは無類の強さをみせる松平衆が、上下ともことあるごとに泣くということが、何とはなしにおかしかったのである。

だが、涙の武者溜にあって、無表情をたもつ一団もいた。築山殿の従者たちである。かれらは皆、今川家の者だ。

ようやく女乗物からおりた築山殿の姿を、視線の先に捉えて、

（大層美しい……）

と平助が思ったときである。

築山殿は、おもてを夜叉《やしゃ》のごとくひきつらせ、怖いような甲高い声で叫んだ。

「さわがしい」

元康も松平武士団も、瞬時に凍りついた。

「これが御台所《みだいどころ》を迎える松平の作法とは、田舎者と言うは、まこと度《ど》し難《がた》きものじゃ」

歓呼も感泣も消え失せた大手門内に、苛立ちと侮蔑《ぶべつ》とが綯《な》い交《ま》ぜの築山殿の声だけが、白々と渡ってゆく。

築山殿は、周囲をひとわたり眺めやり、

「田舎は、城も小さい」

と吐き捨てた。

駿河守護所の駿府城に比べれば、たしかに岡崎城など小ぶりに見えるであろう。だが、あからさまに口にしてよいことではあるまい。松平武士たちは、初めて眼にした主君の正

室を、唇を嚙みながら睨みつけた。

元康が、竹千代を乳母の手に戻して、築山殿の前へ立つ。

「奥。遠路、大儀であった。すぐに住まいへ案内《あない》いたさせるが、なにぶん小さき城ゆえ、手狭《てぜま》はこらえてもらいたい」

「手狭なれば、新しくご普請なされませ」

「追々《おいおい》、そのようにな……」

元康は口ごもった。

これは夫婦というより、女主人と従者のような具合とみえるが、元康にすれば無理もないことというべきかもしれぬ。

築山殿は、元康一個人を完全に支配下においた今川の血筋であるが、夫婦の有り様《よう》に影響を与えたのは、その事実だけではない。八歳上の妻が、元服間もなかった若輩の良人《おっと》を、ほとんど姉か母のようにして世話をするというのが、夫婦関係の始まりだったのである。しぜん、閨房《けいぼう》のことも築山殿の導きによるものとなり、現実としての主と従は明らかというほかなかったであろう。

さらに築山殿は、嫡男を産んで、正室たる者の最大のつとめも果した。元康が眼に入れても痛くないほどの竹千代の生母は、好むと好まざるとにかかわらず、この築山殿以外の誰でもないのである。

今川という巨大な枷《かせ》から解放されたばかりで、まだ絶対の自信をもつわけではない元康が、築山殿との関係を、にわかに逆転させられないのは、そうした歳月の重みがあるからであった。これは消そうとしても、そうたやすく消せるものではあるまい。

「もう……」

舌足らずな声がしたので、元康は振り向いた。乳母に抱かれた小さな姫が、つぶらな眸子をくりくりさせて、こちらを見ているではないか。

乳母が、亀姫だと告げた。

「おお。かわゆいのう。父であるぞ」

築山殿が蔓延《まんえん》させた気まずい空気を払拭するのに、ちょうどよいと思った元康は、必要以上に笑み崩れて、大きくうなずいた。

「おもう……。おもうちゃん」

と亀姫は、また声を発した。

おもうさんと言いたいのであろう。小児の父に対する呼称で、公家ことばである。築山殿の近侍者らが教えたのに違いなく、元康は眉をひそめた。

「おもうちゃん」

こんどは大きな声を出したあげく、けたけた笑いだしたので、つられて群臣たちもどっと笑った。気まずい空気が、亀姫の無邪気な一言で払拭されたのである。

公家ことばのことはともかく、元康はひとまず安堵の息をつく。

それを見た数正も、肩の力を抜いた。

五

竹千代を取り戻せたことで、元康の心にはゆとりが生まれ、その余勢を駆って、小原《おばら》肥前《ひぜん》守を攻めた。肥前守は、今川氏の家臣で、三河吉田《よしだ》城の城代をつとめる者である。

松平勢の先陣を切って、緋色毛の巨馬にまたがり縦横無尽に駆けまわる巨軀の武人を、小原の兵どもは恐怖して戦意喪失し、豊川《とよかわ》へ追い落とされる者が続出した。

噂に違《たが》わぬ陣借り平助のめざましい活躍ぶりに、強者《つわもの》揃いの松平武士団も兜を脱いだ。

「敵でのうてよかった」

「まったくよ」

松平の両輪の酒井忠次と石川数正でさえ、唸ったほどである。

平助という無類のいくさ人を得た元康は、東三河の今川寄騎衆へ片端から誘いの手をのばし、拒否する者には弓矢で報いてゆく。

だが、秋になると、いよいよ眠れる獅子が目覚めた。

今川勢は、桶狭間以後に松平氏へ寝返った西郷正勝《さいごうまさかつ》を、居城月ケ谷《つきがや》城に夜襲して、その子元正《もとまさ》ともども首を刎《は》ねてしまう。月ケ谷城は遠江との国境に位置するだけに、今川にすれば、ここは踏ん張りどころだったのである。

元康は、みずから兵を率いて、月ケ谷城の救援に馳せつけようとしたが、間に合わず、御油《ごゆ》・赤坂《あかさか》で今川勢と激突した。

これは松平勢が押しまくられる厳しい戦いとなり、元康は蒼ざめた。万一、大敗を喫すれば、桶狭間以後の働きの成果がすべて吹っ飛ぶ。

「平助。何とかしてくれい」

泣きつかれた平助であったが、

「兵を五十、賜りたい」

そう申し出ると、

「五十もやれぬ。半分じゃ」

などと吝《しわ》いことを言う元康が、おかしくてならなかった。これでは胆《きも》が太いのか細いのか、よく分からぬ。

「では、渡辺半蔵《わたなべはんぞう》どのへ、かようにお伝え願わしゅう存ずる。それがしは八幡《はちまん》の砦を攻めるゆえ、半蔵どのは佐脇《さわき》に向かわれよ。いずれが先に落とすか、競い合いにござる、と」

渡辺半蔵は、鎗の半蔵とよばれて、他国にも聞こえる鎗の名手である。武功は数知れぬ。

ことばを伝えた。

「相分かった。必ず伝えよう」

平助が二十五名の兵を率いて出立すると、元康は直ちに半蔵をよんで、平助の挑戦的なことばを伝えた。

陣借り平助に煽《あお》られて、鎗の半蔵が奮い立たぬはずはない。半蔵は一隊を率いて御津《みと》の佐脇砦へ攻め寄せるや、猛烈果敢ないくさぶりを示して、ついに、その夜の明け切らぬうち、これを落とすことに成功する。

一方の平助は、八幡砦の近くまで達すると、砦守備の今川勢に向かって、大音声《だいおんじょう》に告げた。

「魔羅賀平助、ただいまより、今川方に陣借りを所望いたす。この者どもは手土産にござる」

この者どもといわれた二十五名の松平方の士卒は一様に仰天し、逃げだそうとした。その全員を、平助は傘鎗の柄で殴り倒して、難なく砦へ入った。

守将の板倉弾正《いたくらだんじょう》は、平助の寝返りを大いに悦んだ。

草木も眠る頃合い、平助は、捕虜となった二十五名のもとへ微行《しの》んで、かれらを殴り倒したのは策であったことを明かして解き放つ。そして、櫓《やぐら》すべてに放火させ、返り忠（裏切り）だと叫ばせた。

文字通り、押《お》っ取《と》り刀で寝床より飛び出してきた板倉弾正こそ、よい面の皮であったろう。

「今川の衆には、桶狭間は教訓とはならなんだようにござるな」

油断が過ぎると忠告したのだが、気の毒なことをしたと思わぬでもない平助であった。

「御免」

平助は、愛刀志津三郎に板倉弾正の首を刎ねさせた。

八幡砦の兵は逃げだし、砦自体も、朝の光が昇るのとは反対に、すべて焼け落ちる。

後方支援の二ヶ所の砦を失った今川勢は、優勢であった御油・赤坂の戦場を捨て、遠江まで退いていった。

渡辺半蔵は、砦の攻略は、佐脇のほうが半刻ほど先であったと知って小躍《こおど》りしたが、その欣喜《きんき》は束の間のことに終わる。平助に従って八幡砦を攻めた兵から、その手勢《てぜい》がたったの二十五名であったこと、砦の守将のほかは敵味方とも死者を出さなかったことなど詳細を聞いたのであった。半蔵はその何倍もの兵を用いたし、死傷者も少なくなかった。

「魔羅賀どの。この半蔵めは、未熟者にござる」

「いいや、砦を落としたは、そこもとが早かった。それがしの敗《ま》けにござる」

そんな平助を評して、

「底知れぬ武人よ」

と元康は言った。平助の参戦がなければ松平方は敗けていたに相違ない。

（平助が、策ではなく、まことに今川へつくようなことがあれば……）

ふとそう思って、元康はおぞけをふるったものである。

岡崎へ凱旋《がいせん》すると、元康はただちに、竹千代のもとへ勝利の報告をしにゆく。小原肥前守を破って以来、元康が恒例としているものだが、まだ理解の至らぬ四歳の幼子に向かって、こんなことをするのは、むろん理由があった。

出迎えた竹千代は、紙で作った兜を着けて、勝鬨《かちどき》をあげる。

「えい、えい、おう」

この可愛い姿を見たいばかりに、伜に戦勝報告をする元康なのであった。

親ばかとも見えるが、元康の来《こ》し方を振り返れば、むしろ当然のことであろう。三歳のとき生母が離縁されてしまい、六歳で人質に出ることになり、八歳で父を暗殺され、十六歳で本意でない年上妻を押しつけられた。元康ほど肉親の情愛に飢えていた者はいないのである。わが子を、それも嫡男を手放しで愛することは、元康自身が気づかずとも、みずからをその飢餓より救う代償行為であったともいえよう。

また、このことは、松平武士団の独立自尊への飢餓と切り離しては考えられぬ。なればこそ元康の家臣らも、主君の嫡男に対する溺愛を、むしろ微笑ましくみている。

そうして竹千代へ溢《あふ》れんばかりの愛情を注ぐ元康ではあるが、築山殿だけは気鬱《きうつ》そのものの存在というほかなかった。

元康は、築山殿を岡崎城へ迎えて以来、いちどもその閨《ねや》を訪れておらぬ。戦陣に明け暮れていることを理由にしたが、実はこれは苦しい言い訳でしかない。在城時の夜は、西郡方のもとへ足を運ぶからであった。

ちかごろ西郡方は、築山殿から陰湿な苛めをうけているようだが、側室の身で正室を誹《ひ》謗《ぼう》することは憚《はばか》られるので、隠忍して恨み言ひとつ口にせぬ。そこがまたいじらしいから、元康はこちらの肌を愛おしむ。

それでなくとも元康は、父鵜殿長持を討たれ、実家を滅ぼされたにもかかわらず、かわりなく元康大事と思ってくれる西郡方が不憫《ふびん》でならなかった。

しかし、ここは、そんな健気《けなげ》な西郡方のためにも、築山殿の閨を訪れねばなるまい。かつては共寝をし、二人の子までもうけたのだから、

（できぬことではない）

と元康は自分にいいきかせた。

ところが、夕暮れて、いざ築山殿が居所とする北の曲輪《くるわ》へ向かおうとすると、元康の足は前へ出なくなってしまう。

（やはり、できぬ……）

同衾《どうきん》して、そのときに至り、萎《な》えて役に立たなかったらと思うと、おそろしくてたまらなくなったのである。築山殿の怒りは、いかばかりか。

すでに、訪れることを北の曲輪へ知らせてある元康は窮した。

折しも、そぞろに寒し秋の夜である。

「かぜをひいたと伝えよ」

近臣にそう命じるや、元康はひとり夜具を引っ被《かぶ》って寝てしまった。

六

岡崎城内の枯木立を風が吹き抜けてゆく。

本丸の殿舎では、譜代衆列座の場で、平助が元康と別盃《べつぱい》を交わしていた。

「城をくれてやると申したところで、受けてはもらえまいの」

落胆の色を隠さず、溜め息まじりに言う元康に、

「相済まぬことと思うており申す」

平助はちょっと頭を下げた。

「あやまることはない。おことが陣借りを所望したさいの約定《やくじよう》どおりなのだ。なれど、くどいようだがな、平助。織田どのと正式に盟約を結ぶからと申して、松平はまだまだ今川より小さい。おことの申したように、彼我《ひが》の勝敗がみえたとは、予にはどうしても思えぬ」

すでに今年の劈頭《へきとう》、尾張清洲へ元康が出向いて、松平と織田は和平を結んだ。が、和平とは、双方が攻撃し合わないというだけのものである。

そのうえで信長も元康も、和平後の一年間、互いの内政・外交、いくさぶりをじっくり眺め合っていたといってよい。結果、両人とも、協力体制をとったほうが利するところは大きいとみた。

そこで来春早々、和平から同盟へと関係を発展させることに、双方が同意した次第であった。その証《あかし》として、竹千代と信長の女《むすめ》の五徳《ごとく》との婚約も決められた。同盟者となれば、互いに援兵を要請することができるし、情報も交換し合える。

「元康どの。それがしは、いくさ人にござる。いくさ人は、敵の兵と鎗を合わせただけで、その兵の後ろにあるものを、いささか見抜く力を持ち合わせており申す」

「おことなれば、さもあろう」

「今川は、それがしが鎗合わせの前に思うていたほどの太き骨をもっておりませなんだ……」

もろい、と平助はきめつけた。

「早晩、今川は、みずから三河より手をひき申そう」

「陣借り平助にそう言うてもらうは、まこと心強きことだが……」

それでも未練をのこす元康であった。

現実に、この翌年の秋から翌々年の春にかけ、西三河を激烈な一向一揆《いっこう》に席巻されて元康が窮地に陥ったとき、乗じる好機がいくらでもあったのに、今川はほとんど傍観するだけにとどめた。逆に元康は、一揆鎮圧後、その勢いの衰えぬうちに東三河の今川寄騎衆を電撃的に駆逐し、ついに三河一国統一を成就させる。その後の今川は、平助の明言したとおり、三河をあきらめてしまうのである。

「では、これにて、お暇仕《いとまつかまつ》る」

平助は深々と辞儀をした。

列座中から、洟《はな》を啜《すす》る音が聞こえる。酒井忠次も石川数正も渡辺半蔵も、眼を潤ませていた。それほど平助は、松平武士団にとっても好漢であった。

「皆。平助を大手門まで見送ろうぞ」

元康みずからが言って、座を立った。

やがて、寒風の吹きつける大手門の武者溜まで出てきた平助は、元康以下、大勢の見送りをうけて、もういちど別辞を陳《の》べた。丹楓も馬屋から曳かれてきて、門扉《もんぴ》のそばで待っている。

「せめて春まで……いや、言うまい」

と元康が、ようやく自分を納得させるようにうなずく。

「ご息災に、元康どの」

「うむ。おこともな、平助」

このとき平助は、対《むか》い合う元康の顔に、名状しがたい暗い翳《かげ》がさしたのを、感じとった。死相といってよいやもしれぬ。

(どうしたというのか……)

平助は大手門を背にし、元康の後ろには内濠《うちぼり》が横たわる。内濠の向こうは、馬踏《まふみ》の道。さらに視線を上げて、平助は石垣上の持仏堂《じぶつどう》曲輪の屋敷林を見やった。

枯木の陰で何か動いた。どこかで見た光景だ。脳裡に、雪の奥州、大崎平野が蘇《よみがえ》る。

「いかがした、平助」

心ここにあらずといった平助のようすを、元康は怪訝《けげん》そうに見る。

その元康へ平助が抱きついたのと、城内に銃声が谺《こだま》したのとが同時のことであった。

平助と元康は、折り重なって地へ転がっている。着弾地点は、平助が立っていた場所のやや後方であった。両人とも動かずにいれば、銃弾は元康の頭部を貫通して、平助の胸から腹にめりこんで止まったかもしれぬ。

「殿」

真っ先に元康のもとへ馳せつけたのは、渡辺半蔵であった。つづいて、わらわらと、主君のからだを守るべく、幾人も駈け寄ってくる。

余の者は、一斉に腰の物へ手をかけ、周囲へ鋭い視線をとばしていた。さすがに剛《ごう》の者揃いの松平武士団である。おのれの身を隠そうとする者などひとりもおらぬ。

「元康どのは大事ない」

平助は、半蔵らに告げて、立ち上がり、銃手のひそんでいた屋敷林を見上げた。だが、すでにそこに人影はない。

「酒井どの。持仏堂曲輪からにござる」

忠次に言いおくや、平助は内濠へ飛び込んだ。鉤《かぎ》の手や食い違いなど、幾曲がりもする道を通って持仏堂曲輪へ達するのでは時がかかりすぎる。

内濠を泳ぎ渡った平助は、持仏堂曲輪下の馬踏へあがるや、石垣へとりついた。

背後に忠次の慌ただしい下知《げぢ》の声を聞きながら、平助には狙撃手が何者であるか分かっていた。

(頂算)

姿を見たわけではないので、勘にすぎない。それでも確信があった。

(だが、なぜ頂算は、わざわざ岡崎城内へ潜入したのだ……)

平助を射殺するのが目的ならば、もっとおのれの安全を確保した上で決行できる場所が、ほかにいくらでもあろう。その不審を抱いた瞬間に、平助は察することができた。

(元康どのの暗殺)

依頼者が何者か見当はつかぬが、それ以外にありえぬ。

その目的で岡崎城へ忍び入ったところ、偶然にも平助を見つけたので、にわかに一石二鳥を狙ったのではないか。すなわち、元康と平助が至近で重なるときを待って、一発で両人を射殺するという離れ業である。頂算ほどの達人ならば、充分可能なことだ。

平助は、めざましい迅《はや》さで石垣を上りきると、曲輪の屋敷林へ濡れた五体を躍らせた。

持仏堂曲輪の空き地へ出てみると、十人余りの女たちが、何やらざわついたようすで、そこから離れ去ろうとしているではないか。からだを寄せ合ったその一団の中に、築山殿がいる。

「しばらく」

平助がよびとめると、女たちはひいっと悲鳴を放った。築山殿を守って、懐剣《かいけん》に手をかけた者もいる。

「それがし、陣借り者、魔羅賀平助にてござる」

平助のことは城の女たちにも聞こえているので、皆は緊張を解く。

「たったいま、あの木立の中から元康どのを狙い撃った者がござった。どなたか怪しい者を見かけられませなんだか」

「なに」

築山殿がすすみ出る。

「して、殿はご無事か」

「ご案じ召されるな。かすり疵ひとつござらなんだ」

「さようか……」

微かに喘《あえ》ぐように言った築山殿の顔色は、いささか複雑なものと平助の眼には映った。安堵しつつも、その安堵にはどこか躊躇《ためら》いがあるような。

「われらも持仏堂の中にて鉄炮の音を耳にいたし、おそろしゅうなって、いまここを離れるところじゃ。怪しい者など誰も見ておらぬ」

と松野《まつの》という者が言った。駿府から築山殿に随行してきた老女である。

松野だけでなく、ここにいる女すべてが、今川家の者であった。

「なれど、侍女の方々は、持仏堂の回廊にてお待ちだったのではござらぬか。されば、鉄炮の音が聞こえしとき、持仏堂裏の木立へ眼がゆかぬはずはなかったと存ずる」

「ひかえよ、牢人。見ておらぬと申した」

松野が高飛車に出た。

「われらは、ご当家ご正室さま近侍の者ぞ。その言を不審と申すは、無礼千万じゃ」

「火急のときゆえ、無礼は承知のうえにござる。では、これにて御免」

ここで無益な押し問答をしていて、狙撃手を取り逃がしてはならぬ。平助は、にべもない言いかたをして、女の一団の横を駈け抜けてゆく。

そのとき、舌のざらつくようないやな感じをおぼえたが、そのまま女たちを後ろへ置き去りにした。すると、こんどは、背中へ突き刺さる視線を感じる。松野が怒ったのだとしても、これほど強烈であろうか。

平助は、二十間ばかり遠ざかってから立ちどまり、女たちを返り見る。ひとり、視線を逸らしたような気がした。白練貫地《しろねりぬきぢ》の大石畳の内に、紅白の草花を縫《ぬいと》り詰《つ》めた小袖《こそで》を着ている侍女だ。なかなか整った横顔と見える。

(あの女、見たのではないか……)

平助は、女たちのほうへ戻るべく、一歩、二歩と踏み出した。

それを見て、その侍女が、あとずさる。やはり狙撃者を目撃したのであろうか。

(いや、何かちがう……)

そう平助が思い直した瞬間、侍女はくるりと背をみせて、持仏堂のほうへ向かって駈け出した。

「あっ……」

さしもの平助が、仰天する。あの走りかたは、女ではない。

「待て、頂算」

信州柏鉢城の将兵は、頂算の風貌をこう表現したのではなかったか。

「女と見紛うやさしげな面」

そして、根来寺の行人は、これもまた女のように総髪を長く垂らしている。頂算が女に化けることは、至難ではなかったのだ。

実は頂算は、今川家の重臣朝比奈備中守《あさひなびっちゅう》に傭われて元康暗殺を請け負ったのだが、暗殺には村正《むらまさ》を用いるという条件付きで、その短刀を渡された。というのも、元康の祖父清康も父広忠も村正の刀で殺されているので、備中守は、元康にも同じ末路を辿らせて、松平氏が呪われた一族であることを、三河の人々に印象付けようと考えたのである。

頂算が侍女に化けて松野らとともに岡崎城へ入ったのは、元康が築山殿の閨を訪れたときに、これを刺殺するという策を立てたからであった。ところが元康は一向に築山殿の曲輪へやってこない。松平家に陣借り中の平助に、そのうち勘づかれはせぬかと頂算は焦《あせ》った。さらには、女になりきって生活することが、想像していた以上に苦しかった。このうえは、得意の鉄炮で元康を殺し、早々に岡崎城を出ようと思い決めた。その矢先に、平助が岡崎城を辞去することになった。できれば頂算は平助も殺したい。生かしておけば、いずれまた自分を追ってくるに違いないからである。

頂算は考えた。平助の戦場における功績を思えば、辞去のさいには、必ずや元康みずから大手門まで見送りに出る。そのとき、あるいは二人が重なる場面があるやもしれぬ。されば、一発で二人とも射倒《いたお》すことができる。

しかし、頂算はしくじった。

「逃れられぬぞ、頂算」

平助は、背負いの志津三郎の柄へ手をかけるや、いったん宙へ放りあげる独特の抜刀法で、これを抜き、刀身を右肩へ担いだ。

逃げる頂算は、持仏堂の階段を駈けあがり、扉を開けて中へ飛び込む。平助も持仏堂へと脛《すね》を飛ばす。

後方で馬蹄が轟いたので、平助はちらっと振り返った。緋色毛の馬体が、宙を飛ぶように駈けてくるではないか。

丹楓の口が何か細長いものをくわえているのを、平助はみとめた。

持仏堂まで十間と迫ったとき、だしぬけに中から頂算が現われた。鉄炮がその手にある。

立射の構えがとられた。

平助は、走りをとめた。対手《あいて》は達人である。この距離でさらに進めば、わが身への必中を免れえぬ。だが、あたりに身を守る何物もない。

いちど横っ飛びに五体を投げ出した平助は、翻転して頂算に背を向けると、稲妻となって右へ左へとめまぐるしく身を移しながら、鉄炮から逃げだした。この動きの迅さに頂算が幻惑されることを祈るほかない。

女どもが、恐怖の金切り声を発しながら、蜘蛛《くも》の子を散らしたように逃げる。

平助にとっさに閃《ひらめ》くものがあった。

一瞬、動きを鈍らせ、棒立ちになってみると、予想どおり、銃声がした。刹那《せつな》、平助は、志津三郎を首の真後ろに横たえる。

鋼を強打する音がしたかと思うまに、首の後ろで散った火花が膚を刺し、刀をもつ腕が痺《しび》れた。が、平助は、数歩前へよろめいただけで、無事である。

志津三郎を胸前へ立てて、刀身を眺めやった。鎬《しのぎ》に疵ができたが、ひび割れてはいない。さすがに天下に聞こえた業物《わざもの》である。

平助は、ふたたび、身を翻す。

持仏堂の扉前の回廊に折り敷いた頂算は、早合《はやごう》をもって玉込めを始めている。

丹楓が土煙をあげながら平助へ迫った。くわえているものを、ようやく確認して、平助は、おおっと武者震いする。

丹楓は、長い平頸を大きく振って、鉄炮を放り投げた。冬空を截《き》って飛ぶ鉄炮の火縄が、風に吹き起こされて赤く光る。

平助は、志津三郎を地へ突き立てるや、後ろから飛び来たった鉄炮を、半身をひねりざまに受け取って、素早く立射の体勢に入った。

一方の頂算も、膝撃ちの構えをとった。

持仏堂曲輪へ松平武士たちが姿を現わしたのは、この瞬間である。引き金を絞ったのはいずれが迅かったか、見定められなかった。かれらはただ、ほとんど同時に起こった二発の銃声に、息を呑んだばかりである。

頂算の首が、がくりと後ろへのめった。その勢いに引っ張られて、からだも後方へ倒れ込んだ。

堂内へ半身を入れた恰好の頂算は、ひたいから血を流し、引き剝《む》いた双眸に仏像を映していた。

立射の構えのままに、平助はひとり、川中島に散った人へ思いを馳せた。

（ようやく敵を討ってござる）


その夜、元康は、築山殿と共寝をした。

今川の侍女の中に殺し屋の紛れていたことは、築山殿の関与を否定できぬが、元康は家臣らに、奥は何も知らなかったのだと告げた。実際、平助が看破するまで、あの侍女が男であったことを、数正ですら気づかなかったのだから、奥とて思いもよらなかったに相違ない、と庇《かば》ったのである。

実は、別れ際の平助の忠言が、元康にはこたえていた。

「元康どの。奥方の来し方を思い遣ったことがおありか」

元康はたしかに辛酸を嘗めたが、築山殿とて辛かったのではないか。八歳も下の、まして人質の身の上という若者を、築山殿こそ押しつけられたのだと、どうして言えぬことがあろう。それでも築山殿は、精一杯、元康を愛した。でなければ、二人も子をもうけぬ。

今川と松平の険悪な関係をみれば、元康の家来衆が築山殿の存在を不快に思っていることを、築山殿自身も知っていたはずだ。人質交換の話がもちあがったとき、自分は今川の人間だから、子らとともにのこると宣言すれば、氏真も肚《はら》を括《くく》らざるをえなかったであろうし、今川家臣団に歓迎されたやもしれぬ。しかし築山殿は、そんなことはしなかった。それは、ただ偏《ひとえ》に良人《おっと》元康とともに暮らしたかったからではないのか。たとえ松平武士団に嫌われようとも、元康がそばにいてくれれば、それだけでよい。ほかには何の望みもない。なればこそ、元康の眼がほかの女へ移ると嫉妬が抑えきれぬ。

（奥はかわいい女なのだ……）

元康には、はじめてそう思えた。

何年かぶりに良人に可愛がってもらったあと、築山殿は元康の胸へ顔を埋めて咽《むせ》び泣いた。

「わたくしは、ほんとうに存じませなんだ。信じてくださいまし」

「もうよい。分かっておる」

こののちも、夫婦の関係は、必ずしも良好とはいえなかったが、その原因の大半は妻の悋気《りんき》であった。そのたびに良人は、この夜のことを思い出して、妻をかわいい女と思うことにしたのである。

（いまごろ旅の空の下で、何をしているのか……）

築山殿の髪をやさしく撫でながら、元康は底知れぬ武人のことを思った。

武人は、矢作川《やはぎ》の葦原《あしはら》の朽《く》ちかけた苫《とま》小屋の中で、緋色毛の牝馬とともに、菰《こも》を被って眠っている。

板壁の広い隙間から、凍ったような月が見える。夜空から花びらと見紛う白いものが、はらはらと落ちてきた。

平助は、いちど、洟《はな》を啜《すす》った。寝顔が笑っている。よい夢を見ているのであろう。

そんな男が可愛くてならぬとでもいいたげに、丹楓は寝顔をぺろりと嘗めた。

モニカの恋

一

うららかな浅緑の空の下、泉州《せんしゅう》堺《さかい》の湊《みなと》は、きょうも出船入船の往来で賑々《にぎにぎ》しい。荷を揚げ下ろす人足たちの懸け声が、どことなくはずんでいるのも、国際港的性格と天下一の富の集散地という輝きを、この市《まち》が実感させるからであろう。

「やはり堺はいいな、丹楓」

船着場《ふなつきば》に立って、湊の喧噪のようすを眺めながら、魔羅賀平助が言った。潮風を胸いっぱいに吸い込んで、まことに気持ちがよさそうである。

寄り添っている緋色毛の牝馬《ひんば》丹楓も、同意を示したのだろう、鼻を平助の顔へ押しあて、長い平頸《ひらくび》を振った。

「ようやく眼がいきいきしてきたな。それでこそ、帰ってきた甲斐がある。では、行くか」

平助は、丹楓の腹の下へもぐり、馬体を担ぎあげようとする。が、丹楓がいやがった。

「なんだ、からだまで元気になったのか」

すると、丹楓が平頸を上下させたので、げんきんなやつだとばかりに、平助は笑う。

六尺をこえる平助、体高五尺に剰《あま》る丹楓。いずれも破格の人馬だが、道往く人は、これを眼に入れても、さしておどろきもせぬ。堺の人々は、珍奇なものに馴れている。

ただ、声をかける人が少なくない。

「平助どのではないやろか」

「これはまた久しい」

「天下一の陣借り者にならはったな」

それらのいちいちに、平助は辞儀を返した。記憶にとどめていた顔もあれば、そうでない顔もある。

平助は、湊にほど近い櫛屋町《くしやちょう》へ向かった。豪商日比屋《ひびや》を訪ねるつもりである。

往く手に、奇妙な建造物が望まれた。寺社の塔に似ているが、それにしては異風というほかない。平助にはすぐに察せられた。

(デウスの家だな)

デウスはキリスト教の神である。

フランシスコ・ザヴィエルの来日から十五年、日本におけるイエズス会宣教師の布教は、各地で様々な迫害に遇いながらも、少しずつ成果をあげてきた。キリスト教が南蛮貿易と切り離せないことから、九州の諸大名は布教を保護し、博多《はかた》・堺の商人の中には入信者も出ている。

デウスの家、つまり教会堂は、平助が訪ねた日比屋の宏壮な屋敷の内にあった。十字架を掲げた尖塔《せんとう》をもつ教会堂は、三階建てである。

(小父御《おじご》はデウスに帰依《きえ》されたか)

意外とは思わぬ。いずれそうなるとみていた平助なのである。

訪《おとな》いを入れるあいだに、丹楓が離れていったが、どこへ行くのか分かっているので、平助はそのままにしておく。屋敷地内には、馬屋と馬場がある。そこに、丹楓の血族が飼育されているはずだ。

「平助か……」

出迎えた入道頭の男は、六尺豊かの巨軀《きょく》を前にして、少し疑うようにためつすがめつ眺める。

「小父御。お久しゅう」

照れたような笑顔をみせて、平助は頭を掻《か》いた。

「まこと平助なのやな。よう帰ってきた」

日比屋善九郎《ぜんくろう》は、平助の両肩に手をおき、両頰《ほお》へ接吻《せっぷん》を浴びせた。南蛮人の挨拶の仕方である。

当然のように、平助も同じ挨拶を返す。

「モニカ、モニカ」

と善九郎は、奥に向かって呼ばわる。

「平助や。平助が帰ってきた」

「モニカ……」

平助は訝《いぶか》った。

「紫乃《しの》や。デウスの家を見たやろ。モニカは紫乃の洗礼名なのや」

善九郎のむすめの紫乃は、平助の記憶では幼い少女でしかない。

二年前にポルトガル人宣教師ヴィレラを招いて、日比屋は一家で受洗したという。

「残念やが、ビセンテはいてへん。いま九州で商《あきな》い中やさかいな」

「ビセンテ……」

「勘平《かんぺい》やないか」

善九郎の嫡男《ちゃくなん》である。

「わしは、ディエゴ」

善九郎は、ディエゴを漢字で了珪《りょうけい》と表記しており、キリシタン以外の人々には、そう呼ばれていると言った。勘平のビセンテも、了荷《りようか》と書くそうな。

ほどなく、奥から小走りに現われた若いむすめは、平助に眼をみはらせるほどの美しさではないか。

紫乃もまた、逞《たくま》しく成長した平助を、眩しげに見る。

「陣借り平助のご武名、幾度となく聞き及んでおります」

頰を上気させ、微かに荒い息遣いの下から、うれしそうに言う紫乃であった。

平助は、また頭を掻いた。

「ふたりとも、そないぼけっと突っ立っておらんで、昔のようにせんかいな」

何のことか分からぬ平助と紫乃は、戸惑うばかりである。

「世話のやける……」

了珪は、両腕をひろげて、二人の背を押した。しぜん平助と紫乃は抱き合う恰好になる。

「八年ぶりに会《お》うて挨拶せえへんゆうことがあるものか」

二

薩摩《さつま》武士の安次郎《あんじろう》は、殺人を犯し、妻とむすめのゆきじを道伴《みちづ》れに逃げたが、目付《めつけ》の追及の厳しさに、いよいよ逃げ場を失ったとき、たまたま入港中であったポルトガル船に助けをもとめた。薩摩島津《しまづ》家においては南蛮人との交渉方の下僚をつとめた安次郎は、船長ヴァスを知っていたのである。

出帆時期がまだ先のことだというヴァスは、山川《やまがわ》湊に碇泊《ていはく》中の別のポルトガル船の船長への紹介状を書いてくれた。

そのアルヴァレス船長というのが、気のいい男で、安次郎と妻子の乗船を快諾する。安次郎の後半生は、ここから思わぬ方向へとすすんでゆく。

マラッカへ向けて航海中、安次郎が何もかも打ち明けて、しきりに悔恨《かいこん》を口にすると、アルヴァレスは同情した。

「わたしの友、宣教師ザヴィエルに会ってみなさい。きっと君は苦しみから解き放たれるだろう」

マレー半島西海岸に位置し、東南アジア群島部最大の国際貿易港市であるマラッカを、十六世紀初頭にイスラム教徒から奪取したポルトガルは、以後、ここを東南アジアの貿易とキリスト教布教の根拠地としている。

マラッカに到着した安次郎は早速、アルヴァレスの勧めにしたがって、ザヴィエルの姿をもとめた。しかし、折悪《あ》しくザヴィエルは、モルッカ諸島に布教中で、会うことができなかった。やむなく、ほかの神父たちに洗礼を願い出たが、妻子も改宗しない限り許されないとはねつけられる。

妻は改宗を受け入れたが、熱烈な法華《ほっけ》宗徒のゆきじは、こればかりはと拒絶した。だが、自分のために父の望みが叶《かな》わぬことは親不孝。ゆきじは、断崖からマラッカの海へ身を投げて自殺を図る。

マルセロという青年医師の治療によって、一命をとりとめたゆきじだが、両足に大怪我《けが》を負い、半身不随となってしまう。

そのころ、安次郎の妻は故郷への思いを募《つの》らせていた。これで二度と故国の土は踏めまいと茫然自失する。

両親を思うゆきじは、ふたりだけで日本へ帰ることをすすめる。そうしてくれなければ、わたしはまた自殺しなければならないとまで言った。

安次郎と妻は、日本で自分たちの居場所を見つけて、必ず迎えに戻ってくると約束し、明《みん》（中国）へ行くという船に乗せてもらう。そこから乗り継いで日本をめざすつもりであった。

ところが安次郎らは、明から日本へ向かう航海で、嵐に遭遇し、漂流の果て、明の海岸へ流し戻されてしまう。妻は病床に就く。

その後、二度、日本行きを試みたが、やはりいちどは悪天候に、いまいちどは船の破損により、またまた明へ戻ることになった。妻はますます病気がちになる。

こうした受難が、しかし、安次郎をしてなおさらに神を渇望せしめた。

マラッカを出てから数年経って、安次郎は、明と交易にやってきたヴァス船長に再会する。薩摩で逃走の日々を送っていた最後に頼った人である。

ヴァスは、安次郎が受洗したがっていたことをアルヴァレスから聞いており、もういちどマラッカへ行って、ザヴィエルに会うことをすすめた。

このときヴァスは、安次郎らがマラッカを出帆した直後に、ゆきじにひどい災難が降りかかったことを告げる。傭兵たちに凌辱《りょうじょく》されたというのであった。

当時、インドや東南アジアのポルトガルの拠点には、依然として勢力の強いイスラム教徒からこれを守るために、本国の兵が駐屯《ちゅうとん》していた。しかし、かれらの大半は、脛《すね》に疵《きず》もつ身が本国にいられなくなって、自由の天地をもとめて志願したという、いわばならず者である。どんな悪事でも平然とやった。異教徒の女を抱くのも、かれらには当たり前のことなのである。

ゆきじは、両足が動かぬ。南蛮人の猛獣のような巨体にのしかかられたら、抵抗などできるはずもなかったろう。

この恥辱に耐えきれず、ゆきじは、みずから命を絶とうとしたが、マルセロにとめられた。

「心やからだに傷を負うたびに自殺するのでは、命はいくつあっても足りない。愛するひとが傷を負ったとき、それを癒《いや》してあげるのがデウスの教え。わたしを、その教えに背《そむ》かせないでほしい」

マルセロとゆきじは、すでに憎からず想い合っていたのである。

ほぼ十カ月後、ゆきじに男児が生まれた。傭兵たちの胤《たね》であることは間違いないが、マルセロは、ふたりで育てようと言って、ゆきじを安心させたのである。

「けれど、ゆきじは……」

そこで、ことばを濁《にご》したヴァスのようすから、安次郎は察した。

「死んだのでござるな」

故国を離れて以来の長年の労苦に、ゆきじの心身はぼろぼろだったに違いない。せめてもの救いは、その最期を、愛するマルセロに看取《みと》られたことであったろう。

「ゆきじの子の名は何と」

「アロンソ」

「もう五歳か六歳になるのではないかな」

とヴァスはつけくわえた。安次郎のマラッカ出帆から、それだけの年月が流れたということであった。

安次郎は、故国の土を踏む前に、ふたたびマラッカ行きを決意する。孫のアロンソを引き取り、自身は何としてもザヴィエルに会って洗礼を受ける。この二つを目的とした。

二度目のマラッカ行きの航海は順調であった。

安次郎は、マラッカで、アルヴァレス船長に再会する。

「ひと足違いだった」

とアルヴァレスは気の毒そうに言った。アロンソのことである。

マルセロがポルトガルへ帰国することになり、一カ月ばかり前、アロンソを伴って出帆してしまったという。

マルセロはアロンソに、父親はマルセロの兄ジュストであると教えたそうな。ジュストは、弟と一緒に、官吏としてマラッカに来たのだが、着任早々に熱病に冒され亡くなっている。アロンソを騙《だま》すのに、都合のよい人物であった。母親については、日本人であり、故《ゆえ》あってマラッカにきてジュストと恋仲になり、すぐに身ごもったが、出産直後のジュストの死の衝撃に耐えきれず、ほどなく亡くなったと話したらしい。

安次郎も、まさかポルトガルまで追いかけていくことはできぬ。アロンソのことはあきらめるほかなかった。

しかし、ついにザヴィエルに会うことのできた安次郎は、かつて見たこともないような一点の汚れも感じられぬその佇《たたず》まいに感動し、妻ともども、ただちに受洗を願ったのである。

ザヴィエルもまた、安次郎に接してみて、驚嘆を禁じえなかった。これまで訪れたいずこの国でも、これほどの知識と教養と礼節を身につけた人間を見たことがない。日本人とはかくも高度な文化をもっているのか。ザヴィエルは、たちまち、日本への伝道熱に冒《おか》された。

かくて安次郎は、インドのゴアへ渡って聖パウロ学院で数年間、修業をしたあと、ザヴィエルからパウロ・デ・サンタ・フェの霊名を授けられる。

そのあいだにザヴィエルが、日本伝道の準備をすすめ、コスメ・デ・トルレス、ファン・フェルナンデスというスペイン人宣教師を同行者に選んだ。安次郎は、日本における通詞《つうじ》兼案内人として、布教の旅を共にすることになった。

ゴアを発ったザヴィエルの一行が、途中コチンとマラッカに寄港してから、鹿児島湾に船を入れるまで、およそ四カ月の船旅であった。

薩摩では、まだ一族が生活していた安次郎の屋敷に旅装を解いた。黒衣のイエズス会修士となった安次郎に、昔の罪を問う者はもはや誰もいない。それだけに安次郎には、異国で果てたゆきじが一層不愍《ふびん》に思われた。

鹿児島滞在一年間ののち、ザヴィエル一行はようやく京都をめざす。

ただ安次郎は、鹿児島での布教をつづけるよう命じられたので、京都行きに同行しなかった。代わりに、安次郎の弟で、やはり改宗したジョアンがザヴィエルの供をする。

船で、平戸《ひらど》・博多・山口《やまぐち》を経て、いよいよ堺に上陸した。この堺で、ザヴィエルたちを手厚くもてなしたのが、日比屋善九郎である。善九郎の父は、かれらの滞在を快く思わなかったが、伜《せがれ》から今後の南蛮貿易の利を説かれて、しぶしぶ応接した。

ザヴィエルの実見した日本の王城の地は荒廃しきっており、命懸けで波濤をこえてきたこの宣教師を落胆させた。京都滞在わずか十一日間にして、堺へ戻ったザヴィエルが、にわかに病を得たときも、善九郎はその世話をしている。

ザヴィエルは、その後、山口へ行き、当時日本の諸侯中、最も強盛を誇るといわれた大《おお》内義隆《うちよしたか》に布教活動の許可を得て、ここで六カ月を過ごしてから、豊後《ぶんご》へ赴いた。豊後行きの理由は、大友義鎮《おおともよししげ》から懇《ねん》ごろな招請があったことと、豊後日出《ひじ》に入港したポルトガル船より使者が派遣されてきたからである。

ザヴィエルを日出で出迎えたポルトガル船の船長は、ドゥアルテ・デ・ガーマといい、インド航路を開拓したバスコ・ダ・ガーマの一族で、かねてよりザヴィエルと親交があった。

ドゥアルテの船には、ひとりの男の子が同乗していた。アロンソである。マルセロに伴われてポルトガルをめざしたはずのアロンソだったが、インド洋上で嵐に襲われ、船が転覆、沈没してしまった。乗員の大半が溺死、わずかに生き残った者も、大海を漂ううち、あるいは力尽き、あるいは鱶《ふか》に食われて、次々と命を落としていったという。マルセロも鱶の餌食《えじき》となった。

アロンソただひとり助かったのは奇跡というほかない。マラッカへ向かう商船に洋上で発見されたのである。

このアロンソを稀《まれ》にみる幸運児として引き取ったのが、バスコ・ダ・ガーマの息子で、マラッカの知港事《ちこうじ》をつとめるドン・ペドロ・ダ・シルヴァであった。

アロンソは、幼少の身で、ミゲルというバスク人の騎士から、乗馬と武術を学んだ。

「これほど飲み込みのよい生徒は、ポルトガル、スペイン両王国の子弟の中にも、幾人といないだろう」

とミゲルを感嘆せしめたアロンソだが、しかし、剣については、西洋人の用いるそれではなく、交易によってもたらされていた日本刀に興味をもった。だから日本刀の刀術だけは独学した。

アロンソがドゥアルテの船に便乗して日本へやってきたのは、母の祖国の土を踏んでみたかったからである。

もちろんドゥアルテは、ザヴィエルには、アロンソはマラッカの官吏だったジュストの遺児だと紹介した。それはアロンソ自身が信じていることなのである。

ザヴィエルは、ドゥアルテより、インドからの書翰《しょかん》を受け取った。インドにおける教化の新たな方針を示してほしいという内容である。

ザヴィエルがおよそ二年間の滞日で得た信者は千人足らずだが、アジアにおいてこれはど知性に充ちた国民は類がないので、その程度の数でも満足していた。トルレスとフェルナンデスに後事を託して、いったんインドへ帰っても何ら心配はない、とザヴィエルは考えた。

ザヴィエルは、大友義鎮に謁見後、インドへ発つべく、風待ちをした。日比屋善九郎が、商いのために瀬戸内海を豊後まで航《わた》ってきたのは、そういう時期である。

ザヴィエルからドゥアルテに紹介された善九郎は、しばらく日本で暮らしてみたいというアロンソをあずかった。いまやポルトガル船が九州へやってくるのはめずらしくないので、アロンソはマラッカへ戻りたいと思えば、いつでも戻れる。

このときドゥアルテは、通詞を間にして、善九郎にアロンソの素生《すじょう》の真実を明かした。国もことばも異なれど、ともに海原をまたいで命懸けの交易を生業《なりわい》とする男同士、それは尽くさねばならぬ礼儀だと思ったからである。生い立ちを知っていれば、アロンソの言動を理解する一助になろう。ドゥアルテのほかに、アロンソの素生を知るのは、ダ・シルヴァ、ミゲル、アルヴァレス、ヴァスの四人だけである。

善九郎は、すべてを肚《はら》におさめ、日本でのアロンソの父となることを、ドゥアルテに誓った。

こうして、ザヴィエルはドゥアルテの船に乗船して日出湊からインドへ向けて出帆し、アロンソはマラッカから運んできた愛馬とともに日比屋の船で堺へ赴いたのである。

鹿児島の安次郎は、ザヴィエル離日と聞いたとき、病床にあった。恢復《かいふく》後、ただちに豊後へ馳《は》せつけようとしたが、不運にも日出行きの船が見つからず、敢《あ》えて陸路で豊後をめざした。

全土に大山塊の列《つら》なる九州の陸路は険《けわ》しく、移動に時を要する。安次郎は、結局、ザヴィエルと別辞を交わすことはできなかった。その出帆の翌日に、日出湊へ着いたのである。ザヴィエルの存在は、この男のすべてであった。安次郎は、腰まで波に浸《つ》かりながら、師父の名を呼んで号泣した。

このとき安次郎は、水平線の彼方に暗い運命をみていたのかもしれぬ。ザヴィエルが中国伝道のため赴いた広東《カントン》に近い上川島《シャンサン》で病死したのは、離日から一年余りのちのことである。

一方、堺の日比屋をわが家とするようになったアロンソは、善九郎から日本人名をつけられた。

「魔羅賀平助」

魔羅賀はマラッカに漢字をあてた。平助はその明るい風貌に似合う名と思われた。

平助は、堺での生活を楽しんだ。ことばは、ほとんど、善九郎の嫡男の勘平から教わった。紫乃のことは、自分の妹のようにして可愛がった。

堺は、その時々の武家勢力と結びながらも、納屋衆《なやしゆう》とよばれる豪商たちが行政を執行し、腕におぼえの牢人衆を傭《やと》って自衛軍も組織している。マラッカで鍛えた武術に自信をもつ平助は、それら牢人衆に仕合《しあい》を挑んだ。そのころすでに体軀は日本人のおとな並みだった平助を、誰も子どもとは思わず、挑戦を受けて立つ者が多かった。

それらのことごとくに勝利をおさめ、天狗になっていた平助の鼻柱をへし折ったのは、廻国修行中だという鶴のようにか細い老齢の武士であった。いかにしても、指一本触れることすら叶わぬその老武士に、平助は素直に教えを請うた。

この老武士こそ、当時、剣聖と敬称されていた新陰《しんかげ》流の上泉信綱《かみいずみのぶつな》である。信綱の堺滞在中、平助は一心不乱に兵法と武士の心を学んだ。武士の心については、ミゲルより伝えられた騎士の心に通じるところがあった。

時あたかも、日本は戦国の世である。腕試しをするのなら、堺の中にとどまらず、天下を歩いてみようと平助は思い立つ。もともと肉親をひとりも持たぬ身である。その意味では天涯孤独であり、気楽でもあった。

日本における父を自認する善九郎は、平助の旅立ちをよろこんだ。日本では、可愛い子には旅をさせるものなのである。

(血やな……)

とも善九郎は思った。

薩摩武士の家に生まれ、波濤をものともせず異国へ渡り、両親の足手まといにならぬように断崖から身を投げた勁烈《けいれつ》な性情の持ち主が、平助の母親なのである。そして、父親もまた、ポルトガル人かスペイン人か知れぬが、はるかアジアの地で傭兵として戦うのだから、冒険心と闘争心の旺盛な男であるに違いなかろう。

アロンソが日本人の名を持ってから、三年間余りが過ぎていた。

こうして魔羅賀平助は、マラッカから運んできたアラブ種の馬と日本馬との交配で生まれた緋色毛の牝馬を曳《ひ》いて、単身、天下廻国の旅へ出たのである。

三

「丹楓のために帰ってきたとは、平助らしいわ」

日比屋了珪は、よく似た幾頭もの馬とじゃれ合う丹楓を眺めながら、おかしそうに笑った。屋敷内の馬場である。

「二代目は、心の起伏が烈しくて、ときに困《こう》じ果ててしまう」

と平助が苦笑する。

ちかごろ丹楓に元気がないので、これはもう血族が恋しくなったのだと察した平助は、いちど堺へ帰るほかないと思ったのである。丹楓の血族は、この日比屋の屋敷内にしか存在しない。

平助が二代目といったのは、もちろん丹楓のことである。

平助は、廻国の旅へ出たその年に、毛利元就に陣借りし、厳島合戦で獅子奮迅《ししふんじん》の活躍をして、たちまち陣借り平助の武名を挙げた。このとき駆ったのが、初代丹楓である。

軍馬は若く強悍《きようかん》でなければならぬ。厳島合戦の四年後、了珪は平助のもとへ二代目丹楓を届けさせた。桶狭間合戦の前年にあたる。

了珪は、平助が日本のどこにいるのか、いつでも知っている。それは、自身は豪商としての情報網を持ち、平助には天下に轟《とどろ》く武名があるからであった。

「なれど、丹楓のためばかりではござらぬ。小父御や勘平どのや紫乃の顔を、見たくなり申した」

「八年も帰らんと、よう言うやないか、平助」

「そうでございますとも」

と紫乃も了珪に同調する。

「陣借りとは、さほどにおもしろいことにございますの」

「おもしろい」

間髪を入れずにこたえて、平助はにっこりする。

「まあ」

ちょっとあきれたような眼色で、紫乃は平助を睨《にら》んだ。

平助は、れいによって、頭を掻く。

（まるでいたずら小僧や……）

と了珪は、微笑ましい思いを抱いた。

平助が八年もの間、堺へ帰ってこなかったのは、乱世という状況と、陣借り者の生きかたに心から馴染《なじ》んで、本人のことばどおり、これ以上におもしろいことは、掛け値なしにないからなのであろう。

（それにしても……）

凌辱によって生まれた子であることを平助に告げなかったドゥアルテらは、まことに賢明というべきではないか、と了珪はあらためて感心する。

もし、おのれの暗い生い立ちを知らされていれば、その荒々しい血は平助を負の方向へ誘《いざな》っていたやもしれぬ。知らされず、明るい青年医師と、マラッカの裕福な知港事に育てられたという環境が、平助の陽気な性格をつくりだしたことは疑いようがあるまい。

「小父御。ちかごろは使者もまいらぬことにござりましょう」

「そら来いへんわ。平助が大名になるまではの」

くっくっと了珪は笑った。平助が大名になぞなる気のないことを、了珪はよく知っている。

平助が堺に住むようになってから一年おきぐらいに、九州へ入港したポルトガル船より迎えの使者がやってきた。そのたびに平助は、追い返している。

やがて廻国の旅へ出た平助は、たちまち盛名を馳せた。そのことがポルトガル船によってマラッカまで伝わったのであろう、知港事ダ・シルヴァの意をうけた使者が、了珪のもとへやってきた。

平助が日本のどこかの州の王になったあかつきには、そこをポルトガルの日本における拠点としたい。そのために、一層励むようにというのが、ダ・シルヴァの伝言であった。

要するに、平助を日本征服の先駆けにしようというのである。

平助の心情を知る了珪は、平助の斬り取りが成就するよう、自分が手をかすので、それまで口出し無用、と使者に伝えた。以後、ポルトガル船からの使者はこない。

「小父御のおかげで、わずらわしいことは何ひとつなく、平助は幸せ者にござる」

実は、平助が日本へきたのは、母の祖国を見たいというのが最大の理由ではあるが、そのほかにダ・シルヴァの庇護下から逃れたいという思いもあった。

ダ・シルヴァは、平助にとって恩人であるが、同時にポルトガル王国にとっては植民地政策の先鋒のひとりである。西洋に比べれば何事も未発達の異国へ侵入し、土着の人々を、武力と宗教と貿易をもって、結局は服従させるというポルトガルやスペインのやり方は、強者の身勝手にすぎぬ。平助は、マラッカに住した間、ひどい扱いを受けるたくさんの奴隷を見ながら、幼心にも理不尽な風景だと思った。のちに陣借り者となってから、平助がしぜんと弱者の側についてしまうのも、そういう思いの発露であったのやもしれぬ。いずれ平助が屈強の武人に成長すれば、ダ・シルヴァは、植民地開拓の手駒のひとつとして用いることをためらうまい。マラッカにあっては、そんな気がしたのである。

現実に、平助の日本での武名が伝わると、案《あん》の定《じょう》ダ・シルヴァは、ポルトガルに利するよう、大名になれと平助を急き立ててきた。

平助は、自分が好戦的だと思う。しかし、命令されて戦うのは、いやであった。みずから望んで戦う。それこそが戦いだと信じている。

また、ダ・シルヴァの望む大名になる気もさらさらない。主人も家来も持たぬ陣借り者として、気随《きずい》気ままに旅することこそ、無上の歓びであった。

もはや平助には、マラッカへ戻る気がまったく湧《わ》かぬ。騎士ミゲルや、ドゥアルテ船長など忘れがたい人たちはいるが、それ以上に、日本はこの若者に心地よく浸透してしまった。風土も人も。

母と子というのは、まさしく一心同体であった時期がある。これぱかりは父と子にはない。母の故国の記憶は、母胎の中で子にうけつがれるものなのであろう。平助はいまや日本を愛していた。

「八年ぶりなんやからな、平助。すぐにまた旅へ出るなぞと言うたらあかんで」

「丹楓次第にござる」

「三代目にしたら、どないや」

「小父御、滅多なことを仰せられまいぞ」

平助の忠告とほとんど同時に、丹楓が寄ってきて、鼻先で了珪のからだを背中から押した。

平助も紫乃も、声をたてて笑った。

そこへ奉公人がやってくる。

「奈良屋《なら》はんがおみえにならはりました」

父娘は、にわかに表情を曇らせた。

四

「奈良屋はん。幾度わせられても、無駄足や言うてますやろ」

「そやから、無駄足にならんよう、日比屋はん、あんたがどないかしてえな」

「しつこいのと違《ちゃ》いますか」

「しつこうさせたのは、そっちやで」

奈良屋宗井《そうせい》も日比屋了珪も、両者とも商人らしく唇許《くちもと》に微笑を絶やさないが、眼は笑っていない。

かつては、同じ堺商人として、うまくやっていた両家である。宗井の倅の宗札《そうさつ》と、了珪のむすめ紫乃を、幼少時に許嫁《いいなずけ》と決めたほどの仲であった。紫乃が長じて、嫁見習いのような形で、奈良屋に一、二カ月を過ごしたこともある。

それが、二年前の日比屋家のキリスト教への改宗から一変してしまう。

モニカの霊名を授かった紫乃は、同じキリスト教徒でなければ結婚できないので、了珪から奈良屋へ許嫁の約束の破棄を伝えた。むろん了珪は、幾重《いくえ》にも詫び、充分に礼を尽くしたつもりである。

おさまらないのは宗井であった。奈良屋の看板に泥を塗られたと感じた宗井は、破談はゆるさないと息巻き、紫乃だけでも仏教徒に戻すよう、了珪に迫る。

むろん了珪は、これを容れなかった。

その後、宗井から了珪へ、幾度となく申し入れがあったが、宗教上のことは、どうにもなるものではない。了珪には折れようがなかった。

すると宗井は、商売上のことで、何かと日比屋へいやがらせをするようになる。また、大内氏の有力家臣で、キリシタンになった武士が、紫乃の美貌を聞きつけて妻に望んでいるという話がもちあがったときも、早々にこれを潰した。

そこで、見かねた天王寺《てんのうじ》屋宗達《そうたつ》が、間に入って、調停することになった。天王寺屋は、当時、納屋衆の筆頭で、堺商人随一の実力者である。

そのさい宗井は、結婚の破談のことを水に流す代わりに、日比屋が利権をもつ伊勢白粉《いせおしろい》の商いへの参入許可を要求した。

宗井は馬脚《ばきゃく》をあらわしたといえよう。伜宗札と紫乃との結婚にこだわった本音は、恥をかかされたことに対する怒りではなかったのである。結婚によって日比屋を乗っ取ろうともくろんでいたとしか考えられぬ。

もとより、了珪が飲める要求ではない。

天王寺屋宗達は、今後も両家の不仲はやむをえないとしても、湊を含めて堺市内で騒《そう》擾《じょう》を起こしたときは厳罰に処す旨を、納屋衆の総意として言い渡した。

それでも宗井は、たびたび日比屋を訪れ、伊勢白粉の利権を分けろと要求することをやめず、いまに至っているのである。

「まあ、ええ。きょうは、このへんで引き上げとくわ」

宗井は、席を立った。出された茶には手をつけていない。毒入りに違いないと疑っているかのようであった。

玄関を出ると、そこに待たせておいた小者が、うろたえているではないか。警固《けいご》として従えてきた二名の牢人が、地に昏倒《こんとう》していた。

「なんや、このざまは」

眉をひそめた宗井は、眼前に巨軀がぬっと立ちはだかったので、恟《ぎょ》っとする。

「無沙汰をしており申した」

と平助は言った。

「あんたは……」

「お忘れか、奈良屋どの。魔羅賀平助にござる」

「なんや、堺に帰っていたんか……」

宗井の声に微かに怯《おび》えがまじる。かつて日比屋の世話になっていた混血の少年が、いまや陣借り平助の雷名をもつ武人に成長したことは、むろん宗井も知っていた。

「奈良屋どの。牢人を雇うときは、人を看《み》なければなりませぬぞ」

「何を言いたいのや」

「この両名、当家に奉公の女子《おなご》に怪《け》しからぬことをしかけたので、いささか懲《こ》らしめさせていただいた」

牢人どもは、玄関前に水をうっていた下女の尻を触ったのである。

「おれは、女子《おなご》を泣かせる男だけは容赦しない」

宗井に笑顔を向けたまま、平助は宣した。了珪が宗井と会見している間に、紫乃からすべてを聞いたのである。

宗井は、いちど、ぶるっと身をふるわせたあと、そそくさと日比屋をあとにした。

だが、道へ出たときには、宗井のおもてに笑みが刷《は》かれている。何かよからぬことを思いついたのに相違ない。

宗井は、その足を、海船町《かいせんちょう》へ向けた。

堺市は、北荘《きたのしょう》と南荘《みなみのしょう》からなる。北荘は摂津《せっつ》国、南荘が和泉《いずみ》国に属するので、両国の境《さかい》という意味で、その地名が付けられた。

海船町は、北荘の西外れの町である。ここに湊に接して広大な敷地を有する邸宅があった。

海船政所《まんどころ》という。

当時、幕政を壟断《ろうだん》していたのは、三好長慶《みよしながよし》の一党である。長慶は、幕府管領細川晴元《かんれいほそかわはるもと》の家老であったが、主家が衰えると、これにとって代わり、堺も掌握した。堺には、三好氏が畿内制圧をするための兵站《へいたん》基地的な役割を担わせている。海船政所は、いわばその奉行所であり、同時に堺市民の自治を尊重しながらも市政を司《つかさど》るところでもあった。

その海船政所へ、宗井は入っていくではないか。

「魔羅賀平助が現われおったとは、何と間《ま》のよいことやろか……」

ひとり呟いて、宗井は北叟笑《ほくそえ》んだ。

五

教会堂は、日比屋の屋敷内といっても、日比屋の家屋とは塀《へい》で隔てられ、別に専用の表門も裏門も設けられていた。一般の信者のためである。

日比屋と隔てる塀には、木戸があって、了珪が教会堂へ出入りするさいは、これを利用する。

紫乃は、しかし、表門から参道をすすみながら眺める教会堂の姿が好きで、いつもいったん往来へ出てから向かう。

「平助さま。きょうは、暮れ方よりミサがございますのよ。いかが」

と紫乃が参加をすすめた。

「デウスの家か……」

畳敷きの部屋に寝そべったまま、平助は大あくびを洩《も》らした。

日比屋で八年間の旅の垢《あか》を落として五日目、そろそろ戦陣のにおいが恋しくなりはじめている。陣借り者の暮らしが長いせいか、居心地がよすぎるのは、どうも苦手であった。

「やめておこう。懺悔《ざんげ》しなければならんことが多すぎる」

いくさとはいえ、殺人は殺人である。その数を思えば、とても教会でミサ曲など歌えたものではあるまい。

「さように不信心では、神罰が下りましてございますよ」

「おれの分まで祈ってきてくれ」

「まあ、あきれた」

平助をきつく睨みつけてから、紫乃は背を向けて行ってしまう。

空に暮色が塗られはじめると、紫乃はいつものように、たかという女中をひとり供にして、日比屋から往来へ出た。

そのとき、ちょうど、牛に車を曳かせた一隊が通りかかった。積み荷は酒樽である。

紫乃とたかは、路傍へ身を避けた。

ほどなく陽が没し、依然として畳の上でごろごろしている平助の耳に、歌声が届いた。賛美歌である。

平助の唇が、わずかに動く。しらず唱和していた。

青い海を見下ろす丘が、平助の脳裡に浮かんだ。

墓地である。幼い自分が、墓石の前で十字を切っている。両親の墓だ。かたわらに、金髪の美しい青年が佇《たたず》む。ポルトガルへ向けて出帆する日の朝であった。

「ねえ、マルセロ。父さんは、マルセロに似ていたの」

「ジュスト兄さんは、わたしなんかより、ずっとよい男ぶりだったさ」

おどけたような口調で、マルセロは言った。

「母さんは」

幼いアロンソは、マルセロを凝《じ》っと瞶《みつ》める。

「すべてが美しいひとだった。あんな女性《にょしょう》に会えることは、もう二度とない」

マルセロ叔父さんはものすごく悲しそうだ、とアロンソは思った。なぜだろう。

（マルセロが生きていれば……）

自分の人生はまったく違ったものになったはずだ。マラッカで、何の打算もなく自分を愛してくれたひとは、マルセロひとりであったと平助は思う。

いま思い起こせば、亡母に対するマルセロのことばが、平助を日本行きに駆り立てたきっかけであったのかもしれない。

賛美歌が耳に心地よい。

了珪は、今宵は、天王寺屋での会合に出席している。すこしおそくなるらしい。

日比屋の者に酒を支度《したく》してもらおうかと思ったが、呼ぶのも億劫《おっくう》であった。このまま賛美歌を聴いていたい。

平助は、寝入ってしまった。

そして、了珪に揺り起こされた。すでに賛美歌は聞こえてこず、あたりは暗く森閑としている。

「平助。モニカが……紫乃がどこにもいてへん」

「いないとは」

「司祭さまに聞いたら、ミサに紫乃の姿はなかった言うのや。神隠《かみかく》しと違うやろか」

供をしていったはずの女中の姿も見えないという。

「隠したとすれば……」

寝起きでも思考はぼやけない。戦陣では、夜討ちにそなえることが当たり前なので、頭もからだも瞬時に動きだす平助であった。

「奈良屋」

「まさか奈良屋もそこまでせえへんやろ」

信じようとしない了珪が、平助は少しおかしかった。この人のよさで、よく商いができるものだ。もっとも、日比屋は了珪の人柄でもっているという評判も聞く。

「ほかに思いあたりますまい」

「そらそうやが……」

ようやく了珪も奈良屋を疑った。

「ほんまなら、ゆるさへん」

「どうなさる、小父御」

「知れたことや。奈良屋へ殴り込んだる」

こういうところは、さすがに、からだを張って商いをする堺商人である。迷いがない。

「それでは奈良屋の思う壺」

「なんで……」

言いかけて、了珪はふと考え込む。

稍《やや》あって、そうやなと呟いた了珪である。怒りを発しながら冷静さを失わないあたりも、なかなかのものだ。

了珪が、怒りにまかせて奈良屋へ攻撃を仕掛ければ、納屋衆の戒告に叛《そむ》くことになる。結果、厳罰に処される。おそらく堺追放であろう。

その場合、宗井とて、奈良屋もただではすまないことを知っている。とすれば、一方的な被害者を装うはずだ。紫乃の行方不明など、まったく与《あずか》り知らぬことだと言い張るに相違ない。

「奈良屋へ殴り込んでも、そこに紫乃はおらへんゆうことやな」

「左様」

「どないしたらええんや、平助」

「まずは、奈良屋を探ってまいる」

平助は立ち上がった。

「ひとりで往くのんか」

「小父御は、陣借り平助という武名を聞いたことがあられませぬかな」

了珪の眼にたのもしい笑みを焼きつけるや、平助は単身、愛刀志津三郎を背負って、夜の往来へ出た。

人通りは絶え、朧月《おぼろづき》の下で湊も眠っている。潮騒が遠い。

了珪にはそこまで言わなかったが、のんびりしている暇はないのである。

日比屋が奈良屋へ殴り込むと否とにかかわらず、奈良屋の紫乃誘拐の事実は消しようがない。その悪事を、のちに紫乃が暴露すれば、納屋衆がこれを黙過するはずはあるまい。

奈良屋は一巻の終わりとなる。

そうならぬようにするために、奈良屋のやることはひとつ。紫乃の命を絶つことだ。

ただ一点、平助が解《げ》せぬのは、奈良屋の強引かつ性急すぎるやり方である。

どういう展開になるにせよ、こんな悪事はいずれ露顕《ろけん》しよう。また、もし紫乃を人知れず葬《ほうむ》り去ったところで、了珪が引き下がるはずはなく、命を賭《と》してこれを暴《あば》き、ついには奈良屋と血戦《けっせん》に及ぶだろうことは容易に予想される。どう転んでも、奈良屋にとって、あまりよい結果を得られまい。

にもかかわらず、である。ということは、それだけのことをしても奈良屋は安泰という保証を得たのではないのか。

それほどの保証ができる人物なり、勢力なりといえば、堺では納屋衆ということになるが、かれらが一方だけに肩入れするとは考えにくい。とすれば、外部の力を背景にしているのであろうか。

あれこれ思いめぐらせるうち、平助は奈良屋邸の建つ町の外れまで達していた。そこで、路地に身をひそめた。

（待ち伏せか……）

一帯にその気配が濃厚にたちこめている。それも、ほとんど隙《すき》のない感じではないか。

奈良屋の傭っている牢人どもではあるまいと思われた。先日、宗井の警固役として日比屋までついてきた牢人二名は、同じく随行の奈良屋の小者の話によれば、選《え》り抜きだったそうだが、平助にとっては赤子《あかご》の手をひねるようなものであった。

（いくさに慣《な》れた正規の軍兵《ぐんぴょう》だな）

了珪が日比屋の奉公人らを率いて乗り込んでいたら、間違いなく皆殺しにされたであろう。そこまで宗井が了珪を憎んでいるということなのか。

近くに火の見櫓《やぐら》が聳《そび》える。平助は、ちらりと見上げた。櫓の望楼の中にうずくまる人影が、わずかに動いたのを見逃さぬ。鉄炮手のようだ。

音もたてずに路地から出た平助は、そのまま奔《はし》って、火の見櫓の下にとりつき、巨大な猿と化して、またたくまに望楼までのぼりきった。

「あっ……」

驚愕《きょうがく》に双眸《そうぼう》を剝《む》いた鉄炮手の口を、左手でふさぐや、右手はその者の腰から鎧通《よろいどおし》を引き抜いて、切っ先を喉《のど》へ突きつけている。平助の神速《しんそく》ともいえる動きであった。

「分かっておるな」

平助が言うと、鉄炮手は幾度もうなずく。騒ぎ立てれば命がないことを理解したのである。

平助は、鉄炮手の口から左手を離した。

「一介の商人を対手《あいて》に、ものものしい。日比屋を皆殺しにするつもりであったのか」

「ち……違う」

小声で鉄炮手はこたえた。

「ならば、何のための待ち伏せだ」

「魔羅賀平助を捕らえるため」

「おれを」

と平助が怪訝《けげん》そうに訊《き》き返すと、鉄炮手はひいっと息を呑んだ。眼前の若者こそが魔羅賀平助であるとは、思いもよらなかったのであろう。

何か臭《にお》った。鉄炮手が、恐怖のあまり、具足の下を濡らしてしまったのである。

(おれは鬼か悪魔のように思われているらしいな……)

平助は苦笑した。

「案ずるな、命まではとらぬ。何もかも正直に明かしてくれればの話だがな」

「なんでも……なんでも申し上げまする」

涙声の鉄炮手であった。

六

海船政所の広大な敷地内には、幾棟かの離屋《はなれ》も点在する。

木立の中の山荘を模したつくりの離屋のまわりに、三つの人影が見える。見張り兵たちであった。出入口と裏手に一基ずつ、篝籠《かがりかご》が置かれて、薪《まき》を燃やしている。

離屋の中から、声が微かに洩れ出てくるではないか。

閉じ込められた紫乃が、ロザリオを手に、瞑目《めいもく》して、静かにオラショ（祈禱《きとう》）を唱えているのであった。女中のたかも、唱和している。

ふたりは、暮れ方に、日比屋を出たところで拉致《らち》された。湊へ荷を運ぶ一団を装った者たちに当て身を食らったのである。

酒樽に押し込まれたようだが、それは憶えていない。気づいたときには、この家の中であった。

奈良屋の仕業《しわざ》に違いないと察しをつけた紫乃だが、ここがどこであるかまでは分からない。戸外へ出ようとすると、見張り兵に押し戻されるので、観念するほかなかった。神へ祈りを捧げていれば、落ち着くし、怖いとも思わぬ。

やがて、男がひとり、入ってきた。

紫乃は、眦《まなじり》をあげる。

「ひどいことをなさいますのね」

すると、奈良屋の倅宗札は、畳にひたいをすりつけた。

「何を言うても信じてもらわれへんと思う。そやから何も言わへん」

畳からあげた宗札のおもてが苦渋に充《み》ちたものだったので、紫乃は困惑する。

(もしや して……)

この誘拐は宗札の父宗井が勝手にやったことで、宗札は何も知らされていなかったとは考えられまいか。

日比屋から奈良屋へ破談を申し入れたあと、宗井は腹を立て、いやがらせもしてきたが、宗札自身の口から恨み言《ごと》が吐かれたのを聞いたことのない紫乃であった。正直いえば、それはいまでも重荷になっている。

むろん、婚姻は家同士のものだから、結婚する当人というのは、挙式まで漕《こ》ぎ着けぬ限り、表立つことはほとんどない。とはいえ、幼いころから許嫁であったのだ。祝言寸前での破談に、宗札が怒らなかった、腹を立てなかったということはなかろう。それを思えば、本人から恨み言のひとつでも投げつけられたほうが、紫乃もすっきりしたはずなのである。

ただ宗札は、子どものころから、父親とは似ても似つかぬ性格であった。引っ込み思案で、やさしすぎるところがある。ほんとうは腸《はらわた》が煮えくり返っていたのに、言いだせなかったのかもしれぬ。

「せやけど、お紫乃はん。これだけは信じて欲しいんや」

宗札が、ふいに、紫乃の手をとる。

「わたしが、お紫乃はんを逃がす。命に代えて逃がす」

宗札の眼は真剣そのものである。とても嘘をついているようには見えぬ。やはり、このかどわかしは、宗井の一存であったのだ、と紫乃は確信した。

「信じます」

宗札の手を握り返す紫乃であった。

宗札は、奈良屋からの差し入れと称して、見張り兵に睡《ねむ》り薬入りの酒を渡したので、効果が出るまで、いましばらく待つよう紫乃とたかを励ました。

ここが海船政所の屋敷内と聞いて、紫乃はおどろく。

「三好家が加担しているのでございますか」

「三好家というより、松永霜台《まつながそうだい》さまや」

松永弾正少弼久秀《だんじょうのしょうひつひさひで》。霜台は、弾正台の唐名である。三好長慶が畿内における活動の初期から右腕と恃《たの》む男で、いまでは奈良多聞城《たもんじょう》主として、主君長慶をも凌《しの》ぐ勢力をもつといわれる。松永霜台は、数年前まで、この海船政所の支配人をつとめていた。

「平助が戻っているやろ」

「はい」

「五、六年前やろか、霜台さまは京都白川口《しらかわぐち》の合戦で、公方《くぼう》さまの御陣に陣借りした平助に、ひと太刀浴びせられてしもうたんや。それをいまでも恨みに思うとる。うちの親父《おやじ》さまは、そのことを知っていて、このあいだ日比屋はんで平助に会うたあと、この海船政所へ注進に及んで、奈良の霜台さまへ伝えてもろうたのや」

「では、松永霜台さまは、堺に」

「いてはる。昨夜、こっそりお入りにならはったらしい。親父さまは、すぐに伺候《しこう》して、何やら談合して帰ってきはった。いやな感じがして、何の話かって訊いてみたんやけど、おまえは知らんでもええって……」

そのあとのことは、紫乃にも想像がつく。

宗井が紫乃を拉致する。怒った了珪は日比屋の者を率いて奈良屋へ討ち込む。そこを松永霜台の配下が待ち伏せ、一《いち》網打尽《もうだじん》にする。宗井は紫乃の行方など知らぬとしらをきる手筈《てはず》になっているだろうから、最強の戦力となる平助が同行するのは当然だ。そのさ事は日比屋の卑怯な不意討ちとみなされ、霜台が海船政所の名をもって処断する。おそらく日比屋の財産を霜台が没収し、商いの利権は奈良屋の手に帰するのに相違ない。霜台は同時に、平助の身柄を手に入れ、積年の恨みを晴らすことができる。

「きょうは、親父さまが朝から何やこう落ち着かへんのや。それで、わたしが覚悟を決めて問い詰めたら、日暮れ近《ちこ》うなって、ようやく明かしてくれはった。なんもかも、おまえのためを思えばこそや言うて。わたしは、日比屋はんにすぐに知らせにゆこうとしたんやけど、親父さまに命じられた牢人衆がわたしを見張っていて、どうにもならんかった」

それでも、牢人衆の隙を窺《うかが》いつづけていた甲斐あって、夜更けてようやく奈良屋を抜けだすことができた。そして、南蛮渡りの睡り薬と、酒徳利をひっ抱え、その足で一散に海船政所へ駆けつけた宗札なのである。

「もうよろしいようにございます」

と紫乃が、耳をすませながら言った。

宗札がひとり戸外へ出てみると、見張り兵たちは、大地を枕に鼾《いびき》をかきはじめているではないか。

「いまのうちや」

宗札は、紫乃とたかを手招く。

春の夜気は心地よいが、三人にそれを味わう余裕はない。薄氷《はくひょう》を踏むような足取りで木立を抜けた。

「手え放したらあかん」

宗札は、あらためて紫乃の手を強く握った。

紫乃は、左手を宗札にあずけ、右手でたかの手を引いている。

「こっちや」

商いのことで幾度となく海船政所を訪れている宗札は、微行《しのび》用の小門《こもん》がどこにあるか知っていた。

しかし、東西六町、南北十二町の屋敷はあまりに広く、闇の中では、ともすると方向をあやまる。宗札は、慎重にすすんだ。

泉池の際《きわ》へ達したとき、たかが躓《つまず》いて、半身を水に浸《つ》けてしまう。悲鳴と水音は、森閑とした屋敷内では号砲のように聞こえた。

「何者か」

たちまち誰何《すいか》の声がとんでくる。夜番たちだ。松明《たいまつ》の火が、三つ揺れている。

「御寮《ごりょん》はん、お逃げにならはって」

泉池から上がろうとしていたたかは、足手まといになってはならじと、紫乃とつなぐ手を放した。

「おたかをおいてはいけない」

宗札が、たかの両腋の下へ腕を差し入れ、そのからだを泉池から引き上げる。

「曲者《くせもの》」

迫りきた夜番は三名。宗札らに火明かりをあてた。

たかは、宗札を突きのけ、夜番たちへ向き直った。その動きが急激だったのが、この女中の悲運である。とっさのことで、夜番たちは抜刀し、たかを斬り仆《たお》した。

「デウスさま……」

それが、たかの末期《まつご》のことばであった。

「おたか」

紫乃の絶叫が夜気を切り裂く。

これを聞きつけたのか、新たな影が、こちらへ馳せ向かってくるではないか。

宗札は、紫乃を背後へかばって、夜番たちに対した。

「おのれは、奈良屋の倅ではないか。その女を連れ出すとは、何のまねだ」

「次第によっては、おのれも斬るぞ」

夜番たちは、斬人の昂奮でいきり立っている。

そこへ走り来た新たな影が、かれらの後ろから声をかけた。

「何の罪もない女を斬ったな」

平助である。

振り向いた三人の夜番は、眼前の巨影に愕《ぎょ》っとした。

「おたかは天国《ハライソ》、うぬらは地獄《インヘルノ》だ」

宣言した瞬間には、平助は、背負い太刀の志津三郎四尺を、独特の抜刀法で抜いている。

月光を撥《は》ねて、太刀は三度、きらめいた。

夜番たちは、悲鳴をあげる暇も与えられぬほどの即死であった。

「久しいな、巳之助《みのすけ》」

巳之助は、宗札の幼名である。

宗札のおもてに苦悶の色がにじむ。宗札は、昔から、紫乃が思慕する男は平助ひとりではないのかと疑いつづけている。

だから、八年前、平助が廻国修行のために堺を出奔《しゅっぽん》したときは、正直、いささかの安堵を得た。それ以前に、紫乃とは許嫁同士と決まっていたにもかかわらず、である。

しかし、その安心感は絶対ではなかった。巳之助は、平助が濠《ほり》を渡って堺の外へ出たところで追いつき、無謀にも喧嘩を挑んだ。

「平助。おれが勝ったら、二度と堺へは戻らへんて誓《ちこ》うてくれや」

日頃、引っ込み思案の巳之助が、こんな大胆な行動に出たことに、平助はひどくおどろいたようだが、喧嘩はうけてくれた。巳之助の心中も察したらしかった。

喧嘩は、平手一発で終わった。堺守備の牢人衆をことごとくたたきのめし、剣聖上泉信綱に兵法を学んだ平助に、巳之助が敵《かな》うはずはない。

「巳之助。紫乃を娶《めと》るなら、早くしろよ」

それが平助の別辞であった。

現実に、日比屋一家の改宗のことさえなければ、宗札は二年前に紫乃と祝言を挙げていたはずである。

「紫乃。おれの背につかまれ」

言うなり、平助は、紫乃に背を向け、膝立ちになる。

「はい」

たかの死に総身の力が抜けてしまいそうな紫乃であったが、それでも気を取り直して、平助の背へ身をあずけ、しっかりとしがみついた。

宗札は、微かな嫉妬《しっと》を湧かせる。

「表門から出るぞ」

宣した平助は、早くも脛《すね》をとばしはじめた。

このころには、騒ぎに気づいた政所から、押《お》っ取《と》り刀で侍どもが出てくる。だが、政所の士卒の大半は、奈良屋の周辺に出陣中なので、平助らの往く手をふさぐ人数は多勢というほどではない。

平助は、右に左に斬っ払って、猛然と表門をめざした。宗札も、嫉妬どころではない、死に物狂いで駈ける。

表門の内側まで達した平助は、門番に大太刀の切っ先を突きつけた。

「魔羅賀平助である。門を開けよ」

「はい、ただいま」

門番は、ふるえあがって、門扉を開ける。

ついに平助らは、湊に面した往来へ出た。

だが、最後の最後で不運に見舞われる。奈良屋の周辺から海船政所へ戻ってきたばかりの軍団と、鉢合わせをしてしまったのである。兵力、数百であろう。

あっという間に、平助らは包囲された。数多くの松明が、昼をも欺《あざむ》く明るさで、三体の獲物の姿をくっきり浮かびあがらせた。

軍団は、弓矢も鉄炮も持っている。数十の鏃《やじり》と銃口が、向けられた。

さしも天下に名高い陣借り平助も、ここから逃れる術《すべ》は思いつきようがない。四尺の大太刀を、ただ胸前に立てるのみであった。

「魔羅賀平助。ここで会うたが百年目よ」

その声は、弓手たちの居並ぶ後ろの馬上からもたらされた。

馬上の人は、白髪の蝙蝠《こうもり》と形容したいような、不気味な風貌の持ち主である。低い鼻《び》梁《りょう》に斜めに刀痕が過《よぎ》っている。

「前へ出よ、松永霜台」

と平助は、落ち着き払った声音《こわね》で応じる。

「その手にはのらぬ。陣借り平助の剣の間合いは、おそろしく長い」

京都白川口の合戦で、平助に斬りつけられたとき、霜台は信じられなかったものだ。七、八間も向こうにいたはずの平助が、一歩踏み込んだばかりと見えたのに、切っ先は霜台の鼻梁を斬り割《さ》いていた。

あのとき、小笠原湖雲斎《おがさわらこうんさい》がいなければ、平助の二ノ太刀で霜台は殺されていたであろう。兵法弓馬術の宗家小笠原氏の嫡流湖雲斎は、当時、たまたま、三好長慶をたよって、その麾下《きか》に属していたのである。

「太刀を捨てい、平助」

「捨てれば、この両名の命、助けるか」

紫乃と宗札のことである。

「知りすぎた者を生かしておくはずはなかろう」

蝙蝠は、けっけっと笑った。

そのとき兵の間を抜けて、弓手たちの前へ出てきた者がいる。宗井である。

「宗札、何をしとるのや。早う霜台さまに詫びを入れぬか」

霜台のほうを気にしながら、宗井は伜を怒鳴りつけた。

松永軍団が待ち伏せから思いの外に早く戻ってきたのは、宗札の奈良屋からの脱走に気づいた宗井が、もしや伜は裏切るのではと疑って、霜台に急ぎの帰陣を進言したからである。

「殺すがええ」

宗札は、平助の前へ出て、大音《だいおん》を発した。

「狂うたか、宗札。霜台さまに詫びよ。詫びぬか」

宗井も伜の命は大事らしい。必死の形相であった。

「親父さま。わたしは生きていても仕方がないのや」

「あほうなことを申すな」

「あほうやない。お紫乃はんと一緒になれへんのやったら、死んだほうがましや。奈良屋の身代《しんだい》なんか、どうでもええ。小さいころから、お紫乃はんだけが、わたしの光やったんや。明るうて、温こうて、そらもう美しい光やで、親父さま」

宗札は、そこまで一息に吐き出してから、ちらりと紫乃を振り返った。子どものような照れ笑いが、その顔に刻まれている。

紫乃の胸は、高鳴った。

「そなたに言ってなかったことがある」

と平助が、背中の紫乃へささやく。

「えっ……」

「八年前、堺を出るときにな、おれとあいつはそなたを賭けて喧嘩をした。勝ったほうが、いずれそなたを娶る」

「まあ」

「このおれが、宗札、いや巳之助ごときの気迫に押されて負けたのさ」

「まことにございますか」

「死に際に嘘など吐《つ》くものか」

この間に、宗井が霜台の馬側《ばそく》にすがりついて、息子の命乞いをしていた。

「奈良屋。そのほうのもちかけてきた謀《はかりごと》じゃ。いまさら泣き言はきかぬわ」

霜台は、馬上から、宗井の顔を蹴りつけた。

「そやつらを……」

殺せと霜台が命ずる寸前、駈けつけてきた一団がある。

「待っとくんなはれ」

天王寺屋宗達の率いる納屋衆の面々ではないか。日比屋了珪も随行している。

納屋衆は、平助らを背後に庇《かば》う形をとった。

「霜台さま。堺の掟をお忘れか」

老齢とは思われぬ凜々《りんりん》たる声を、宗達は発した。

「市中では喧嘩、刃傷《にんじょう》沙汰はご法度《はっと》。海船政所の方々も、例外やおまへん」

「天王寺屋。心して申せよ」

じろりと霜台は睨み返す。

「掟なぞ与り知らぬとの仰せなれば、それもよろしゅうおます。われら、とうに命を投げ出しとります。この場にて、納屋衆ひとり残らず、殺していただきまひょ」

一歩も退《ひ》かぬかまえの宗達であった。

納屋衆に臍《へそ》を曲げられては、堺だけでなく、京都はもとより、日本中の経済活動に支障をきたすといっても大げさではない。まだまだ不安定な三好政権にとっても大打撃となる。もしそうなれば、勢力を得たとはいえ、依然として三好長慶の家臣にすぎぬ松永霜台は、責めを負わねばならぬであろう。

「豪商の世とは、よう言うたものよ」

霜台は、唇を歪《ゆが》めた。戦国乱世は、一方で豪商の世ともいわれている。

「宗久《そうきゅう》」

霜台は、天王寺屋宗達の近くに立つ男に声をかけた。今井《いまい》宗久といい、三好氏の軍需商であることから、霜台とはつながりが強い。

宗久は、ちらっと宗達を気にしてから、霜台のほうへ頭をさげる。

「堺じゅうの酒をもってきて、兵どもに飲ませてやれ」

「毎度おおきに、ありがとう存じます」

兵たちから歓声があがる。

霜台は、馬腹を軽く蹴って、乗馬《じょうめ》を海船政所の表門へすすめた。もはや、納屋衆へも平助らへも視線を向けぬ。

しぜん兵たちも、武器をおさめて、主君のあとにつづいた。

「たいしたものやで、松永霜台ゆう男も」

と洩らしたのは、日比屋了珪である。

了珪は、平助が奈良屋を探ると言って出かけたあと、すぐに天王寺屋宗達のもとへ駈けつけた。紫乃の命が風前の灯だという平助の察したことに、了珪もまた思い至ったからである。そのあと納屋衆の面々と一緒に奈良屋まで出向いたところ、海船政所へ引き上げてゆく松永軍を発見した。

「奈良屋はん。こたびのことは、どう処罰されても文句はないやろな」

宗達が、宗井を前に立たせて、溜め息まじりに言った。宗井はさすがにうなだれる。

「日比屋はん。あんさんも、そのままゆうわけにはいかへんで」

「お紫乃が無事やったから、それでええんです。覚悟はできてますわ」

すると、平助の背中からおりていた紫乃が、何を思ったか、皆の輪の中からいったん抜け出て、くるりと向き直った。

「天王寺屋の旦那。それに納屋衆のお歴々。これは痴話喧嘩にございます」

「なんやと」

宗達は眼をまるくする。

「女というものは、いざ祝言をあげる前になると、にわかに不安になって、わがままを申すことがございます。舅《しゅうと》の宗井が、そんなわたしをいささか懲らしめようとしただけのこと」

「舅って、お紫乃はん。あんた、何言うとるのや。奈良屋と日比屋はとうに破談しとるやないか」

「何かのお聞き違えにございましょう。わたくしと宗札さんは、たしかに夫婦《めおと》になります」

「日比屋はん。どないなっとるのや」

「お紫乃の申したとおりにて……」

言って、了珪は、宗達へ頭をさげた。そうしながら、上目遣いに、宗井へ眼配せしている。話を合わせろという合図であった。

「そ、そうなんや、天王寺屋はん」

宗井のひたいに汗が噴き出す。

「ほなら、お紫乃はん。キリシタンをやめるんか」

「それは……」

はじめて紫乃が、ことばを濁《にご》した。

「お紫乃がやめるのやありまへん」

こんどは、宗札である。

「わたしがキリシタンになるのでおます」

仰天したのは、宗井である。

「宗札、おまえ……」

すかさず了珪が、傍目《はため》にそれと分からぬよう、宗井の左の二の腕をきつく摑《つか》んで、

「身代、たすかるで」

と素早く小声でささやいた。

宗井は笑った。ひきつっているが、とにかく笑った。

宗達以下、納屋衆いずれも狐につままれたような表情である。

「日比屋はん、奈良屋はん。明日、もういちど、きっちり話してもろうてからや、あんたらの処罰は」

宗達のそのようすから、もはや厳罰が科せられることはなさそうであった。

「天王寺屋の旦那」

紫乃が追い討ちをかけた。

「お仲人《なこうど》、よろしゅうお頼み申します」

「ええで」

迂闊《うかつ》にもうなずいてしまってから、宗達はあわてて手を振った。が、紫乃と宗札が二人して深々と辞儀をしている。いまさら、いやだとは言えぬ。

紫乃の完勝であった。

宗達と納屋衆が引き上げたあと、宗井は紫乃の手をとって謝罪し、感泣した。

「お紫乃はんは、キリシタンの何やら言う菩薩《ぼさつ》さまみたいやな」

「マリアさまや」

と了珪が教える。

紫乃は、マリアさまと言われて、おもてを真っ赤にした。それを、愛おしそうに、宗札が眺めている。

のちに宗札は、ほんとうにキリスト教に改宗し、ルカスの洗礼名をうけると、たちまち熱烈な信者となり、畿内における布教に尽力した。結婚した紫乃との間には、一男一女をもうけ、仲睦まじく暮らしたのである。信者の間で、ルカスとモニカは理想的な夫婦といわれた。

日比屋父娘と奈良屋父子とが、うれし涙を流し、明るい笑声をはじかせる場から、平助は少し離れた。実の父と母の温《ぬく》もりを知らぬこの若者は、いまこの瞬間だけ、自分は邪魔者であるような気がしたのである。

月夜と湊。なんと美しく、切ない光景ではないか。自分のほんとうの居場所は、どこにあるのであろう。

（あいつもそろそろ倦《う》むころだ……）

あいつとは、日比屋の馬屋で眠っているはずの丹楓のことである。

この潮風は、マラッカの丘の上の墓地へも吹きつけているのか。ふとそんなことを思った。海が平助を感傷的にしたらしい。

（また旅に出よう）

平助は、明日を思った。

西南の首飾《ロザリオ》り

一

真っ青な天と、万緑の山々を画然と分かって、むくむくと膨《ふく》れあがる雲の峰は、雄大このうえない。

強烈な日射しに、銀砂を撒《ま》いたようにきらめく水面《みなも》は、瀬戸内の海原である。

積《つ》み石《こく》数千五百をこえるであろう二形船《ふたなりぶね》が、百二十挺立《だて》の大きな艪音《ろおと》を響かせ、穏やかな海面を滑ってゆく。

「よい日和《ひより》がつづくなあ」

小間《こま》に立って、総身に海風をうけながら、平助が気持ち良さそうに言った。小間というのは、五尺とも称し、和船の舳先《へさき》に最も近い間所《まどころ》をいうが、西洋の船の甲板に比せば、きわめて狭い。

「マラッカが恋しゅうなったんと違うか、平助」

並んで立つ、平助よりいささか年長とみえる男が微笑みかけた。

日比屋了荷《ひびやりようか》。

天涯孤独の平助が、日本における父と慕う堺の豪商日比屋了珪の跡継ぎである。

十二年前、マラッカから日本へやってきた平助は、その後の四年間、日比屋の屋敷に住み暮らした。了荷もまた、平助にとって兄のような存在である。

「いいや、了荷どの。おれは、マラッカに帰りたいと思ったことは、いちどもない。おれは、この国でいくさをして歩くのが好きなんだ」

「えらい物騒なこと言いよる。八年も会わなんだうちに、平助はすっかり乱世の申し子になってしもうたようやな」

苦笑する了荷だが、その眼色は、父了珪が平助を眺めるときと同じで、慈愛に溢《あふ》れている。

「了荷どのこそ、あれは命知らずだと小父御《おじご》があきれておられましたぞ」

平助のいう小父御とは、日比屋了珪をさす。

「あきれてはおっても、心配はしとらんはずや。商《あきな》いは攻めや、攻めないかんて、いつも言うてるのは親父さまやからな」

この春、陣借り者としての廻国修行の旅から八年ぶりに堺へ戻った平助が、婚姻問題の絡んだ日比屋と奈良屋のごたごたに関わっていたころ、了荷ははるか九州の地にあった。九州は、いまや、大友・島津・龍造寺《りゅうぞうじ》の三氏が覇権を争って鼎立《ていりつ》する時代に突入しており、いくさが絶えぬ。だからといって、ポルトガル船との交易地から撤退する商人は、阿呆というほかない。他のどんな商いも及ばぬ莫大な利を得られるのが、日葡《ポ》貿易なのである。

豪商とよばれる者たちは、むしろ、こういう危険地帯にとびこんで命懸けの商いをすることに、悦《よろこ》びすら見いだしていた。了荷もそのひとりである。

平助は、堺でのごたごたが解決したあと、すぐにまた廻国の旅へ出るつもりだったが、了珪とそのむすめの紫乃から、せめて了荷が帰還するまでとひきとめられ、出立をのばしていたところ、ようやく夏の初めごろ、了荷は堺へ帰港した。

平助との再会を歓んだ了荷であったが、船荷調達の目処《めど》がつき次第、ポルトガル船との交易のため、早々にふたたび九州へ出かけるという。主要交易品は銀である。

「久々に船旅もええやろ」

と了荷に誘われ、からだが鈍《なま》っていた平助は、一も二もなく同船を承諾した。かくて、両人は、夏真っ盛りの頃に、堺を出航した次第である。

「ところで、平助。つぎは鞆《とも》の浦《うら》へ寄るが、どこで下船するか、まだ決めへんのか」

了荷が訊《き》いた。船は、いま、備後灘《びんごなだ》を西航中である。

日比屋のこの持ち船は、船名をもにか丸という。ポルトガル人が親しみやすいよう、紫乃の洗礼名モニカをそのまま付けたのである。このあたりも日比屋了珪・了荷父子の商売っ気であろう。

「いずれに陣借りいたすか、まだ迷うてござる」

と平助はこたえた。

「そやなあ。平助の気象《きしょう》からゆうたら、尼子義久《あまごよしひさ》あたりを思うているのと違うか」

「たしかに、いま尼子に陣借りいたせば、おもしろい」

かつて山陰・山陽十一カ国の太守《たいしゅ》とうたわれた尼子氏も、先代晴久《はるひさ》の晩年から、毛利氏に押されに押され、当代義久に至って、重臣の裏切りに遇《あ》ったり、経済的基盤の石見大森《いわみおおもり》銀山を失うなど、すっかり落ち目である。

尼子氏没落は、毛利氏の急成長を抑えきれなかった結果だが、その毛利氏飛躍のきっかけは、言うまでもなく八年前の厳島合戦であろう。その乾坤一擲《けんこんいってき》の奇襲戦で、毛利元就軍四千が、陶晴賢《すえはるかた》軍二万を全滅させることができたのは、ひとえに陣借り平助の晴賢本陣斬り崩しのおかげである。

当時は毛利氏など蟷螂《とうろう》のごときものと嗤《わら》っていた尼子氏が、いまや自分が蟷螂となってしまい、巨人毛利氏に向かって小さな斧を揮《ふる》っているにすぎず、滅亡ははっきり見えている。戦国乱世とはいえ、あまりに非情な立場の逆転といえよう。

平助は、強者につくことを好まぬ。弱者に味方することに、いくさ人《びと》として快味《かいみ》をおぼえる若者であった。だから、尼子に陣借りすればおもしろいと言ったのである。

「そやけどなあ、平助……。何も、お大名のところばかりで陣借りすることもないやろ」

含みのありそうな言い方を、了荷がした。ちょっと空惚《そらとぼ》けた表情である。

「了荷どのは、さらにおもしろい陣借りができると言いたげよな」

平助は微笑んだ。

「できる、できる」

我が意を得たりというふうに、了荷は両腕を組んで、少し胸を反《そ》らせる。

「たとえば」

と平助が促した。

「たとえばやな……」

うんうん、と了荷はひとり頷《うなず》く。その仕種《しぐさ》が、平助にはまたおかしかった。

「されば」

先んじて平助が言った。

「こたびは、日比屋了荷どのに陣借りいたそう」

「へ……」

了荷は頓狂《とんきょう》な声をあげる。

「はなから分かっており申した。勘平《かんべい》どのが、おれをただで船に乗せてくれるはずはない」

了荷の少年時代の名を勘平という。

堺の日比屋邸で兄弟同然のようにして暮らした日々、了荷はすこぶる要領がよかった。父了珪から言いつけられた用事を、駄賃をやるからと甘言を弄《ろう》して平助にやらせておきながら、自分が成し遂げたような顔をして、駄賃のことも知らん顔をする。あるいは、平助が頼みもしないのに、何事かをお前のためにやってやったから、代わりにこれをやれと命じる。そんなことは日常茶飯事であった。

しかし、それでも平助は、了荷を好もしく思っていた。どうにも憎めない風情というものを、了荷は生まれながらに持っているようなのだ。これは、商人として、なにものにも代えがたい美質というべきではあるまいか。

「ちっとも変わらへんな、平助は。清々《すがすが》しゅうて、頼りになって。ほんま、実の弟でもこうはいかへんで」

手放しの了荷である。

「勘平どのも、相変わらずのおだて上手」

「それ、褒《ほ》めてんのか」

「なかなか」

二人は、声を立てて、笑った。

二

日本とポルトガルとの交易は、平助と了荷が瀬戸内海を西航中のこの年から十三年前の天文《てんぶん》十九年（一五五〇）、ドン・フェルナンド・デ・メネーゼス船長の船が平戸《ひらど》に入港したときから始まった。メネーゼスは、当時、ポルトガル人のアジアの海上におけるカピタン・モール、すなわち最高司令官である。

肥前《ひぜん》国平戸は、すでに倭寇《わこう》の大頭目五峰王直《ごほうおうちょく》の密貿易の根城《ねじろ》になっており、これと結ぶ領主の松浦隆信《まつらたかのぶ》は、海外貿易の利がどれほど莫大か知っていた。また隆信は、鉄炮・石火矢《カノン》・仏郎機《フランキ》砲など新兵器の用法も入手したかった。しかしながら、キリスト教の布教については、保守的な家臣や仏教界への憚《はばか》りもあって、難色を示さざるをえない。対するポルトガル側も、布教を貿易と不可分のものとして譲らぬ。そこで隆信は、これを黙認するという形をとった。このとき隆信は、新兵器の用法を知りたいがために、重臣の籠手田安経《こてだやすつね》をキリスト教に改宗させ、その修得にあたらせている。ドン・アントニオの洗礼名をうけた安経は、その後、熱心な信者になってしまう。

ひとくちに南蛮貿易というが、当時のポルトガル船は、日本と中国（明《みん》）の中継貿易を行なったのがその実態であった。

日本では、生糸・絹織物など中国物資の需要が引きも切らぬ。一方の中国は、折しも石見大森銀山、但馬生野《たじまいくの》銀山をはじめ、全国的に鉱山開発の相次ぐ日本の銀を欲しがってい る。ところが、このころ倭寇が猖獗《しょうけつ》をきわめたことにより、両国の国交はほとんど断絶状態にあった。

折しもポルトガルは、中国から事実上マカオを割譲されていた。そこでポルトガル船は、アジアの拠点であるインドのゴアを出ると、マカオに寄って中国物資を積んで日本へ向かい、帰途は「銀の船《ナウ・ダス・プラータス》」とよばれたほど大量の銀を満載してふたたびマカオへ戻る。それだけで、途方もない利鞘《りざや》を稼げた。

他方、日本国内の商人たちは、中国の物資、わけても生糸と絹織物は高値で飛ぶように売れることから、ポルトガル船来航の報が入るや、銀を積載した船で、たちまち九州へ群がり集まる。

九州の諸侯は、松浦隆信の平戸の成功に倣《なら》い、領内へのポルトガル船入港を歓迎するが、勧商禁教の原則を変えないため、天文末年から永禄《えいろく》初年にかけてのポルトガル貿易の中心地といえば、やはり平戸であった。

しかし、やがて隆信も、仏教界の圧力に抗しきれなくなり、宣教師ガスパル・ヴィレラに領外退去を命じることになる。勢いを得た仏僧たちは、教会を焼き払った。

さらに、ポルトガル人が平戸から撤退を余儀なくされる決定的事件が起こる。

言語の違いから意思疎通を欠いたものか、綿布の値段のことで、ポルトガル人と日本人が喧嘩口論となり、それが殺傷事件にまで発展したのである。ポルトガル人は死者十数名を出した。事件の起こった場所が七郎宮《しちろうのみや》の前であったので、これを宮の前事件と称す。

隆信は、ポルトガル側の訴えに対して、しばらく言を左右にしていたが、最終的には日本人の味方をしてしまう。

事件の翌年、ポルトガル船は、平戸を去った。隆信は、処理を誤ったというほかあるまい。貿易の利益と城下の繁栄を、みずから捨て去ったのである。

そのころ、イエズス会の日本布教本部は、大友宗麟《そうりん》の厚遇を得て、豊後府内におかれていた。日本布教長コスメ・デ・トルレスは、西九州におけるポルトガル船の新たな寄港地選定のため、修道士ルイス・アルメイダを派遣する。結果、肥前国西彼杵《にしそのぎ》半島の北端に位置する入り江が、天然の良港で、大船の碇泊《ていはく》にも適していると判断された。横瀬浦《よこせうら》という。

横瀬浦は、大村丹後守純忠《おおむらたんごのかみすみただ》の領地である。アルメイダは、純忠に謁見し、開港・布教いずれについても快諾を得て、その旨《むね》をトルレスへ報告した。

悦んだトルレスは、病気がちの老軀をおして、豊後府内から横瀬浦へ赴き、布教を開始する。ポルトガル船も、横瀬浦へ舳先《へさき》を向けるようになった。これが、昨年の夏のことである。

「おい、平助。わしの言うたとおりになったで」

平助が、教会やイエズス会住院や育児院など、異風の建物が点在する府内の町を見物し了《お》えて、湊《みなと》に碇泊中のもにか丸へ戻ってみると、いきなり了荷が弾んだ声を投げてきた。

「これはお早いことで」

と平助は苦笑する。伊留満《いるまん》アイレス・サンシェスを訪ねて教会へ出向いたはずの了荷が、早くも帰船していたので、せわしない性格は昔と変わらぬと思ったのである。伊留満とは修道士をさす。

「横瀬浦へいそぐで」

了荷は、手揉《ても》みまでして、何やらうれしそうだ。

「これまでも存分にいそいでまいったではござらぬか」

「そやから、わしの言うたとおりになった言うたやろ。分からんやっちゃな」

「まあ、了荷どのがうれしいのならば、何でもよい」

「聞け、聞け。聞いてくれな、おもろうない」

「されば、何が了荷どのの言うたとおりになったと」

「大村純忠どのがな、受洗したんや。キリシタンにならはったんや」

「それで」

「それでて……。ああ、難儀《なんぎ》やなあ。ええか、平助。これまで、お大名がキリシタンにならはったゆうためしはなかったんやで。これで横瀬浦は、平戸にまさる大層な交易地になるゆうこっちゃないか」

了荷が、九州・瀬戸内での商いを了えて堺へ帰港するや、こうしてできうる限り早々に、ふたたび九州へとって返してきたのも、実はその読みがあったからである。

当時の九州の大名たちは、島津貴久《たかひさ》も龍造寺隆信《たかのぶ》も、交易は望むがキリスト教は禁ずるという方針をつらぬいており、ポルトガル貿易においてさしたる利益をあげることができずにいた。豊後府内での布教を許した大友宗麟にしても、いまだみずからの入信を躊躇《ためら》っている。平戸の松浦隆信は、キリスト教をきらいながら、黙認という曖昧な形をとったばかりに、ヴィレラを追放したり、宮の前事件の処理を誤るなどして、結局は貿易の利まで逃がした。

大村純忠は違う、と了荷は考えていた。

果敢な気象で知られる純忠のことである。領主みずから布教に積極的になれば、貿易収入がおもしろいように転がり込むことは確実なのだから、これを逃がす手はない。そう思量するはずであった。

なんといっても、大村氏の領土は、一族合わせて、ようやく西彼杵半島全域に及ぶ程度で、大友・島津・龍造寺の九州三強に比せば、弱小大名でしかない。惣領純忠の直轄地に限定すると六、七村ばかりであり、島原半島を領する有馬氏との同盟によって、辛うじて勢力を保っているにすぎぬ。苦境というべきであった。したがって、国を富まし、兵力を増強して、龍造寺や松浦など、北の脅威に対抗できる支配体制を作り上げることが、純忠の急務なのである。

ポルトガル船との交易は、それを可能にする経済力をつけてくれるであろう。とすれば、果敢な気象の大村純忠は、大名として初めてキリシタンになる。なかば期待をこめて、了荷はそう読んでいた。

読みは中《あた》った。豊後府内に着いて、かねて見知っているサンシェス修道士を教会に訪ねると、かれは数日前に横瀬浦へ出かけて不在であったが、同宿のキリシタンより純忠入信の事実を聞かされたのである。夏に入ってからのことで、純忠の洗礼名はドン・バルトロメウであるそうな。

純忠入信の報が伝われば、次々とポルトガル船が入港し、また各地の信者たちも押し寄せて、横瀬浦はたちまち盛況となろう。領主に準じて、家臣も領民も続々と受洗するようにでもなれば、なおさらのことだ。貿易商人にとっては、銭儲けの絶好機というほかない。了荷は、余の商人に先駆けて、純忠には進物を届けて拝謁を賜《たまわ》り、また宣教師やポルトガル商人にも渡りをつけ、今後の横瀬浦における交易の優先権を、日比屋にもたらそうというのである。

「そやから、横瀬浦へいそぐんやないか」

と了荷は話を締めくくった。

「平助にはよう働いてもらうことになるよってな」

「どうも話が違うようだ」

平助はまた苦笑する。海賊の襲撃、別して壱岐《いき》水道のあたりは危ういから、もにか丸を守ってくれ、と了荷に頼まれていた平助であるが、いまの話から推し量ると、そういう小さなことではないらしい。

「大村純忠どのの入信に伴い、大村領は不穏の気に包まれるに相違ない。そこで、この魔羅賀平助を純忠どのに献上する代わりに、ポルトガルとの交易では、日比屋を第一等の商人と認めてもらう。さような目論見《もくろみ》ではないのかな、了荷どの」

純忠の繁栄を歓迎せぬ者は、龍造寺や松浦はむろんのこと、一族間にもいよう。そういう敵と戦うとなると、船荷強奪が目的の海賊を対手《あいて》とする船戦《ふないくさ》ていどでは済むまい。

「へえ」

了荷は、悪びれるどころか、大仰にびっくりしてみせる。

「わしの心を見抜けるんか。やっぱり八年間の廻国修行とゆうのは、大層なもんや」

「了荷どの。おれは、陣借りはしても、奉公はしない」

「そやったら、横瀬浦の守備するゆうことで、どうや」

「同じことではござらぬか」

「いいや、違うで。横瀬浦にポルトガル船がやってくる間だけの奉公と決めておけばええんや」

「…………」

まだ平助には理解できない。

「しゃあない。本音を言うたる」

了荷は、ポルトガル人のように、両腕をひろげ、肩をすくめてみせた。

「大村純忠どのには気の毒やがな、横瀬浦は長くつづかへん。一年か二年やろ」

平助が眼を剝《む》くようなことを、了荷は平然と言ってのけた。

純忠自身の入信が、周囲に波紋を拡げることは止めようがない。異を唱える者は多く、いずれ叛《そむ》く者も必ず出る。

逆に言うと、そういう者らを説得するために、領内の布教許可や自身の入信を先のばしにしていたら、松浦隆信の二の舞を踏むことになると危惧したからこそ、純忠は早々に受洗したと考えてよい。しかし、それがため、ただでさえ小勢力の純忠が、さらに敵を増やす結果となった。

「しゃあなかったんやろな」

戦国乱世において、小勢力が生き残ろうとするなら、ひたすら大勢力の顔色を窺《うかが》って忍従しつづけるか、命懸けで思い切った手を打ってのしあがるか、いずれかの道しかあるまい。

「平戸の松浦隆信どのが黙っていいへんわ。後藤《ごとう》どのあたりをけしかけて、横瀬浦を潰《つぶ》しにかかるやろな。純忠どのには、これをはね返すだけの力があらへん」

大村純忠は、先代純前《すみさき》の室の兄・有馬晴純《はるずみ》の次男として生まれ、純前の養嗣子として大村惣領家へ入った。生母は大村氏先々代の純伊《すみこれ》のむすめである。

当時、純前には、貴明《たかあきら》という庶子がいたが、これは武雄《たけお》の後藤氏へ養子に出された。以来、後藤貴明が純忠に恨みを含み、表面上は従うようなそぶりをみせながら、その実、純忠打倒の機会を虎視眈々《こしたんたん》と窺いつづけていることを、大村氏では知らぬ者がいない。

純忠と貴明が手切れとなれば、大村親族衆が純前の胤《たね》である貴明につくことは明白であった。貴明はすでに、そのことで松浦隆信と密約を交わしたとも噂される。

対する純忠は、まことに心もとない。自身の直轄地ばかりか、家臣団の知行地もわずかだから、馳せ参じる兵はたかが知れている。

「たのみの有馬義貞《よしさだ》どのにしても、先代晴純どのに比して凡庸やさかいな。あまり期待はでけへんのや。これで分かったやろ、横瀬浦が長くつづかへんわけが」

ポルトガル船との交易地として一年もつかどうかもあやしいので、いまのうちに儲《もう》けておく。横瀬浦へ急行しようとするほんとうの理由は、それであると了荷は明かした。

（たいしたものだ……）

平助は、了荷の凄味に触れた思いがする。情報収集力といい、読みといい、度胸といい、いずれをとっても大将の器であろう。これが、乱世に生きる商人というものなのか。

「な、平助。そやから、奉公はほんの短い間や。万一、横瀬浦が潰れんかったら、そのときは、純忠どのを見限ったらええ。たよりにならんあるじを見限るのは、戦国武士のならいやさかいな」

横瀬浦が潰れなければ、了荷にとっては万々歳であろう。それにしても、陣借り平助を前にして、戦国武士のならいなどと、あっけらかんと聞いたふうな口をきく了荷に、平助はもはやお手あげである。

「困ったお人だ」

「これはな、日比屋のためやで。いや、親父さまのためや。堪《こら》えてえな。このとおり」

了荷が両掌を合わせる。まことに油断のならぬ商人というべきであろう。

むろんのこと平助は、いまも世話になりつづけている日比屋了珪の跡継ぎの頼みをことわるつもりはない。それに、早くもいくさ人の血が騒いでもいる。

「よろしゅうござる」

平助は承知した。

「ほな、あんじょう頼んだで」

なんともげんきんな了荷ではあった。

三

もにか丸は、平戸瀬戸を南下し、やがて黒島《くろ》と高島《たか》の間を抜けた。残る暑さの厳しい日で、陽射しは明るく、視界良好である。すでに前方には、西彼杵半島が見えていた。平戸から横瀬浦までの距離は、海上七、八里しかない。

「了荷どの。十字架《クルス》だ」

ひとり小間に立つ平助が、振り返って、海風にも負けぬ大音を発した。

櫓《やぐら》の窓から顔をのぞかせた了荷は、

「おお。着いた、着いた」

早くも大儲けを確信したものか、声をはずませる。

遠目に入り江が望まれ、その西寄りの山上で、金箔を押してあるものか、大きな十字架が陽光を浴びて輝いている。横瀬浦の西半分を、教会領として大村丹後守純忠が寄進した、と了荷は豊後府内で聞いた。と同時に、純忠は、向こう十年間、横瀬浦入港のポルトガル船の貿易税免除を約束したという。

東寄りの山上には、これは武家の城館づくりだが、立派な屋敷も見えた。純忠の休息用の別邸であろう。

純忠の居城は、多良《たら》岳より発する郡川《こおりがわ》の扇状地の大村に構えられている。大村湾が前面にひらけた土地で、横瀬浦からは湾を南下すること五、六里で着く。

了荷は、純忠の別邸を、怖いような眼で、凝然と瞶《みつ》めつづける。

「いかがなされた、了荷どの」

平助は不審に思った。

「あそこに大村純忠どのがおわすようにと念じておるのや」

「ははあ……」

あきれるほかない平助であった。いま横瀬浦に純忠が来ていれば、まとめて商いができる。そんな虫のいいことを了荷は考えているに違いない。

もにか丸は、横瀬浦へ入った。入り江の懐は平戸ほど奥深くないが、海面は穏やかで、大船の出入りに不自由しない広さと水深をもつ絶好の湊である。

開港してわずか一年というのに、早くも異国船が帆を畳んで碇泊《ていはく》中ではないか。三隻数《せき》えられる。カラック船にガレオン船に戎克《ジャンク》だ。カラック船がマカオからの定航船であろう。

三隻とも、甲板に人数が出て、たのしげに、船飾りをしているではないか。

「祭りでもあるのかな……」

不審げに呟いた平助を、小間へ出てきた了荷が、知らんのかいな、と笑った。

「明日はマリアさま被昇天の日やないか」

「さようにござりましたか」

アロンソの教名をもち、マラッカで過ごした幼年期には、キリスト教の宗教行事に参加した平助であったが、日本の土を踏んで以後は、そういうことからすっかり遠ざかっている。日比屋一家にしても、平助がともに暮らした当時は、キリシタンに好意的というだけで、入信まではしていなかった。

十字架《ロザリオ》の首飾りも、八年前に廻国修行旅へ出るさい、了珪にあずけて、そのままになっている。アロンソではなく、平助として、まったく新しい人生に踏み出す覚悟を決めたからであった。

まして、西洋と日本とでは暦《こよみ》の違いというものがある。十二年も日本人として生きていれば、キリスト教の祝祭日を忘れるのも、やむをえない。明日の一五六三年八月十五日は、日本では永禄六年七月二十七日であった。

湊の入り江には、三隻の異国船のほかに、日本の五百石から千数百石積みの船も数隻見える。博多《はかた》からきた商船に相違あるまい。

「さすがに早いわな」

了荷は、うんうんと頷《うなず》く。距離的に、博多商人には先を越されてもやむをえぬと思っていた。

岸には、中小の多数の船が、舷を接して繋留されている。潮浦の集落も、湊から背後の山への緩やかな勾配に沿って、真新しい家並みがつづく。香の中に生木《なまき》の匂いが混じり、いまこのときも、ひっきりなしに槌音《つちおと》が聞こえていた。開港以前は、藁葺《わらぶき》屋根が三、四軒も見える程度の寒村にすぎなかったというのに、おそろしいばかりの急激な変容というほかあるまい。

「ええぞ、ええぞ。いまは勢いゆうもんがある。しこたま儲けたるぞ」

舌なめずりでもしそうな了荷である。

船上の平助は、湊のはずれに立って、入港するもにか丸に手を振る子どもたちを見た。頻繁な出船入り船は、眺めているだけで気分を昂揚させるものだ。あの子たちは、船の種類の当てっこでもして愉《たの》しんでいるのかもしれぬ。

脳裡を、マラッカの丘に立つ幼い自分の姿がよぎった。そこは両親の眠る墓地で、青い海峡を見下ろせる。その丘から、飽かず航行する船を眺めたものだ。父と母に抱かれているような甘美な錯覚を抱きながら。

平助は、日本人の母のほんとうの名を知らぬ。父ジュストはヒメとよんでいた、とジュストの弟マルセロから聞いた。どうやら母がどこぞの公家や武家の姫君だったわけではなく、日本では貴《とうと》い女人がそう敬称されると知って、父はそのよびかたを気に入っていたものらしい。

子どもたちに手を振り返した。途端に、かれらの明るい笑い声がはじける。

「それにしても、人が多い」

遠目の利く平助は、湊の道という道が老若男女で溢れ返っていることに、いささかおどろいた。新興の町の華やぎのうえに、さらなる歓びが重なったような風情ではあるまいか。マリアさま被昇天の祝日というだけで、これほどの人間が集まるであろうか。

「明日は、伴天連《バテレン》トルレス師が最後の誓いゆうもんを立てるのや」

と了荷が言った。伴天連とは、パードレ、つまり司祭のことである。

ちかごろ起き上がれないほど病み衰えているトルレスは、この最終誓願を三年前に行なうつもりだったそうだが、そのころ立会人の資格をもつイエズス会司祭が九州にいなかったため、いったん断念した。しかし、一カ月半ほど前に来日したルイス・フロイス司祭が、いま横瀬浦にやってきている。そのフロイスの立会いで誓願を立てるようにという正式の通達も、インド管区長クアドゥロスより届いたという。

「ところが、これがどうも、九州じゅうのキリシタンに間違《まちご》うて伝わったらしいのや」

トルレスが司教になるので、その祝賀行事が催されるというふうに、かれらは伝え聞いた。そのため、九州に散在するキリシタンたちが、あるいは山野を越えて、あるいは船に揺られて連日のように横瀬浦をめざしている。

右の情報も、了荷は豊後府内で仕入れた。

「まあ、こういう間違いはようあるこっちゃ。わしは大いに歓迎するで。商いは賑《にぎ》やかな場所でやったほうがええ」

もにか丸が碇《いかり》を下ろすと、たちまち幾艘《いくそう》もの小舟が寄ってきた。接岸のできない大船は、船荷を岸まで運ぶ艀《はしけ》が必要となる。乗舟しているのは、その艀を貸すのを生業《なりわい》とする者たちだ。

了荷は、かれらから、ポルトガル船の荷がどうなっているか訊きだした。三隻ともすでに陸揚げを了え、荷は宣教師たちの住居に搬入されたという。

三隻のそれぞれの船長の名は、定航船であるカラック船がドン・ペドロ・ダ・ゲルラ、ガレオン船はフランシスコ・カスタン、シャムからきたという戎克がゴンザレス・ヴァス・デ・カルヴァリ。

カラック船とガレオン船は、生糸と絹織物を満載してきたそうで、ここ数日、博多商人たちと京商人が値段の交渉で競い合っているという。

「そら、助かったわ」

と了荷が胸を撫でおろしたので、平助は訝《いぶか》った。商売敵《がたき》たちに先んじられて、助かったということはあるまい。

「ええか、平助。博多の者だけやったら、談合ゆうこともあろうが、そこに京者がおったら、折り合いはなかなかつけられへん。わしが横からさらう機会が残されてるゆうことや」

「なるほど」

さすがに堺の豪商として名を知られる日比屋了荷だけのことはある。

「大村の殿さまはおわすのかや」

了荷が、肝心のことを艀貸しの者らに質《ただ》すと、かぶりが振られる。

「そやろな。そうはうまいことといかへん」

屈託なく笑う了荷であった。こういう切り替えの早さも、商才のひとつであろう。

了荷は、随行の手代らに素早く指示を与え、数々の進物品を艀に積み込ませると、みずからも艀に乗った。

銀などの交易品は、そのままである。

この乱世では、何が起こるか予測がつかない。大事な交易品は、取引の約束が交わされてから陸揚げするのが、もっとも安全な方法といえよう。

もにか丸の乗員は、警固に必要な人数だけ船に残り、あとは艀に分乗する。

平助は、堺から人間たちと一緒に航行してきた愛馬丹楓《たんぷう》を、綱で吊り下ろして艀へ乗せ、自身も同舟した。

土の匂いを感じたのか、早くも丹楓が、長い頸《くび》を振り、鼻面を平助へ押しつける。平助は、もにか丸が寄った湊、湊で、丹楓を上陸させたが、そのたびに丹楓は、うれしそうな反応をみせた。やはり、船板より、土の上のほうが心地よいのだ。

上陸するやいなや、平助の前に男が立ちはだかった。赤毛の巨人である。六尺豊かな平助を見下ろすのだから、七尺前後ではあるまいか。海で泳いでいれば、鯨と見間違われるであろう。

赤毛の巨人は、分厚い胸の前で、丸太のような両腕を組み、ことばをまくしたてた。ポルトガル語だ。

「率爾《そつじ》ながら、通詞《つうじ》をつとめさせていただく」

と横合いから、平助へ声をかけた者がいる。白髪の老爺《ろうや》で、胸に大きな十字架《クルス》を描いた鎧を着けていた。だが、日本人のようだ。

(どこかで会ったか……)

見覚えがあるような、ないような、と平助は思った。

「この男は、オリベイラと申す。お手前との喧嘩を所望じゃ。もし……」

「通詞は要《い》らん」

ぴしゃりと平助は遮《さえぎ》った。

マラッカ生まれの平助である。長い間、ポルトガル語を使ってはいないが、赤毛の巨人オリベイラの言ったことは完全に理解できた。三隻の異国船のいずれかの船員であろうが、こういう手合いは、無教養で、語彙《ごい》も少ないのである。

「もしおぬしが勝ったら、おれの太刀と馬を寄越せというのだろう」

平助は、オリベイラに向かって言った。流暢《りゅうちょう》なポルトガル語だったので、オリベイラも老爺も驚いた表情をみせる。

「おい、平助」

了荷が言った。

「その阿呆づらした赤毛な、ここへ来てから毎日、強そうな武士を見つけては、喧嘩をふっかけ、刀や銭をまきあげてるそうや。まるで五条大橋《ごじょうおおはし》の弁慶《べんけい》やで」

了荷は早《す》くも、通りがかった者に、オリベイラのことを訊き出したのである。喧嘩はむろん素手によるもので、オリベイラは敗け知《ま》らずだという。

「いかがいたそうか、了荷どの。商いに差し支えるのならば、おれは遁《に》げる」

「遁げるやつがあるかい。おまはんのこと、大村の殿さまに、売り込むことができへんようになるやないか。牛若丸《うしわかまる》になったれ」

平助は苦笑した。了荷の論理の基本は、商売第一であるらしい。

「受けて立とう」

またポルトガル語で、平助はオリベイラに返辞をした。赤毛の巨人は、舌なめずりをする。

だが、白髪の老爺だけが、なぜか困惑げな顔で平助を眺めていた。この老爺も、平助に見覚えでもあるのか、何か思い出そうとしているようすである。

平助のほうは、もはや老爺を気にとめてはいない。背負いの愛刀志津三郎《しづさぶろう》を、もにか丸の航行中、平助の世話係をつとめた日比屋の奉公人に渡す。

たちまち野次馬が集まった。オリベイラの仲間とみえる船員たちは、賭《かけ》をしはじめる。

「あ、そや、平助。待った」

ふいに了荷が、平助の袖を引いた。

「いまさら、やめられませぬぞ」

「そうやない。喧嘩はやれ。そやけど、すぐに勝ったらあかん。わしが戻ってくるまで待っとけ」

「いつ戻ってまいられる」

「さあ。あちらはん次第や」

「あちらはんて、どちらはんのことにござる」

「とにかく、ええな。わしが戻るまで、あの赤毛をたたきのめしたらあかんで。分かったな、平助」

「了荷どの」

よびとめようとしたが、了荷はもう振り返らない。どこぞへ走り去ってしまった。

（ほんとうに勘平どのは変わらない……）

平助は、身勝手な了荷の背を見送りながら溜め息をつくばかりだ。その瞬間、後ろから両肩を掴まれ、物凄い力で引っ張られた。

了荷が、進物品を携えて訪ねたのは、横瀬浦奉行所である。折しも、朝長新介《ともながしんすけ》という大村家の重臣が滞在中であった。新介はドン・ルイスの受洗名をもつ。

「堺の商人、日比屋ビセンテと申す者にてございます」

了荷が洗礼名を名乗ると、新介の眼差しはにわかに親しげなものとなった。

「おお、聞いておる。そのほうの家は皆、霊名を授かったそうだな」

キリシタン同士、話が通じるのは早かったが、了荷が純忠への早々の拝謁を願うと、さすがに新介はしぶった。

大名は、そうたやすく庶人を引見しない。権威をたもつために、もったいをつけるのが常なのである。そのあたりのことは、先刻承知の了荷であった。

「手前、丹後守さまへの拝謁を望む武士を、つれてまいってござりまする」

「何者か」

「魔羅賀平助と申す者」

「なに、あの陣借り平助どのか」

新介は腰を浮かせた。

「さようにござりまする」

「いつわりではあるまいな」

「手前、平助とは昵懇《じっこん》の間柄。いつわりは申しませぬ」

「魔羅賀平助どのが訪ねてまいられたとお耳に達すれば、殿もさぞやお悦びあそばされよう。さあ早う、これへつれてまいれ」

陣借り平助の驍名《ぎょうめい》の威力に、了荷は内心にんまりとする。

「恐れながら、その前に、朝長どのには、ポルトガル船の水夫《かこ》で、オリベイラなる者をご存じにあられましょうや」

「存じておる。乱妨《らんぼう》が過ぎるので、領民の苦情が絶えぬのだ。なれど、熊のような男で、いったん暴れ出すと手がつけられぬ。それに、あまりこちらが強く出て、交易に障《さわ》りがあってもなるまい。船が出てゆくまでの間のことゆえと、領民には申し聞かせておるのだが……」

新介の表情は苦虫を嚙み潰したようである。

「朝長どの。平助はいま湊にて、そのオリベイラと喧嘩いたしておりまする」

「なんと」

了荷が朝長新介を案内して湊まで戻ってみると、平助は言いつけられたとおり、オリベイラをまだたたきのめしていなかった。

肩を喘《あえ》がせる赤毛の巨人とは対照的に、平助は息ひとつ乱さず、涼しい顔だ。オリベイラの力まかせの拳を、易々《やすやす》と躱《かわ》しつづけていたのであろう。

野次馬の中に、サンシェス修道士の姿があった。サンシェスが三、四日前から横瀬浦にいると聞いたので、了荷は自身は奉行所へ急ぎながら、手代のひとりをイエズス会住院へ向かわせ、サンシェスを湊まで伴《つ》れてくるよう命じたのである。

了荷は、サンシェスと素早く、ことばを交わした。この修道士は、ポルトガル僧の中でいちばん日本語が達者なのである。

「平助。ええぞ」

ようやく了荷は、平助に手を振った。ひどくうれしそうである。

「ありがたい」

岸まで追いつめられていた平助は、ようやく安堵の吐息をついた。

オリベイラが、何やら叫びながら、突進してくる。これを半身《はんみ》になってうけとめた平助は、対手の鳩尾《みぞおち》へ手刀を叩きこみざま、丸太ん棒に似た右腕を巻き込み、巨体を海へ向かって放り投げた。

背中と後頭部がまともに海面に叩きつけられ、高い水音と飛沫《しぶき》があがった。そのままオリベイラの巨軀は沈んだ。浅瀬だが、みずから這《は》いあがってくるほどの余力は残っていまい。

「助けてやれ。溺《おぼ》れるぞ」

平助は、ポルトガル船員たちに言った。

かれらの反応は、相半《あいなか》ばする。平助を恐れるのと、敵愾心《てきがいしん》を燃やすのと。

「このお人は、日本で最も名誉の戦士、魔羅賀平助どのだ」

進み出て、母国語で声を張ったのは、サンシェスである。

「われらが故国で申せば、最高の騎士である。敬意を表さぬ者は、イエス・キリストの御《み》名《な》において、罰せられるであろう」

ポルトガル船員たちは一様に顫《ふる》えあがった。修道士が、神罰が下されるとまで畏怖《いふ》する異国の戦士など、滅多に出遇《であ》えるものではない。

かれらは、平助に向かって、胸に手をあて直立した。帽子をかぶっていた者は、これをただちに脱いでいる。

了荷が、片眼をぱちりとやってみせた。南蛮ふうの茶目っ気である。

思わず、平助は口もとを綻《ほころ》ばせてしまう。

（ほんとうに憎めぬお人だ……）

野次馬の日本人たちから、やんやの拍手が起こる。

ただひとり、あの白髪の老爺だけは、平助に尋常ならざる視線をあてていた。

四

朝長新介は、自分も明後日には大村へ戻るが、了荷と平助がすぐにでも純忠に拝謁したいというのであれば、書状をしたためようと申し出た。頭痛の種であったオリベイラを黙らせ、それでかえってポルトガル人船員と領民との間に、好意的な空気をつくってくれた両名に感謝の意を表したのである。

了荷には願ってもないことであった。

サンシェスから聞き及んだところ、ポルトガル船と日本人商人との取引は、聖母マリア被昇天の祝日と、トルレスの最終誓願が終わったあとに、あらためて行なわれることになっている。となれば、明後日だ。その前に、大村へ赴いて純忠に拝謁を賜り、平助と引き替えに商売上の大いなる便宜を図ってもらい、横瀬浦へとって返して交易を有利にすすめるというのが、了荷の計画であった。

そのためには、本日中に大村へ着いておきたい。日没にはまだ間があるので、船を出すことができる。大村の地は、大村湾を南へまたぐこと五、六里の距離である。

奉行所で、新介が純忠への書状をしたためる間、これを了荷が待っている間、平助は湊の藁《わら》葺《ぶき》、板塀の小屋の中にいた。ここでは、ポルトガル人船員のために酒が供されている。白《おし》粉臭《ろい》い酌婦《しゃくふ》もいる。椅子が木箱であったり、卓は長い板を杭の上に渡してあったりするだけのものだ。当時の日本にはまだ存在せぬ居酒屋の急拵《きゅうごしら》えといってよい。

平助は、一躍人気者であった。

オリベイラをはじめ、船員たちが、次々と平助の椀に酒を注ぐ。日本酒も葡萄酒《ぶどう》もごちゃまぜだ。シャムから運んできたという得体の知れない強い酒も混ざった。

平助と呑み比べをして、ぶっ倒れてしまった者もいる。腕っぷしばかりか、酒も強い戦士は、ますます船員たちに畏敬の念を抱かせた。

西空が灼《や》けはじめたころ、了荷が小屋へとびこんできた。

「行くで、平助」

と朝長新介の書状をもつ手を振ってみせる。

「おひとりで往《ゆ》かれよ」

平助は、ひらひらと手を振り返す。さすがに少し酔っていた。

「阿呆。おまはんが往かんかったら、丹後守さまに会《お》うていただかれへんやないか」

「了荷どの。商い商いと気張りすぎだ」

「商人《あきんど》や。当たり前やないか」

めずらしく了荷が苛立つ。

「小父御は、もそっと鷹揚《おうよう》にござる」

「人がええだけや」

「ならば、そのお子の了荷どのも人が好《よ》い」

平助は、小屋を埋めつくす船員たちに、何やら大声で言った。商売に関することなら、ポルトガル語をほとんど理解できる了荷だが、それ以外のことはよく分からぬ。

大男たちが親しげに笑いながら了荷に殺到する。

「なんや、なんや」

逃げ腰になる了荷だったが、たちまち摑まった。あとはもう、無理やり酒を呑まされ、小半刻《こはんとき》足らずで泥酔状態に陥り、そのまま高鼾《たかいびき》で寝入ってしまう。

平助は、下戸の了荷を、自分以上の酒豪だと船員たちに紹介したのである。

やがて、宴は果て、平助は了荷のからだを担いで、外へ出た。海風が、酒で火照《ほて》ったからだに心地よい。いつしか降るような星空になっていた。

「横瀬と大村は、明日一日あれば、往来でき申そう」

深い眠りに落ちている了荷に向かって微笑みかけてから、平助は小屋の外につないでおいた丹楓に、よいか、と訊いた。背に了荷を乗せてもよいかという意味である。平助は、陣借り所望の武将を訪ねるときと、戦場においてのみ、丹楓に鞍《くら》をつけてまたがる。

丹楓が平頸《ひらくび》を頷かせたので、平助は了荷をその背へ乗せた。

賛美歌が聞こえてくる。少年たちの美しく澄んだ歌声だ。サンシェス修道士が豊後で指導し、今回の祝典のために連れてきたという日本人とシナ人の子どもたちのものであろう。

弦楽器が伴奏している。

「ヴィオラ・デ・アルコだな」

と平助は聴き分けた。チェロの前身というべき擦弦楽器《さつげんがっき》である。

平助は、丹楓を曳《ひ》いて、イエズス会の住院へ向かう。サンシェスの好意により、了荷と平助ほか数人の日比屋の者は、住院に宿泊できるのである。余のもにか丸乗員は、寝場所がないので、船へ戻った。もっとも、中には昼間から酔っ払って、道端で眠りこけてしまった者もいるらしい。

家々からまだ明かりが洩れていた。夜道を松明《たいまつ》で照らし、教会へ向かう人々の姿も目立つ。

遠い記憶が、平助の脳裡に蘇る。いまマラッカにいるようであった。

(この横瀬浦がほんとうに一年二年で滅んでしまうのだろうか……)

了荷の商人としての読みの鋭さには敬服せざるをえないものがあるが、信じがたい思いもする。

「これで、大村の殿さまと後藤の殿さまは仲直りなされる。めでたいことじゃなあ」

湊の居酒屋で、そう喜んでいた酌婦がいたので、平助は子細を訊いている。いつの世でも、こういう商売の女は得難《えがた》い情報源といえよう。

酌婦の話によると、杵島《きしま》郡武雄の後藤貴明は、純忠に倣ってキリシタンになることを熱望しているという。

ただ、自分と純忠どのとは確執があるように取り沙汰されているので、妻子、家臣、従僕ら多勢をひきつれて横瀬浦へ赴くのは、憚《はばか》りがある。そこで、トルレス司祭みずから、教理を説く伊留満、及び同宿らを従え、ミサや洗礼に必要なものも携えてお越しいただければ、これにすぐる慶びはない。

その旨を、貴明は純忠に自筆の書状をもって伝えた。

純忠が心を動かしたのは、文面の中に、こうして大村氏と結ぶ城主が受洗すれば、キリシタン宗門を厭《いと》うておられる純忠どののご正室も、お心を開かれ、あるいは受洗あそばすようになるのでは、と書かれていたことによる。

諫早西郷《いさはやさいごう》氏の出自の正室は、純忠の入信にも猛反対した。この正室の心が離れれば、諫早西郷氏とも手切れになりかねぬ。純忠にとって大いなる悩みのひとつであるだけに、貴明の文言《もんごん》を悦んだ。

いま純忠の重臣朝長新介が横瀬浦にきているのも、聖母マリア被昇天の祝典と、トルレス司祭の最終誓願が終了したら、フロイス司祭とジョアン・フェルナンデス修道士を大村へ連れ帰るためであった。そのうえで純忠が後藤貴明を招き、自分の眼の前で洗礼式を行なわせるのだという。貴明もそれを承諾したそうな。

司祭がトルレスからフロイスに代わったのは、トルレスの病状が悪化し、移動は不可能となったからである。最終誓願も床についたまま挙行されるらしい。

酌婦の話を聞きながら、平助は疑念を抱いた。貴明はにわかに殊勝げになったという印象がある。そのことは、おそらく純忠も感じていて、一抹《いちまつ》の不安を拭《ぬぐ》い難いために、司祭らを直接武雄へ向かわせず、洗礼式を大村で行なうことにしたのであろう。これに対して、貴明が何ら異を唱えなかったというのも解《げ》せぬ。

了荷ほど情報収集力と分析能力の高い商人が、純忠と貴明は相容《あいい》れるはずはないとみているのだ。裏に何かある。

明日、平助は、純忠に面謁すれば、大村・後藤の争いに否応《いやおう》なく巻き込まれることになろう。正々堂々のいくさは望むところだが、薄汚い謀略家と戦うのは、勝っても負けても後味が悪い。

(なれど……)

戦国の世では、人を疑えば限《き》りがあるまい。どこかで信じてみようと思わなければ、自分の心も限りなく荒《すさ》んでゆく。

「めでたいことじゃなあ」

と酌婦のように口に出して、人を信じることができてこそ、まっとうな生きかたというものだ。

平助は、教会前の広場へ出た。フロイス司祭に懺悔をしようというキリシタンたちが多数、順番を待っている。

「おことは、魔羅賀平助どの」

ふいに声をかけられた。オリベイラとの喧嘩の折、通詞を買って出ようとした白髪の老爺ではないか。

「さきほどの無礼をおゆるしいただきたい」

と老爺は詫びる。

「いや。こちらこそ、通詞は要らんなどと、にべもない言いかたをいたした」

「それがし……」

そこで老爺は、なぜかひと息、間《ま》をとってから、

「安次郎《あんじろう》と申す」

と吐き出して、平助の反応を窺うように、その双眸をひたと見据えた。

訝った平助は、安次郎の視線の意味を問い質《ただ》そうとしたが、その前に安次郎が語を継いだ。

「洗礼名をパウロと申す。平助どのも洗礼名がおありにござろう。たしか、アロンソどの」

「ようご存じだ。どこかでお会いいたしたか」

「いや。伴天連トルレスどのよりお聞きいたした。ポルトガル人奉行官と、日本のやんごとなき姫君の子として、マラッカに生まれたアロンソどのは、日本に赴かれて武士になられた。名を魔羅賀平助どのという。その武名は、いまやマラッカ、ゴアまで聞こえていると」

「大仰なことだ」

平助は、照れて、小鼻の脇を掻いた。

「母御《ははご》もキリシタンであられたか」

「そのように聞いており申す」

「そのようにとは……」

「物心ついたときには天涯孤独の身であったゆえ、父と母のことをほとんど知り申さぬ」

「では、母御の名は」

「ヒメ」

「ヒメ……であられるか」

「父がそうよんでいたというだけで、まことの名を存ぜぬ。なれど、安次郎どの、なにゆえさようなことを訊《たず》ねられた」

「いや、それは……」

安次郎は言いよどんだ。

「おことほどの美丈夫をお産みになられた女人、さぞや美しく貴い御方と思い、どうしても知りとうなった。重ねての無礼を、おゆるしいただきたい」

「安次郎どのは敬虔《けいけん》なるキリシタン信徒のようだ」

日本では、腹は借り物といい、父親の胤《たね》だけが尊ばれる。対して南蛮では、聖母マリアに代表されるように、腹に子を宿す母親が敬われた。老爺が平助に、父親のことをまったく質問せず、母親のことばかり聞きたがったのは、そういう思想を身につけた証拠であろう。

「ところで、安次郎どの。その鎧は」

今度は平助が訊ねた。大きな十字架が描かれており、湊で見たときから気になっていた。

「平助どのなら、ご存じにあられよう。十字軍のつもりにござる」

「そうではないかと思うていた」

キリスト教国が回教国を討伐するために組織し、幾度も遠征させたのが十字軍である。

「なれど、われらは、みずから異教徒を討たぬ。キリシタンとなったばかりに難儀を強《し》いられている人々を助ける。それを使命と信ずる者らにござる」

「われらとは、どれほどの人数がおられる」

「お恥ずかしいが、いまだ二十名ばかり。何の見返りも得られず、また危難を避けられぬゆえ、参ずる者はなかなかおり申さぬ」

「でありましょうな」

平助は頷いた。武家社会となって久しい日本では、下々まで御恩と奉公の思想が根づいている。世俗的な報酬を得られぬことに命を懸ける者は稀《まれ》であろう。

安次郎と平助の会話は途切れた。

「これにて」

と平助のほうから別辞をのべる。

そのままイエズス会住院に向かって、また歩をすすめはじめた平助であったが、なぜか後ろ髪引かれる思いが消えぬ。

振り返ると、安次郎が見送っているではないか。

平助は、あることを思いつき、踵《きびす》を返して、ふたたび安次郎の前に立った。

「明日、大村丹後守どのに、この横瀬浦での陣借りを所望いたすつもりにござる」

「ここで陣借りを……」

安次郎はおどろく。

「平戸の松浦どののあたりが攻め寄せてまいらぬとも限らぬゆえ、しばらくは守備が必要にござろう」

「なるほど」

「されば、差し出がましいこととは存ずるが、ともに陣借りをなさらぬか」

「それがしのような者でよろしいのでござるか」

「キリシタンの難儀を救うことを使命と信ずる安次郎どのなればこそ、頼むのでござる」

「陣借り平助どのに見込まれるとは、このうえない名誉。わが配下も悦びましょうぞ」

「ご快諾いただき、当方こそうれしゅうござる」

ようやく平助は、安次郎と別れた。

(酔ったらしい……)

みずからを平助は嗤《わら》った。安次郎の十字軍が戦力としてたよりになるとは思えぬ。にもかかわらず、衝動的にあんなことを言ってしまった。酔ったとしか言いようがあるまい。

だが、平助を見送る安次郎は違う。身内を熱くしていた。

(ゆきじの子に相違ない……)

マラッカで傭兵に凌辱され、儚《はかな》く散った最愛のむすめ、ゆきじ。

そのころ病弱の妻とともに中国にいて、何年もの間、日本行きの船を待っていた安次郎は、ポルトガル船のヴァス船長から、ゆきじがアロンソという男の子を遺《のこ》したことを聞かされ、いったんマラッカへ戻った。だが、アロンソは、ひと足違いで、ゆきじの愛した青年医師マルセロに連れられ、ポルトガルへ向けて出帆したあとであった。

その後、安次郎は、アロンソとマルセロを乗せた船は、インド洋上で嵐に遭《あ》って転覆し、乗員・乗客全員が死んだと聞いた。

しかし、フランシスコ・ザヴィエルとの出会いで、キリスト教に目覚めた安次郎は、ザヴィエルの通詞兼案内役として、故国日本の土を踏み、寝食を忘れて布教に尽くした。この数年間が、安次郎にとって、至福の時であった。妻も失った安次郎には、信仰の対象はキリスト教というより、ザヴィエルその人であったといえる。だから、病床に就いたばかりに、ザヴィエルの離日に間に合わなかったとき、狂ったように哭《な》いた。その翌年のザヴィエルの死を受け容《い》れることもできなかった。

安次郎は、ザヴィエルの遺骸《いがい》にひとめ会うべく、マラッカへ、次いでゴアへと渡る。数年、遺骸を納めた聖堂の前で墓守《はかもり》をしつづけた。

そんなとき、アロンソがインド洋上でただひとり生き残り、マラッカ知港事《ちこうじ》の養子になっていると伝え聞いたのである。急ぎマラッカへ行ってみると、アロンソはもう何年も前に日本へ渡ったという。しかも、陣借り平助とよばれる武勇の士になったらしい。

安次郎は、日本へ帰った。ところが帰ってみると、いまさら平助の前に姿を現わし、祖父であると名乗ったところで、何の意味があろうかと思えてきた。もし平助が、おのれの素生《すじょう》を知らずに育てられたとしたら、かえって残酷な思いを味わわせるだけではないか。

そうだ、平助は自分が私生児であることを知っているはずはない。知港事も、平助にはむろんのこと、世間にも隠していたであろう。でなければ、養子になどできるはずがあるまい。

安次郎は、ふたたび、布教のために命を投げ出す決心をした。だが、いまや安次郎を知る者もいないので、独自の道を歩もうと思い立つ。それが十字軍であった。

この横瀬浦で平助に邂逅《かいこう》したのは、デウスの導きであったというほかない。

最初に安次郎と名乗り、さらに亡母の名を訊ねたのは、平助が自身のまことの素生を知っているかどうか、たしかめるためであった。かねて思っていたとおり、平助は真実を知らなかった。安堵と同時に、言い知れぬ寂しさに、安次郎は襲われた。真実を告げようかと一瞬、誘惑に駆られたが、辛うじて思いとどまった。

思いとどまってよかったのである。平助のほうから、ともに横瀬浦の守備をしようと誘ってくれたのだ。

どれほどの期間か予測もつかぬが、ゆきじの俤《おもかげ》を残す孫と、ともに過ごすことができる。これは、思うだに、ザヴィエルの下で布教に尽くした日々に等しい至福の時となるに違いない。

「アロンソ……」

安次郎は、小さく名をよんでみた。老いた眼から涙が溢れた。

五

翌早朝、了荷と平助は、大村へ向けて、もにか丸ではなく、漁師船を出した。

大村に近い海上に大船を碇泊させるよい場所がないことと、外海と大村湾とをつなぐ針《はり》尾《お》瀬戸の激流は地元の漁師でなければ乗り切れないことからである。

さすがに平助も、今度ばかりは丹楓をイエズス会住院に残してきた。

「酔うわ」

荒波に揉まれながら瀬戸を通過するさい、了荷が喘《あえ》いだ。船酔いというより、昨日の酒が残っているらしい。

平助は、針尾島の瀬戸を見下ろせる山上に、城郭を見た。

「針尾伊賀《いが》守さまのお城にございます」

と漁師が言った。

「伊賀守も危ういでえ」

胃のあたりを撫でながら、了荷が口を挟む。

「危ういとは」

「丹後守さまをいつ裏切るか知れたもんやないゆうことや」

「了荷どのの話を聞いていると、丹後守さまは敵だらけでござるな」

平助は笑った。

だが、了荷の読みが正しかったことは、この日のうちに証明されることになる。

やがて、大村の地に着いた了荷と平助は、随行の日比屋の奉公人をひきつれ、進物を携えて、大村丹後守純忠の居城を訪れた。

朝長新介の書状があったので、了荷と平助はすぐに奥へ通される。

待つほどもなく、ビロードの南蛮帽をかぶり、宝石をちりばめた十字架《ロザリオ》の首飾りを胸に光らせた異風の出《い》で立ちの純忠が現われた。足もとに、和種ではない小犬がまとわりついている。

「そちが魔羅賀平助か。噂に違《たが》わぬ美丈夫よな」

平助の風貌を見るなり、純忠は満足げに言った。

「わが領内へまいったということは、この純忠に陣借りを所望してくれると思うてよいのか」

純忠は気早《きばや》である。了荷も進物品の数々もそっちのけであった。

「その儀は、これなる日比屋了荷が……」

と平助は、了荷を気遣って、紹介した。

了荷は、横瀬浦がポルトガル船の交易地として存続する限りは、その守備を平助に命じていただきたいと願い出る。

純忠が手をうって悦んだのは、言うまでもない。

「されば、日比屋。今後、横瀬浦の異国船との交易における日本人商人の束《たば》ねを、そのほうがつとめよ。ただし、揉め事の尻を持ち込むでないぞ」

このあたりは、さすがに貿易の利を欲するあまり、入信までした純忠というべきか。利にはただちに利をもって応える呼吸を知っていた。

「ありがたき幸せに存じ奉りまする」

平伏しながら、満面に笑みをひろげる了荷であった。

この日、了荷と平助が出航したあと、横瀬浦では異変が起こっている。フロイスが高熱を発して倒れてしまったのである。

実はフロイスは、昨夜から体調を崩していた。しかし、ミサや聖体拝領や告白の聴聞など、祝典前夜であるだけに、これを疎《おろそ》かにすることはできず、意識朦朧《もうろう》とする中で、すべてをやり遂げた。

朝になっても熱は引かず、ひどい悪寒にも見舞われて、フロイスはついに倒れた。

ところがフロイスは、しばらく休息をとっただけで、すぐに起き出して祭服を着け、覚《おぼ》束《つか》ない足取りながら教会へ登場し、トルレスの最終誓願に立ち会ったのである。重病のトルレスも、修道士たちに抱えられたまま、誓願を行なった。教会に集まった人々は、この二人の司祭の勇気に、感動のあまり声を放って泣いた。

トルレスは、誓願のあと、ポルトガル船の船長以下、主立《おもだ》った人たちを招き、力を振り絞って食事をともにする。湊に碇泊中の異国船が祝砲を放ち、横瀬浦に群がり集まったキリシタンたちは一日中、お祭り気分に酔いしれた。

だが、フロイスは、誓願の立会いを恙《つつが》なく済ませられたことで緊張の糸が切れたのであろう、ふたたび倒れると、今度は起き上がれなくなってしまう。

ここに至って、朝長新介は、後藤貴明の洗礼式は断念するほかないと思った。二人の司祭がいずれも病床では致し方もない。

「いずれまた日をあらためて」

新介は、トルレスとフロイスに挨拶をしてから、従者たちとともに船へ乗り込んだ。すでに陽が没しようとする時刻であった。

このとき、大村までの警固を申し出たのが、安次郎と二十名の十字軍である。

安次郎は、二人の司祭が同時に病に冒されてしまったことで、不吉な予感を抱いていた。純忠への拝謁を終えたら、ただちに戻ってくるはずの了荷と平助が、いまだ帰港しないことは、何よりも気になった。純忠にひきとめられているのかもしれぬが、それならそれで杞憂《きゆう》に終わろう。

（なれど、もしアロンソの身に何か起こったのなら……）

そう案ずると、安次郎は矢も楯もたまらなくなったのである。大村へ行って、一刻も早く平助の無事をたしかめたかった。新介の警固は口実に過ぎぬ。

「すぐに昏《くら》くなろう。警固の人数がいるのは心強い」

新介は、安次郎の申し出を、ありがたくうけた。

こうして、二艘《そう》の船が横瀬浦を滑り出て、聖母マリア被昇天の祝日は夜を迎えたのである。

一方、大村館の平助は、了荷とともに、純忠にひきとめられ、椀飯振舞《おうばんぶるまい》をうけていた。純忠の所望に応じて、武芸も披露してみせた。だが、その間、横瀬浦のことが気になって仕方のない平助であった。

いや、横瀬浦というより、安次郎のことである。なぜかは説明がつかぬ。何やら見えざる力に引っ張られているような感覚であった。

「丹後守さま。それがし、伴天連どのにどうしても告白せねばならぬことがあるゆえ、横瀬浦へ戻りとう存ずる」

「それは邪魔立てしてはなるまいな。往くがよい」
二、三日のうちに再度大村を訪れ、大村家中から横瀬浦守備隊の兵を募るという約束をして、平助は辞した。むろん、了荷も一緒である。
「いやあ、助かったで。これで、ようやく商いに専念できるゆうもんや」

両人は、待たせておいた漁師船に乗った。

星明かりの下、漁師船は大村湾を北上する。西彼杵半島の漁師たちは、湾内を知り尽くしている。夜でも危険はなかった。

いよいよ針尾瀬戸が迫ったとき、平助は、針尾島から白煙が立ち昇るのを眼にした。大きな白煙である。

「狼煙《のろし》だ」

平助は、漁師に、船を針尾島の岸へ着けるよう言った。

「何するんや、平助」

「血が匂う」

「なんやて」

了荷は、あわてて、鼻をひくひくさせる。が、鼻孔を刺激するのは、潮の香ばかりであった。

「血なんぞ匂わへんやないか」

「了荷どの。おれは、いくさ人だ」

この一言に、了荷は返すことばがない。事は平助の領域なのである。

漁師は、針尾瀬戸の流れが変わるのを待つための小さな浦へ、舳先を向けた。

「おっ……」

漁師が、おどろき、あわてたようすで艪《ろ》を漕ぎはじめ、向きを変えた。

だしぬけに闇の中から現われた影が、波に翻弄されながら、ゆっくり漁師船の横を通過してゆく。無人の船である。いや、死体を積んでいるようだ。あちこちに矢が突き立っているではないか。

漁師船は小さな浦に着いた。

ここに、もう一艘、矢雨を浴びた船が浜に乗り上げている。船中にも、石の多い浜にも、死体が転がっていた。

漁師船に同乗の日比屋の奉公人たちは、その酸鼻《さんび》をきわめた光景に竦《すく》んでしまう。

平助は、ひとり陸へあがった。

うつ伏せの死体のひとつを、仰向かせる。

「朝長新介どのだ」

「なんやと」

仰天した了荷は、下船し、平助に倣って幾人かの死体を検《あらた》めた。このあたり、度胸がよい。

「おい、平助。これは、おまはんの言うてた連中と違うか」

胸に十字架の描かれた鎧を着けた者らが、幾人も殺されている。

平助は青ざめた。

「火を」

命じると、奉公人が、漁師船の船縁に立ててあった松明を一本、平助のもとへ持ってくる。その火明かりで、平助は、十字軍鎧の死者の顔を、いちいちたしかめはじめた。その人も倒れ伏していた。矢に首を横から貫かれて。

「安次郎どの」

平助は抱き起こす。

火明かりを浴びた瞼《まぶた》が、痙攣《けいれん》した。まだ生きている。

「お気をたしかに。安次郎どの」

薄眼《うすめ》が開かれた。顫《ふる》える手が、首飾りの鎖を摑んだ。

鎧の下から出てきた鎖に結ばれているものは、青銅の十字架である。

「マラッ……カ……墓に……」

安次郎は事切《ことき》れた。

平助は茫然とする。だが、なぜ安次郎がこんなところにいたのか、何となく分かっていた。

（おれに会いにくる途中だったのであろう）

なぜなら、平助もまた安次郎に会いたいと思ったからである。

「一体どないなっとるのや。朝長どのはおるが、伴天連はんや、伊留満はんは、いてへんぞ。一緒に大村へやってくるのやなかったんかい。なあ、平……」

と了荷が平助のほうを見たときには、その姿は消えたあとであった。

平助は、針尾城めざして駈け出している。謀略のあらましは、もはや察した。

後藤貴明の受洗希望は、やはり偽《いつわ》りだったのである。司祭たちを横瀬浦から誘い出し、これを皆殺しにすることが目的であったに相違ない。そのために、針尾伊賀守に純忠を裏切らせた。

横瀬浦から大村へ行くためには、どうしても針尾瀬戸を通らねばならぬ。ここで攻撃されたら、ひとたまりもないのである。

狼煙は、襲撃成功の合図であろう。おそらく、それをうけて、近くに待機していた後藤貴明の軍勢が一挙に大村館をめざして、急襲する手筈《てはず》に違いあるまい。いまごろ後藤勢は大村へ向かっている。

(司祭たちは生け捕られた)

と平助は推理した。ポルトガル人司祭と修道士だけは、いったん生け捕っておいて、のちにキリシタンへの見せしめのために処刑する。貴明はそのつもりであろう。

山上への道をのぼってゆく一隊に、平助は追いついた。

松明を捨て、愛刀志津三郎を抜くと、ひたひたと一隊のしんがりへ迫った。刃渡り四尺の大太刀が、星明かりを吸って鈍く光る。

平助は、安次郎の人生を知らぬ。だが、あの老爺を、卑怯な謀略の犠牲にした徒輩を、ゆるせなかった。

追い越しざまに、しんがりの兵の首を刎《は》ねとばす。陣借り平助の容赦のない斬人が始まった。

「針尾伊賀守、出《いで》よ」

おらんで、斬って斬って斬りまくる。

針尾勢は、闇の中で次々と悲鳴があがるため、多勢の敵に背後を衝《つ》かれたと思い込み、あわてふためいた。

首や腕や足が、木の枝にひっかかったり、山の斜面を転がり落ちてゆく。一帯に血風が吹き荒れた。

平助は、馬上の甲冑武者を見つけた。従者が、殿お早く、とわめいている。針尾伊賀守とみて間違いない。

平助は、従者を斬り捨てるや、伊賀守を鞍上からひきずり下ろした。

「ひいいっ……」

情けない悲鳴を洩らした伊賀守へ、血まみれの切っ先を突きつける。

「伴天連どのたちは、いずれにある」

「な、なんのことだ」

「今夜のおれは、短慮《たんりよ》だ。いまいちどとぼけたことを申せば、殺す」

「殺した。皆、殺した」

嘘を言っている眼ではなかった。

「伴天連どのや伊留満どのの死体はなかったぞ」

「ばかな……。あれだけの人数が乗っていて……」

それで平助は納得した。伊賀守は、船に乗っていた人数が多かったことから、ほんとうに司祭たちを皆殺しにしたと信じているのだ。死体の顔を検《あらた》めなかったのであろう。

「狼煙は、後藤伯耆《ほうき》守への合図だな」

「知らん」

伊賀守は視線を逸《そ》らす。それは、しかし、認めたも同然であろう。

志津三郎が、その首を刎ねた。とぼけたことを言ったのが命取りであった、と伊賀守は気づいたであろうか。

平助は、夜の戦場をあとにして、了荷のもとへ駈け戻った。

「大村へ」

横瀬浦の湊に、煤《すす》けた臭いと、死臭が立ち罩《こ》めている。

岸辺に並ぶ舟は、大半が黒焦げである。

異国船と日本の商船も、いまや二隻しか碇泊していない。定航船のカラック船と、日比屋のもにか丸であった。両船とも、幸いにも無傷である。

町は灰燼《かいじん》に帰した。家は一軒も残っていない。純忠の別邸も巨大な黒い塊《かたまり》だ。山上の金色に輝いていたはずの十字架も、倒されてしまい、湊から眺めることができぬ。

ポルトガル貿易の日本の拠点は、一夜にして完全に失せたのである。

「読みがはずれたわ」

湊のはずれに立って、焼亡した町を眺めながら、了荷は溜め息をついた。

「あたったではござらぬか」

と平助が弱々しい微笑を向ける。

「わしは、一年はもつと思うたのや。こんなに早う潰れるとはなあ……」

平助と了荷が、一昨夜、針尾島で朝長新介らの無残な死体を発見したあと、大村へとって返すと、あたかも後藤勢の攻撃が開始されたところであった。平助は、単身、大村館へとびこみ、純忠の身柄を確保するや、皆で多良岳の山中に逃げ込んだ。

そこで昨日の夜まで息をひそめたのだが、後藤勢の山狩りはすぐに終わった。どうやら伊賀守が討たれたことが伝わり、それで純忠与党の反撃を怖《おそ》れた貴明が武雄に帰還したことによる。

そして今朝、平助と了荷が横瀬浦へ戻ってみたら、町は焼け野原に変わり果てていたのであった。

　横瀬浦には、昨日早朝、純忠が貴明に殺されたと伝わったという。キリシタンの最大の庇護者《ひごしゃ》を失ったと思い込んだ人々は、周章狼狽《しゅうしょうろうばい》の極に達した。純忠への叛逆者や仏教徒たちが横瀬浦を襲いにくると誰彼となく言いだし、ポルトガル人は、陸揚げしてある荷を奪われるやもしれぬ恐怖から、それらを急いで船へ戻しはじめた。片や日本商人の中には、一部の貿易品に対して支払いを済ませていた者もあり、これを阻止しようとした。その最中に、町から火の手があがったのである。あとは、阿鼻叫喚の中、掠奪や殺人が起こった。それでも、司祭たちの身柄ばかりは、ポルトガル船の船長らによって、定航船へ移され、事なきを得ている。ガレオン船と戎克は去った。

「さて。堺へ帰るで、平助」

　了荷の声は明るい。この堺商人、これほどまでのどさくさの中で、定航船のゲルラ船長と話をつけ、船荷をすべて買い取ったのである。カラック船はいま、銀の船だ。

　横瀬浦が壊滅した以上、平助もここに用はない。ただ、純忠にはあらためて別辞を告げてこなければなるまい。

　そのことを平助は、了荷に言った。

「そやな。それがけじめゆうもんやろな」

　了荷もあっさり納得する。

「そやけど、平助。丹後守さまに会うたあと、どないするつもりや」

「こいつとふたり、風の向くまま」

平助は、丹楓の平頸を撫でた。

「ええなあ、平助は」

はじめて了荷が、うらやましそうな眼をした。

「ともにまいられるか」

「阿呆ぬかせ。わしは商い、商いや」

あわてて手をぱたぱたと振る了荷のかっこうがおかしくて、平助は声を立てて笑った。

了荷が出航するというので、ゲルラ船長が握手をもとめてきた。ゲルラ船長は、トルレスとフロイスが恢復《かいふく》して次の布教地を決めるまで、横瀬浦から動くことができぬ。

平助は、十字架《ロザリオ》の首飾りを差し出した。

「ゲルラどのに願いの儀がござる。いずれマラッカへ帰られたとき、この十字架を、ジュストとヒメの眠る海を見下ろす墓地に埋めていただけぬか」

「易《やす》きこと」

受け取ったゲルラ船長は、十字架を裏返して、そこに見入った。

「何と刻印してあるのか」

文字が刻んであったらしい。平助は気づかなかった。

のぞいて見れば、仮名が三文字。

「ゆきじ」

と平助はゲルラ船長のために読んでやった。

「女人の名にござろう」

そうつけ加えると、ゲルラ船長は微笑ましげに、まるい顔じゅうに皺《しわ》を刻んだ。温かそうな笑顔である。

(安次郎どののご妻女か……)

平助はそう思った。

「では、了荷どの。これにて」

「息災でな、平助」

平助は、武具と馬具を引っ担ぎ、丹楓を曳いて、焼失した町の坂道をゆっくりとのぼる。

そして、山上へ達すると、倒れていた十字架の泥を払い、穴を掘って立て直した。

そのころには、もにか丸が湊の入り江から出ていくところであった。船上の人影は豆粒のように見える。

平助は手を振った。人影も振り返す。

どーん。

カラック船から轟声《ごうせい》一発、大砲が射ち放たれた。ゲルラ船長が平助の新しい旅立ちを祝してくれたのであろう。

丹楓が、自分の背のほうへ頸を振った。乗れ、というのだ。

平助は、鞍をつけ、馬上の人となる。

「往こう、丹楓」

十字架の輝きが、一瞬、平助の輪郭を金色《こんじき》に縁取ってゆらめいた。

平助は、独特の得物《えもの》である傘鎗を手にすると、傘を開いて回転させる。朱柄を天へ向かって突きあげた瞬間、骨組に紙貼りの笠部分だけが、竹とんぼさながらに高く上昇した。

ふわふわと墜《お》ちてきた笠は、十字架の上に舞い降りる。

大きな笠をかぶった大きな十字架。日本とポルトガルの血を享《う》けた平助に、どこか似ている。

戦国乱世は、いまだ畢《お》わらぬ。いくさ人の血は、明日も熱い。

解説　奔放な創造力と確固たる歴史観

文芸評論家　小梛治宣《おなぎはるのぶ》

小説には勢いの感じられるものと、そうでないものとがある。勢いのある小説は、生きのいい小説でもある。作品全体に生気が漲《みなぎ》り、ぴんぴん跳ねているような躍動感がある。活字が踊って見えるとは、まさにそうした作品を指すのであろう。それが「面白い」小説の必須条件だ。

これに対して、勢いの感じられない小説は、当然のことながら、生きがわるい。どんなに文章が旨《うま》かろうと、構成が緻密であろうと、時代考証が完璧であろうとも、登場人物の息吹が感じられなければ「死に体」の小説だ。「死に体」の小説に勢いなどあろうはずもなく、したがって、緊張感も興奮も生まれはしない。そんな小説が面白いはずもない。

要は、いかに生きのいい人物を造型し、その人物を縦横無尽《じゅうおうむじん》に、己《おのれ》の構築した虚構の世界で暴《あば》れさせるか――これが、勢いのある小説、血湧き肉躍《おど》る物語の条件といっていい。

ところが、こんな当たり前のことを失念したか、端《はな》から念頭に置いていないかのような作品が少なくない。「勢いのある」物語の作り手は決して多くはないということだ。本書の作者、宮本昌孝は、その多くはないエンターテイナーの一人である。

宮本昌孝が敬愛する柴田錬三郎こそ、生きがよくて、勢いのある物語を紡《つむ》ぎ続けた真のエンターテイナーであったが、宮本昌孝はその後継者にもっとも相応《ふさわ》しい存在といってい
い。歴史上の人物であれ架空の人物であれ、作者の筆になる登場人物は、実に生き生きと「時代」を跳ね回る。

歴史上の人物であっても、それは過去の存在ではない。小説のなかの「今」を生きる、我々に身近な存在として蘇《よみがえ》ってくるのだ。だから、読者は登場人物に自らを同化させながら「時代」を実感できるのである。出世作ともいえる『剣豪将軍義輝』(一九九五)の足利義輝、「宮本版立川文庫」ともいうべき『夕立太平記』(一九九六)の夕立勘五郎、大長編『ふたり道三』(二〇〇二~三)の斎藤道三などが、その好例であろう。

そして、本書の「陣借り平助」こと魔羅賀平助《まらがへいすけ》こそは、作者の奔放な創造力が生んだ極め付きのキャラクターといっていい。もちろん架空の人物である。だが、これほど存在感の充溢した人物は、ちょっといない。「総髪に縁取られた深彫りの貌《かお》に、高い鼻梁《びりょう》と茶色がかった眸子をもつ六尺豊かの若者」――これが魔羅賀平助の外貌だ。

では、魔羅賀平助とはそも何者なのか。その巨軀とハーフを思わせる容姿の秘密は……。それは、本書の第六話「モニカの恋」で判明するはずなので、ここでは秘めておくことに

しよう。

その平助の愛馬がまた凄《すご》い。「ひたいに流星の白斑を刷《は》き、あでやかきわまる緋色毛に被《おお》われた体高五尺に剰る牝馬《ひんば》」である。その一人と一匹の突出した迫力に読者は圧倒されるはずだ。あたかも『三国志』の豪傑が時空を超えて、日本の戦国時代に飛び込んできたかのような、そんな錯覚さえ覚える。

その生き生きとした主人公が振るう剣に勢いがないわけがない。時代小説の生命線は、なんといっても剣戟、いわゆるチャンバラの場面で、読者をいかに熱中させるか否《いな》かにかかっている。ここがつまらなければ、やはり「生きのわるい」小説の仲間入りである。このあたりを作者である宮本昌孝が、十分に心得ていることは、ある作品の「あとがき」に次のように書いているところからも明らかである。

「実際のところ、チャンバラなどの活劇描写というのは、たいへんな『力技』であり、それを書くときは、心身ともに膨大なエネルギーを消費するものなのです。

ただ椅子に腰かけて、机上の原稿用紙にペンを走らせるだけなのに、そんなことがあるものか。まったく物書きというのは大げさだなァ、とお笑いになる読者もおられるでしょう。でも、誇張ではありません。（中略）

活劇場面を書くのに、一字一句を悠長に吟味しつつ、という作者はあまりいないはずです。

たとえば多勢の敵に囲まれ、わあっと殺到されたら、逃げるとか、逆襲に出るとか、救けをよぶとか、とにかく早くなんとかしなければなりません。（中略）この場合、作者も決死の覚悟で戦うのが、おのれが造型した登場人物に対する礼儀であり、義理であり、愛情であるわけです。

とうぜんペンに全力疾走を強《し》います。」

（『失われし者タリオン10　逃走戦線』）

本書でも、ペンが全力疾走している場面は少なくない。こうした意気込みで書かれたとすれば、作品に力が漲り、勢いが出てくるのも領《うなず》けるというものだ。魔羅賀平助の抜刀術一つをとっても然《しか》りである。

「若者は、背負い太刀の柄を右手に摑んだ。そのまま、右腕を天へ突き上げるように伸ばす。

手を離れた抜き身が、切っ先を下向かせたまま、高く宙へ舞い上がったかと見るまに、銀の光を撒き散らしながら、若者の頭上へ垂直に落ちてくる。」

その太刀が地上に落ちる寸前、両手で柄《つか》を捉《とら》えるわけだ。足利将軍義輝から拝領の刃渡り四尺の大太刀「志津三郎」を抜くには、尋常の方法では無理なのだ。

我々が目にする刀は、大体が刃渡り二尺四寸ほどである。一尺が三〇・三センチメートルとして、ほぼ七十三センチほどだ。これでも腰に差して実際に抜くのは楽ではない。なぜそんなことを私が知っているかといえば、居合い用の精巧な模造刀を私自身が所持しているからだ。模造刀だからもちろん刃は落としてあるが、その他は本物と同じ造りである。重さもかなりある。重さがなければ骨まで断つことはできない。それが、刃渡り四尺となると、一メートル二十センチを超える。相当な勢いがなければ、とても抜けるものではない。

このように、魔羅賀平助愛用の大太刀と愛馬の丹楓《たんぷう》は、作品に勢いをつける上では欠かせない存在でもある。ぐるぐると回転する赤絵の傘鎗もその一つだ。このあたりが、作者は実に旨い。主人公と武具（太刀と傘鎗）と馬、この三者が一体となり相乗効果を生んで、より一層の勢いを物語に付与しているのだ。

さて、その魔羅賀平助は、「陣借り平助」といわれるごとく、特定の主人に仕えることをせず、合戦のたびに劣勢の陣に加わることを信条としていた。安芸《あき》国厳島《いつくしま》合戦で毛利元就《もとなり》の陣を借り、無類の戦功を挙げて以後も、立身出世の野望・野心など微塵《みじん》もたず、ひたすら弱き陣に味方し、抜群の働きをする平助の名は戦乱の世に轟きわたっていた。

なんぴとからも制せられず、食べたいときに食べ、戯《たわむ》れたいときに戯れ、眠りたいときに眠り、そして時に、戦場で血湧き肉躍らせる――こうした生き方は、管理社会のなかに身をおく現代人にとっても憧れである。だからこそ、平助の生きざまに我々は共鳴し、カタルシスを味わうことができるのかもしれない。

さて、本書での魔羅賀平助の活躍は、尾張桶狭間《おけはざま》の戦をもって幕を開ける。いわずと知れた織田信長と今川義元の一戦である。平助は織田の陣に加わる。その後も、浅井長政、北条綱成、武田信玄、松平元康（徳川家康）と、我々に馴染み深い武将の陣を次々と借りていくことになる。強さと優しさを併《あわ》せもつ平助の「粋《いき》な計らい」は、読者の心の琴線を揺らさずにはおかない。第三話「勝関《かちどき》姫の鎗」などはその典型であろう。

また、実在の戦国武将たちの知られざる貌《かお》が垣間見られるのも、本書の読み所の一つといえようか。作者独自の視点から、新たな歴史の解釈が読者に披瀝されることにもなる。たとえば、巷説では武田信玄と上杉輝虎（謙信）は、互いを認め合いながら戦わざるをえなかったとされている。これに対して、作者はこう述べている。「実際には双方憎んでも余りある怨敵だったのである。別して信玄を佞臣《ねいしん》とまで罵《ののし》った輝虎は、その首を刎《は》ねることを生涯の目的のひとつとしていたといっても過言ではない。」

このように本書の魅力は、主人公の放つ勢いばかりに起因するものではない。確固たる歴史観の上に物語が構築されているからこそ、リアリティ溢れる世界が現出されてもいるのだ。「花も実もある」虚構の世界をじっくりとお楽しみいただきたい。

（この作品『陣借り平助』は、平成十二年七月、小社ノン・ノベルから四六判で刊行されたものです）

一〇〇字書評

切り取り線

陣借り平助

購買動機（新聞、雑誌名を記入するか、あるいは○をつけてください）	
□（　　　　　　　　　）の広告を見て	
□（　　　　　　　　　）の書評を見て	
□ 知人のすすめで	□ タイトルに惹かれて
□ カバーが良かったから	□ 内容が面白そうだから
□ 好きな作家だから	□ 好きな分野の本だから

・最近、最も感銘を受けた作品名をお書き下さい

・あなたのお好きな作家名をお書き下さい

・その他、ご要望がありましたらお書き下さい

住所	〒				
氏名		職業		年齢	
Eメール	※携帯には配信できません	新刊情報等のメール配信を 希望する・しない			

この本の感想を、編集部までお寄せいただけたらありがたく存じます。今後の企画の参考にさせていただきます。Eメールでも結構です。

いただいた「一〇〇字書評」は、新聞・雑誌等に紹介させていただくことがあります。その場合はお礼として特製図書カードを差し上げます。

前ページの原稿用紙に書評をお書きの上、切り取り、左記までお送り下さい。宛先の住所は不要です。

なお、ご記入いただいたお名前、ご住所等は、書評紹介の事前了解、謝礼のお届けのためだけに利用し、そのほかの目的のために利用することはありません。

〒一〇一‐八七〇一
祥伝社文庫編集長 坂口芳和
電話 〇三（三二六五）二〇八〇

祥伝社ホームページの「ブックレビュー」からも、書き込めます。

http://www.shodensha.co.jp/bookreview/

祥伝社文庫

陣《じん》借《が》り平助《へいすけ》

平成16年4月20日　初版第1刷発行
平成27年4月10日　　　第4刷発行

著　者　宮本昌孝《みやもとまさたか》

発行者　竹内和芳

発行所　祥伝社《しょうでんしゃ》
東京都千代田区神田神保町3-3
〒101-8701
電話　03（3265）2081（販売部）
電話　03（3265）2080（編集部）
電話　03（3265）3622（業務部）
http://www.shodensha.co.jp/

印刷所　図書印刷
製本所　ナショナル製本

Printed in Japan ©2004, Masataka Miyamoto ISBN978-4-396-33159-7 C0193

祥伝社文庫の好評既刊

宮本昌孝
陣借り平助
将軍義輝をして「百万石に値する」と言わしめた平助の戦《いくさ》ぶりを清冽に描く、一大戦国ロマン。

宮本昌孝
天空の陣風《はやて》 陣借り平助
陣を借り、戦に加勢する巨軀の若武者、疾風のごとく戦場を舞う！　無類の強さを誇る快男児を描く痛快武人伝。

宮本昌孝
風魔（上）
箱根山塊に「風神の子」ありと恐れられた英傑がいた――。稀代の忍びの生涯を描く歴史巨編！

宮本昌孝
風魔（中）
秀吉麾下の忍び曾呂利新左衛門が助力を請うたのは、古河公方氏姫と静かに暮らす小太郎だった。

宮本昌孝
風魔（下）
天下を取った家康から下された風魔狩りの命――。乱世を締め括る影の英雄たちが、箱根山塊で激突する！

宮本昌孝
紅蓮《ぐれん》の狼
風雅で堅牢な水城、武州忍城を守るは絶世の美姫。秀吉と強く美しき女たちの戦を描く表題作他。